KB269853

오글오글 뭉클뭉클

작은 소설가들

오글오글 뭉클뭉클

작은 소설가들

시와정신

현실, 이상, 꿈, 상상
우리는 이 네 가지를 머릿속에서 반죽한다.
그리고 이 세상에 펼쳐 본다.

우리의 이야기가
어느 순간에 누군가에게
즐거움이고,
희망이고,
용기가 될 수 있기를 바라며….

2025. 10.
윤성민

| 차 례 |

임나연

　저는 늘 주변의 작은 이야기들을 들여다보며, 글로 세상을 비추어 보곤 합니다. 그렇게 수많은 글자를 모아 삼키면 마음 한구석에 영원토록 머무르는 것이 느껴집니다. 그런 제가 이번 책에선 각자만의 '사랑의 결'을 담은 세 편의 글을 선보이게 되었습니다. 마음속에 머무르던 사랑의 무늬를 하나씩 꺼내어 적어본 이야기라고 할 수 있겠습니다.

　모두가 꿈을 꾸지만, 그것이 언제나 확실성을 가지고 있지 않다는 건 다들 아는 사실입니다. 그럼에도 불구하고 치기 어린 꿈을 꾸던 저는 결국엔 세상을 향해 첫걸음을 내딛게 되었습니다. 조금은 서툴더라도 어린 작가의 활자가 새로운 울림을 주었으면 좋겠습니다.

　앞으로도 꾸준히 저만의 이야기를 써나갈 것을 약속드리며, 이 책이 독자님들의 마음에 닿아 오랫동안 머물기를 바랍니다.

하루(HARU)

비가 내렸다.

시꺼먼 하늘에서 비가 쏟아져 내린다. 누군가가 울고 있기라도 하는 걸까? 영원은 그런 생각을 하며 길을 걸었다. 잠시 친구를 만나고 오는 길이라 오랜만에 밖에 나왔더니. 운도 지지리 없지. 집이 가까운 친구가 우산을 빌려줘서 이렇게 걷고 있지, 만약 우산이 없었다면 허겁지겁 집으로 향하고 있을 것이다.

집으로 가는 골목길에 들어서자 추적거리는 빗소리가 더 잘 들리는 것 같았다. 그는 품에 넣었던 폰을 꺼내 시간을 확인했다. 오후 10시, 충분히 어두운 시간이다. 웬일인지 그닥 덥지는 않았다. 비가 와서 그런가. 찝찝한 건 매한가지였다. 앞머리를 쓸어올리며 발걸음을 빨리해 골목길을 벗어나던 영원은, 저 멀리 바닥에 놓인 한 상자를 발견하곤 천천히 멈춰 섰다.

"……이게 뭐지."

상자엔 우산이 씌워져 있었다. 그러나 주변에서 튀어 오르는 비까지 막기엔 무리였는지, 상자의 옆면이 온통 젖은 상태였다. 그리고 그 상자에 적혀져 있는 글씨.

[3개월 됐습니다. 잘 키워주세요.]

하. 영원은 한숨을 토해냈다. 방금까지 친구에게 이것과 관련된 이야기를 듣고 온 참이다. 동물을 너무너무 좋아하는 그 친구는, 알량한 마

음 때문에 버려지는 동물들이 너무 안타깝다며 간간이 한탄하곤 했다. 동물을 버리는 사람들은 범죄자나 다름없다며. 그리고 그는 지금 범죄자가 저질러 놓고 튄 범죄 현장을 보고 있었다.

영원은 상자 안을 들여다보았다. 3개월이란 말이 어울리게, 고작 두 손에 가득 찰 것 같은 강아지가 몸을 말고 있었다. 연한 갈색의 털을 가진 강아지는 몸을 덜덜 떨면서도 영원을 계속해서 주시했다. 겁을 먹은 걸까. 영원은 고민했다. 자신이 이 상황에서 어떻게 행동해야 올바른 걸까. 영원은 제 친구와는 다르게 동물을 별로 좋아하지 않았다. 무언가 병균이 묻었을지도 모르는 이를 집에 들이는 것도 그다지 원치 않았다. 그럼에도 그가 상자를 들어 올린 이유는, 하나였다. 영원은 비를 별로 좋아하지 않았으니까.

상자 속에서 벌벌 떠는 강아지를 바라보며 그는 집으로 향했다.

'우는 게 너였구나.'

'네가 울어서 비가 내리나 보다.'
그렇게 생각하며.

상자를 집 안으로 들고 온 영원이 먼저 한 일은 상자를 버리는 일이었다. 아무리 그가 잠시 강아지를 집으로 들이기로 했어도, 물에 젖어 너덜너덜하고 이물질이 가득 묻은 그것을 집에 두고 싶진 않았다. 그래서 그는 집 구석에 담요를 깔고, 그 위에 강아지를 올려놨다. 강아지는 손을 경계하긴 했어도 물진 않았기에 수월하게 상자를 버릴 수 있었다.

"…이제 어떡하지."

씻고 옷을 갈아입은 그가 소파에 앉아 인터넷을 켰다. '유기 동물 대처 방법.' 실종견일 경우…는 아니고. 눈에 보이는 상처도 없었고. 동물보호센터 같은 게 있는 건가. 한동안 정보 속에서 허우적대던 그가 이내 서칭을 마치고 폰을 내려두었다. 일단 신고를 하고, 애를 그쪽 기관으로 보낸 후에…. 허공을 바라보며 생각을 정리하던 영원은 서서히 몰려오는 졸음에 눈을 껌뻑였다. 게으름이 심한 성격 탓에 밖에 나갈 일이 생기면 그동안 미루던 일을 한 번에 처리하는 편이었다. 그 덕에 아침부터 눈을 떠 움직여야 했기에 피곤한 건 당연한 수순이었다.

'애 봐야 되는데…….'

영원이 잠들기 전 마지막으로 떠올린 생각은 그것이었다.

그래서 그는 갑작스러운 소음에 빠르게 반응했다.

"……!!!"

초인과 같은 반응 속도로 벌떡 일어난 그가 주위를 둘러보았다. 아직 잠에서 덜 깨 눈앞이 흐렸지만, 무언가 사고가 일어난 건 아닐까 하는 생각에 몸이 먼저 반응했다. 시계를 확인하니 새벽 3시였다. 제대로 자지 못해 머리가 둔했다. 지끈거리는 관자놀이를 짓누르며 깨끗해지는 시야에 본격적으로 집을 둘러보았다. 거실 한구석에 있던 강아지가 보이지 않았다.

"어딜 간 거야."

담요는 그대로 있었다. 부엌으로 나가도 강아지는 보이지 않았다. 화장실과 안방까지 둘러본 그는 마지막 남은 옷방으로 움직였다. 살짝 열려있는 문을 밀고 불을 켜니, 시계와 목걸이 등을 넣어놓는 작은 서랍이 쓰러져 있는 게 보였다. 그리고 코트가 걸려 있는 옷걸이 밑, 구석에 머리를 박고 숨어 있는 무언가 또한. 영원이 찾던 강아지인 듯했다.

"잠든 지 얼마나 됐다고 벌써 사고를……."

구시렁거리며 방으로 들어선 그가 이내 눈을 크게 키웠다. 구석에 숨어 있는 건 강아지가 아니었다.

"아이?"

의문으로 물든 영원의 목소리에 아이는 더더욱 안쪽으로 숨었다. 뭔가 싶었다. 이 집에 애가 들어올 구석은 없다. 저 애가 문을 따고 왔을 리도, 벽을 타고 발코니를 넘어왔을 리도 없으니까.

그가 점점 다가갈수록 아이는 몸을 구부렸다. 마치 몸을 마는 것처럼 행동했다. 영원은 아이를 가리고 있는 코트를 치웠다. 그리고 또 한 번 놀랐다.

꼬리가 있었다. 머리카락 사이 작게 올라온 동물 귀 또한.

반사적으로 떠오른 무언가가 있었다.

"강아지…?"

아이는 꼬리를 안쪽으로 말며 머리를 다리 사이에 넣고 몸을 말았다. 그 모습이 믿기지가 않아 한참 서 있다가 고개를 들어 올린 아이와 눈을 마주쳤다. 아이는 헉, 하며 다시 고개를 처박았다. 마치 머리를 숨기면 다 숨어질 줄 아는 타조 같았다. 그는 이해할 수 없는 상황에 허, 어이없는 한숨을 뱉었다. 정말 믿을 수 없지만, 이해할 수도 없지만, 그 강아지가 바로 이 아이인 것 같았다. 그야 저 꼬리가 가짜라면 저렇게 자의적으로 움직일 수도 없을 테고, 귀가 부르르 떨리고 있는 저것도 말이 안 되지 않은가.

영원은 자신에게 찾아온 이 말도 안 되는 상황이 너무나도 싫었다. 괜히 오지랖 한 번 부렸다가 이게 무슨 신세인지. 그러나 아이를 앞에 두고 오랫동안 생각한 결론은 한 가지였다.

'아이를 보호소에 데려가는 건 잠시 미루자.'

결국 그는 이 아이를 당분간 데리고 있기로 했다.

아이는 겁이 많았다. 다가가려는 영원에게 잘 협조도 하지 않았다. 끝내 영원은 어쩔 수 없이 며칠간 경계심을 풀기 위해 밥과 물만 주며 주위를 맴돌았다. 병원에 가보고 싶긴 한데, 몸의 구조가 인간이랑 다를 수도 있으니 문제였다. 더 최악인 건 아이는 신분이 없었다. 몸의 구조는 둘째 치고 병원에 간다 하더라도, 거기서 주민번호를 부르라고 하면 그는 아무것도 말할 수 없을 것이다. 마침내 그는 병원을 포기하고, 만약 치료를 받아야 하는 상황이 생긴다면, 그의 친구 중 의사인 애를 부르기로 했다.

일주일쯤 지났을까, 아이는 경계심이 조금 풀렸는지 집을 둘러보기 시작했다. 영원이 쳐다보고 있을 땐 멈칫멈칫하더니, 영원이 자는 척을 하거나 화장실을 갈 때, 무언가에 집중할 때면 오도도도 하는 발소리와 함께 집을 돌아다녔다.

그쯤 되니 영원은 아이와 얘기를 해봐야겠다고 생각했다. 여느 때와 같이 덜어준 밥을 깨끗하게 비운 아이에게 다가가, 그 옆에 털썩 앉았다. 갑자기 다가올 줄은 몰랐는지 아이는 금세 몸이 굳었다. 너무 가까웠나. 살짝 거리를 두자 그나마 나은지 어깨가 내려갔다. 아이를 잘 달래는 법은 몰랐던 영원은, 결국 불도저마냥 밀고 나가기로 했다.

"너, 어쩌다 사람이 된 건지는 알고 있어?"

아이는 고개를 도리도리 저었다. 모른다는 것 같았다.

"어디 아픈 곳 있어?"

또 고개를 도리도리 젓는다.

"먹고 싶은 건?"

고개를 저으려던 머리가 멈춘다. 일시 정적이 흐른다. 아무 말 없이 아이의 반응을 기다리자 조그마한 입이 벌어진다.

"……복숭아."

"복숭아?"

"응."

영원은 강아지가 복숭아를 어떻게 알지 싶었지만, 군말 없이 휴대폰을 들어 제일 달달한 복숭아를 검색하고 주문했다. 그 상황이 속전속결로 이루어질 동안 아이는 눈을 껌뻑이며 영원을 훑었다. 까만 머리, 무덤덤한 표정, 기다란 손가락. 전부 달랐다. 그 사람과는.

"이틀 뒤면 도착할 거야. 그동안 하고 싶은 거 있으면 하고, 물어보고 싶은 거 있으면 물어봐. 대신 위험할 수도 있는 건 내 앞에서 해. 그건 못 봐주니까."

"알았어."

작게 대답한 아이의 머리를 쓰다듬었다. 손이 올라가자 움찔하던 아이는, 부드러운 영원의 손길에 굳은 몸을 풀었다.

이틀 뒤, 집에 복숭아 한 박스가 도착했다.

"천천히 먹어. 체할라."

"응."

복숭아 하나를 작게 잘라서 주니 아이가 허겁지겁 먹어댔다. 입에 묻은 복숭아 과즙을 손으로 닦아준 그가 접시에 담겨 있던 복숭아 하나를 먹어보았다. 정말 달았다. 이거 너무 많이 주면 안 될 거 같은데. 그렇게 생각하며 칼을 내려놓자 아이가 영원을 바라보았다. 초롱한 눈망울이 무척이나 애달팠다.

"……하나 더 주면, 안 돼?"

"…왜 안 돼."

그래, 일단 먹이고 보자. 애는 쑥쑥 커야지.

그렇게 복숭아를 하나 더 깎은 영원이 접시에 복숭아를 담았다. 밝아진 얼굴로 행복하게 복숭아를 먹는 아이를 보며, 영원은 질문했다.

"이름 있어?"

"응."

"뭔데?"

"밤."

밤이라. 영원은 이름이 아이와 전혀 어울리지 않는다고 생각했다. 따지자면 아이는 밤이 아니라 낮에 가까웠다. 물론 이름을 낮이라고 하긴 그렇지.

"이름 맘에 들어?"

"……아니."

복숭아를 먹던 손을 멈춘 아이가 불퉁하게 말했다. 튀어나온 볼살을 바라보며 영원은 잠깐 고민하다, 툭하고 내뱉었다.

"하루 어때?"

"…뭐가?"

"이름. 하루로 하면 어떠냐고."

"하루…….."

아이는 입 안으로 계속해서 단어를 읊조렸다. 그러다 느리게 고개를 끄덕였다.

"오늘부터 너는 하루야. 하루라고 부를 거니까 들으면 반응해."

"응."

그 뒤로는 평범한 일상이 이어졌다.

하루를 그동안은 침대에 재웠는데, 같이 자면 불편할까 봐 결국 빈백 소파를 주문했다. 침대를 하나 더 놔줄까 물어보며 쇼핑몰을 보여주니 선택한 것이 빈백이었다. 처음에는 놀다가 잠들 때 바닥에서 웅크리고 자길래 몇 번 빈백에 올려두었더니, 그 이후 애착이 되었는지 잠시 앉 거나 누워있을 땐 무조건 빈백까지 기어가더라.

또, 하루는 편식이 심했다. 당근은 먹지도 않았고, 시금치는 뱉었다. 그러면서 과일은 무지하게 좋아했다. 몇 번 복숭아를 썰어주면 저 멀리 있다가도 냄새를 맡고 달려왔다. 고기는 무조건 소고기였고, 다른 고기는 먹지도 않았다. 고구마도 엄청 잘 먹었다. 무언가를 줄 때마다 혹시 몰라 강아지가 먹어도 되는지 검색하면서 줬는데, 저번엔 영원이 먹으려 사놨던 포도를 홀라당 먹었다. 강아지가 먹으면 안 되는 음식 중 하나라고 쓰여있던 걸 기억했던 영원은 사색이 된 채로 토해내게 하려 했지만, 결과적으로는 아무 일도 일어나지 않았다. 그 후에 몇 번 이나 강아지가 먹으면 안 되는 음식을 멋대로 먹어대도 탈이 나는 일 은 없었다. 아무래도 하루는 꼬리와 귀가 있는 것을 제외하면 정말 인간의 몸 구조와 같은 것 같았다.

어느 날은 티비 사용법을 알려줬더니 혼자 티비를 보기 시작했다. 너무 가까이서 봐서 멀리서 보라 해도 어느새 앞으로 가 있곤 했다. 하루는 동물농장을 정말 열심히 봤다. 간혹 자신과 비슷하게 생긴 강아지가 나오면 꼬리를 마구 흔들어 댔다. 손에는 엊그제 영원이 사놓은 강아지 인형을 쥔 채였다. 그 모습에 영원은 잠시간 아들을 둔 부모가 된 기분이었다.

밖을 나가는 것도 좋아했다. 강아지는 산책을 자주 해야 한다는 정보를 알게 된 후 산책을 나가고 싶냐 물어보았다. 그랬더니 싫다고 하길래 고민하다가 마당 문을 열어주기로 했다. 담도 높고 마당도 그렇게 작은 편은 아니어서 꼬리랑 귀를 자유롭게 내놓고 뛰어놀기 좋았다. 하루는 몇 시간 정도는 쳐다도 안 보더니 영원이 밥을 준비하는 사이 슬금슬금 나가 땅바닥을 뒹굴고 왔다. 한 번 나가니 좋은지 그 이후는 마당 문턱이 닳을 정도로 왔다 갔다 하며 바깥 공기를 마셔댔다. 그런 날이면 몸이 온통 더러워져서, 영원은 본의 아니게 아이 씻기는 일을 마스터하게 됐다.

그날은 영원이 몰래 사뒀던 블루베리를 하루가 세 알 빼돌린 날이었다. 자려고 누운 영원의 옆에서 빈백 소파에 앉아있던 하루는 말했다.

"왜 나한테 잘해줘?"

"……뭐?"

이게 뭔 소린가, 싶어 몸을 일으킨 영원이 하루를 바라보았다. 하루는 잠에 들 시간임에도 맑은 눈을 한 채 시선을 마주했다.

"너도 나 재미로 키워? 그냥 겉이 귀여워서? 그럼 안 귀여워지면 나 버릴 거야?"

"……."

"무서워. 네가 나한테 착한 게 무서워."

하루는 그렇게 말하곤 손에 쥔 인형을 끌어안았다. 할 말을 잃었던 영원이 대답한 건, 초침이 시계를 한 바퀴 거쳤을 즈음이었다.

"널 알고 싶어서 그랬어."

"……어?"

"잘해준 이유. 널 알고 싶어서 그랬다고."

영원은 처음엔 하루를 키울 생각이 없었다. 그냥 정말 잠시 집 안에 둘 생각이었다. 그 이후엔 동물을 좋아하는 친구에게 넘기거나, 그냥 모른 체하고 보호소에 보내려고 했다.

근데 함께 지낼수록 알고 싶어졌다.

빈백 소파에서 자다가도 금방 끙끙 앓으며 잠꼬대를 하는 것, 맛있는 걸 마음껏 먹으라고 해도 어디선가 숨겨져 있는 음식, 티비를 보며 같은 강아지에게 꼬리를 흔들지만 어느 순간 숨소리가 가빠지는 것, 마당을 돌아다니다가도 갑자기 불안함이 담긴 얼굴로 집 안에 들어오는 것도,

하루가 지낸 그 시간을 알고 싶었다.

"……난 귀엽게 생겼다며 입양됐어. 그게 얼마 가지도 않았지만."

하루는 평범한 강아지였다. 그는 눈을 뜰 때부터 어느 부부와 살게 됐다. 어릴 적 아주 작고 귀여운 외형이었던 그는, 자신을 데려온 부부에게 밤이라는 이름을 받았다.

"내가 조금 크고 집을 돌아다니니까, 움직이는데 거슬린다면서 아무도 없는 방에다 날 뒀어."

그의 주인은 하루 세 번만 문을 열고 밥을 줬다. 외로웠다. 문을 열고 들어오는 주인의 다리를 붙잡고 매달렸지만, 주인은 무심한 손길로 그를 떼어냈다. 저녁이 되면 방엔 어둠이 가득 들어찼다. 하루는 어두운 게 싫었기 때문에, 밤이 무서웠다. 그래서 짖었다. 울음소리를 내고, 방문을 긁어댔다. 무서움을 표출할 방법은 그것밖에 없었다. 그랬

더니 그의 주인은 시끄럽다고, 계속 그러면 쫓아낼 거라 짜증을 냈다.

"지금보다 더 어렸고, 그래서 더 무서웠어. 그래도 버려지기 싫어서 참았어."

참았다. 무서워도 작게 낑낑대며 구석에서 누워 있었고, 밤이 몰려오면 차라리 빨리 자고 싶어서 눈을 꾹 감았다. 며칠 간은 평화로웠다. 더 이상 짖지 않고 방문을 긁어대지 않는 강아지에게 주인은 칭찬을 해줬다. 하루는 그게 맞다고 생각했다. 그냥 그렇게 살려고 했다.

하필 천둥이 치지만 않았어도.

"난 비가 싫어."

비가 오던 그날, 아무것도 없는 어두운 방에선 천둥을 버틸 수 없었다. 하루는 결국 짖었다. 천둥이 칠 때마다 벌벌 떨며 방문을 긁었다. 필사적으로 긁었다. 그동안 조용히 했으니, 이번에는 나와 있어 주지 않을까. 실 같은 희망을 붙잡고 제발 살려달라며 애원했다.

그리고 그날, 하루는 버려졌다.

"난 그냥 무서웠을 뿐인데, 무서워서 그랬는데……."

그 날의 기억이 떠오르는 건지 하루가 몸을 떨어댔다. 그 모습을 바라보던 영원이 손을 뻗었다. 작고 따뜻한 몸이 영원의 품에 안겼다. 등을 쓸어내리며 머리를 쓰다듬었다. 영원은 작게 속삭였다. 수고했어. 많이 힘들었겠네. 그러자 하루가 버둥거렸다. 너도 똑같을 거잖아. 내가 무서워도, 아무렇지도 않을 거잖아. 결국 또 내가 짖고 시끄럽게 하면 날 버릴 거잖아. 그러다 울었다. 모든 걸 터트리듯 엉엉 울었다. 세상의 모든 울음을 끌어모으듯이 엉엉 울면서, 하루는 가만히 품에 안겨있었다.

영원은 그런 하루를 토닥이며 말했다.

"내가 왜 널 알고 싶었는지 알겠어."

이 모든 걸 알고 나면, 내가 널 버릴 리가 없잖아.

난 그냥 너를 보호하기 위한 명분을 찾고 싶었던 게 아닐까.

"그만 울어, 머리 아파져."

하루는 한참 동안 울더니 지쳤는지 금방 잠에 들었다. 고로롱 코를 고는 아이를 옆에 두고, 영원은 침대 옆 스탠드 조명을 켰다. 하루가 중간에 잠에서 깨도, 어둠에 무서워하지 않도록. 그렇게 영원도 같이 잠에 들었다.

"놀러 가고 싶은 곳 있어?"

영원은 통통 부은 하루의 눈을 매만지며 말했다. 그 손길을 받아내던 하루가 얼마 지나지 않아 대답했다.

"어둡지 않고, 좁지 않은 곳. 자유로운 곳이었으면 좋겠어."

그 말에 영원이 떠올린 건 피크닉이었다. 야외이니 일단 좁지 않을 것이고, 햇살이 내릴 테니 어둡지도 않을 터다. 공원은 분명 탁 터 있을 테니까, 살면서 가본 곳이라곤 집과 마당, 골목길밖에 없을 하루에 겐 자유로운 장소겠지.

"같이 밖으로 놀러 갈까? 돗자리 펴서, 도시락도 먹고."

"……응. 좋아."

하루가 머뭇거리다가 작게 웃었다. 그동안 가둬놨던 근심을 조금 내려놓은 듯한 얼굴이었다. 영원도 함께 웃으며 하루의 머리를 쓰다듬 어 주었다.

그는 하루를 데리고 마트로 향했다. 하루의 꼬리와 귀를 제어할 방 법은 아직 찾지 못했기 때문에, 꼬리를 가리기 위해 품이 큰 겉옷을 입 혔다. 귀 또한 가리기 위해 벙거지 모자를 씌웠더니 꽤나 깜찍한 모습 이 되었다. 하루는 답답하지도 않은지 발을 동동거리며 영원의 팔에 얌전히 안겨 있었다.

"우린 김밥을 만들 거야."

"김밥?"

"응. 김에다 밥을 깔고 여러 야채를 깔아 둘둘 마는 거야."

"야채 싫은데……."

투정 부리는 하루를 무시하며 꼼꼼히 야채를 담았다. 중간중간 과일 코너를 지나칠 때마다 손을 뻗어 과일을 담는 것 정도는 봐주었다.

하루는 집에 돌아오자마자 내일 무엇을 하자며 마구마구 떠들다가, 밤이 되자마자 침대로 슬금슬금 기어 올라왔다. 그 모습을 웃으며 쳐다보는 영원에게 하루는 부끄러운 듯 얼굴을 붉히며 말했다.

"추, 추울까봐 같이 있어 주는 거야."

이제 막 여름이 지나고 가을이 오고 있는 시점에 추울 리가 없었지만, 영원은 알겠다며 기꺼이 하루를 받아들였다.

그리고 마침내 당일, 영원은 새벽부터 일어나 김밥을 쌌다. 밥에 간도 살살 하고, 안에 들어갈 재료도 모두 꺼냈다. 계란을 얇게 펴 지단으로 만들고 송송 썰었다. 김밥 햄도 굽고, 당근도 길게 썰었다. 한창 만들고 있는데 하루가 깬 건지 방에서부터 오도도 달려오는 소리가 들렸다. 그 소리를 반기며 본격적으로 김밥을 말기 시작했다. 김을 깔고, 그 위에 밥을 고르게 편 다음, 깔끔하게 재료를 하나씩 올려준다. 그 다음 살살 잡아 돌돌 말고, 참기름을 바르고 깨를 솔솔 뿌린 후 곱게 잘라주면……!

"우와……."

"하나 먹어볼래?"

"응!"

예쁘게 만들어진 김밥을 입에 하나 물려주니, 아주 잘 꼭꼭 씹어 먹는다. 맛있어? 음음! 고개를 파닥파닥 끄덕이는 모습에 하하, 웃다가 김밥을 마저 말았다. 김밥을 다 말고 난 후에는 과일도 썰었다. 하루가 집었던 과일들을 몽땅 썰고 깨끗이 닦아 도시락 통에 옮겨 담았다. 금세 도시락이 알록달록해졌다.

"씻고 와, 이제 나갈 거야."

알았어.

이제 혼자 씻을 줄 아는 하루를 욕실에 들여보내고, 영원은 짐을 쌌다. 돗자리와 도시락, 휴지, 물티슈, 비닐봉지 등등을 챙기며 짐을 싸니 어느새 하루가 다 씻고 나와 있었다. 옷방으로 끌고 가 어제와 비슷한 패션을 입혀 귀와 꼬리를 가리고 영원 자신도 옷을 갈아입었다.

"이제 갈까?"

"응!"

신난 듯 밝은 목소리로 대답하는 하루의 손을 붙잡고 밖으로 나섰다.

도착한 곳은 집 주변 가까운 공원이었다. 혹시 모를 변수 때문에 집을 크게 벗어날 수 없었지만, 하루와 영원이 간 공원은 아름다운 풍경으로 꽤 유명한 곳이었기 때문에 나름 만족했다.

선선한 가을 날씨에 기분이 좋아진 하루가 마구 뛰어다녔다. 모자가 벗겨질까 걱정되긴 했지만, 알아서 머리를 붙잡는 걸 보니 딱히 말릴 필요는 없어 보였다. 그저 넘어지지만 말라고 걱정해 준 뒤 적당한 자리를 잡아 돗자리를 폈다. 나무 아래 그늘에다 폈더니 그다지 덥지도 않고, 하루와 거리가 멀지도 않았다. 길에 핀 꽃을 구경하는 하루를 구경하며 커피를 마시던 영원은 점심시간이 되자마자 하루를 끌고 돗자리로 데려왔다.

"밥 먹고 다시 놀아. 너 오늘 이거 다 먹어야 돼."

가방에서 도시락 통을 꺼낸 다음 층을 분리해 차례대로 늘여놓았다. 과일을 본 하루가 눈을 반짝였지만, 과일이 담긴 통을 영원이 가져가자 잠시 슬퍼했다. 김밥을 입에 넣은 하루가 고개를 돌리며 주변을 구경했다. 주위에 자신과 같은 강아지도 많았다. 그들 모두 다 행복해 보였다. 하루에겐 주어지지 않았던 자유들. 그러나 이제는 이렇게 바깥으로 나와 맛있는 걸 먹으며 뛰어놀 수 있었다.

"재밌지?"

옆에서 들려오는 목소리에 하루가 영원과 시선을 마주했다. 어쩌면,

자신의 은인일 지도 모르는 사람. 하루는 처음엔 그가 무서웠고, 자신의 과거를 모두 털어놓고 난 뒤엔 겁이 났다. 자신을 버릴까 봐. 별것 아닌 걸 무서워한다며, 결국 영원이 자신을 매도할까 봐. 그러나 그는 그러지 않았다. 그저 자신을 안아줄 뿐이었다. 아주 따뜻하게.

"응, 너무 재밌어."

영원은 눈을 크게 키웠다. 처음 보는 모습이었다. 입꼬리를 끌어 올리고, 콧잔등을 찡그리며, 눈살이 접힐 정도로 활짝 웃는 얼굴. 하루는 그토록 아름답게 웃으며 다시 한번 말했다.

"행복해."

겨울이 되었다.

그리고 하루는 감기에 걸려버렸다.

올해 첫눈이 내리는 날이 마침 어제였다. 하루가 눈을 반짝거리며 마당을 계속 쳐다보길래, 결국 이기지 못하고 밖을 나갔다. 따뜻한 패딩에 털모자, 털목도리, 털장갑을 끼우고 따뜻한 장화까지 신겼는데, 그 방어를 뚫고 지독한 감기에 걸렸다.

영원은 헐레벌떡 움직이며 어린이 약을 사 오고 죽도 사왔다. 끙끙 앓으며 누워있는 하루를 일으켜 죽을 먹이고 약을 먹였더니, 그 모습을 구경하던 하루가 그렇게 말했다.

"나 귀찮으면 혼자 냅둬도 돼. 그래도 이젠 조금 괜찮아진 것 같아."

영원은 기가 차서 답도 안 하고 같이 침대에 올라가 하루를 껴안았다. 하루는 뜨거운 숨을 쌕쌕거리면서도 영원을 밀어내지 않았다. 어느새 잠든 하루를 토닥이며 영원은 다시 한번 전 주인에 대한 앙심을 불태웠다.

'이런 착한 애를 혼자 놔두다니. 지옥에나 떨어져라, 망할 놈.'

"새해 복 많이 받아, 하루야."

“영원도 많이 받아.”

하루는 영원을 보며 해맑게 웃었다. 영원은 잠시 하루와 처음 만났던 그날을 떠올리며 감격에 젖었다. 저런 애가 그렇게 소심할 적이 있었는데.

물론, 그런 생각은 오래가지 않았다.

“딸기 먹으면 안 돼? 딸기 먹고 싶어.”

“앉아 있어, 금방 갖다줄게.”

그야, 그에겐 계속 바라봐야 할 강아지가 있었으니까.

“영원, 생일 축하해!”

“……내 생일을 어떻게 알았어?”

“폰으로 봤어. 어떤 사람이 영원한테 선물 보낸 거.”

“아…….”

“나도 선물 있어. 이거.”

“……꽃이야?”

“응. 카…네이션? 그거야.”

“이럴 때 주는 게 아니긴 한데…. 잘 받을게. 고마워, 하루야.”

“입에 넣은 거 뱉어, 이하루.”

“음음, 시어.”

“말 안 들어? 너 오늘 딸기 없어.”

“으, 엥?”

하루를 만난 지 거의 일 년이 다 되어간다. 그 의미로 이른 장마가 시작되었다. 비가 엄청 오는데도 밖을 나가고 싶은지, 하루가 온종일 바깥을 쳐다보고 있었다. 기어코 하루는 영원을 상대로 승리를 거머쥐었다.

“진짜 한 바퀴만 돌고 오는 거야. 알겠어?”

“응! 진짜 한 바퀴!”

하루에게 우비를 입히고, 우산까지 쥐여줬다. 공원으로 가자마자 우다다 달리려는 하루를 멈춰 세우고, 딱밤 한 대를 때렸다. 아! 왜 때려! 너 약속 기억 안 나? 안 뛰기로 했잖아. 그래도……. 뭘 그래도야. 천천히 걸어.

영원의 잔소리가 통한 건지 하루는 뛰지 않고 느린 걸음으로 공원을 돌았다. 영원은 흔들리는 하루의 우산이 불안해 우산의 캡 부분을 붙잡고 걸었다. 반 바퀴쯤 돌았을까, 갑자기 하루가 발을 멈췄다.

“……왜 그래? 다리 아파?”

영원의 말이 들리지도 않는지 어느 한 곳을 뚫어져라 응시한다. 그러다 갑자기 덜덜 떨기 시작한다. 잘 숨어 있던 꼬리가, 하루의 다리 사이로 말려 들어갔다.

“가, 가자. 집 가자.”

끝내 하루는 떨리는 손을 들어 영원의 옷깃을 붙잡고 말했다. 이쯤 되니 슬슬 예상이 가기 시작했다. 영원은 하루가 바라보고 있던 곳을 보았다. 거기엔 한 남자와 여자가 있었고, 그 사이에 하얀 강아지가 있었다.

“빨리 가자고!”

하루가 버럭 소리를 질렀다. 그 소리에 앞을 걷고 있던 여자와 남자가 하루를 바라보았다. 그 시선에 하루가 굳어버리자, 영원은 한숨을 푹 쉬었다. 그리곤 하루의 앞으로 걸어가 시선을 가린 다음, 뒤로 돌아 하루를 안아 들었다. 하루는 영원의 품 안으로 얼굴을 숨겼다. 바닥으로 툭 떨어진 하루의 우산까지 집어 들어 접은 영원이, 하루의 머리에 볼을 맞대며 말했다.

“그래, 가자. 우리 집으로.”

하루는 집에 와서도 여전히 떨어댔다. 차가워진 몸을 데우기 위해 먼저 욕실로 들어가 씻긴 영원은 하루의 머리를 살살 말린 후, 드라이기를 내려 두었다. 그 다음 팔을 벌렸다.

"안길래?"

하루는 군말 없이 품에 안겼다. 그때, 밖에서 천둥이 내려쳤다. 번쩍이는 집 안과 커다란 굉음에 하루가 움찔거렸다. 영원은 하루를 꽉 안았다. 빈틈 없이 꽉. 그 압박감을 느끼고, 자기 옆에 누가 있는지 알 수 있도록.

"하루야. 여긴 어둡지도 않고, 무서울 땐 안길 품도 있어. 이게 보통이야. 너는 거기서 당연한 걸 못 받고 지냈던 거야. 네가 잘못한 건 아무것도 없어. 난 너에게 앞으로 해줄 게 많아. 그니까 무서워하지 마. 난 너 절대 안 버려."

그 말을 듣고 한참을 말 없이 안겨있던 하루는, 영원이 침대로 자리를 옮겼을 때가 돼서야 자그맣게 입을 열었다.

"고마워."

영원은 눈을 떴다. 그리고 옆자리에서 곤히 자고 있을 하루를 찾았다.

……하루가 없었다.

"뭐야?"

영원은 빠르게 일어나 방을 돌아다녔다. 화장실, 옷방, 거실, 부엌……. 하루가 없었다.

"이하루."

영원이 거실에 서서 하루의 이름을 불렀다.

그때, 갑자기 구석에서 부스럭 소리가 났다. 고개를 돌리니 작은 갈색 강아지가 몸을 탈탈 털며 소파 뒤 구석에서 기어 나왔다. 하루? 긴가민가하며 이름을 불렀더니 갑자기 펑, 하며 아이가 나타났다. 그리곤 영원에게 달려와 반짝이는 눈으로 얘기했다.

"영원! 나 이제 강아지가 될 수 있어!"

"그래? 잘됐네."

영원은 하루의 머리를 쓰다듬으며 칭찬했다. 하루는 해맑게 웃으며 다시 강아지가 되더니, 이곳저곳을 와다다 달리며 돌아다녔다. 몸을 바닥에 비비기도 하고, 마당에 나가서 마음껏 달려댔다. 그러다 옷장으로 들어가더니 영원의 옷 중 하나를 물고 나와서 둥지 마냥 깔고 앉았다. 영원은 그 모습을 어이없게 바라보다가, 이내 작게 웃으며 소파에 앉았다. 하루가 소파 위로 올라와 영원의 무릎을 차지했다. 영원은 생각했다. 하루는, 그동안 강아지가 되는 것을 무서워했던 게 아닐까. 그리고 이제는 전혀 무섭지가 않아서, 다시 강아지가 될 수 있는 거다.

뭐 어느 쪽이건 하루가 좋다면 다 좋았기에, 그는 하루를 쓰다듬으며, 자신에게 찾아온 하루를 만끽하기로 했다.

레몬 나무

넌 그날 푸르고 푸른 하늘에 대해 말했지.

그리고 이제 내가 볼 수 있는 건 단지 노란 레몬 나무 하나뿐이야.

비가 오는 날이었다. 아니, 며칠 전부터 끊임없이 비가 내렸으니 여전한 날이라고 하는 게 더 맞을까. 신이 이 땅을 버린 것일지도 모른다는 생각이 들 정도로 비는 쏟아져 내렸다. 그리고 그녀는 예쁘게 웃으며 말했다. 고작 물 덩어리가 하늘에서 잘게 떨어지는 것뿐인데 실실 웃으면서 그녀는 말했다. 있잖아, 하늘은 말야. 누군가가 우는 걸 가려주기 위해서 비를 내리는 게 아닐까? 아니면 같이 울어주기 위해서 비를 내리는 건 아닐까? 나는 그녀의 찡그린 콧잔등에 시선을 고정한 채 대답했다. 무슨 소리야. 비는 그저 구름에 있던 빙정이 무거워짐으로 인해 떨어졌을 때……. 그리고 말야, 넌 정말 감성이 없어. 이 메마르고 냉정한 사람. 네가 지나치게 긍정적인 거라곤 생각하지 않는 거니. 무심하게 말을 던졌지만, 나는 속으로 그녀의 의견에 조용히 공감했다. 그리고 대답했다. 네 말대로라면, 누군가는 꼭 울고 있다는 말이잖아. 그게 저 앞에 중요한 시험을 망쳐버린 학생이든, 밥을 먹지 못해 잔뜩 마른 고양이든.

비가 온 지 일주일이 다 되어갔다. 애초에 비를 별로 좋아하지 않는 나로선 정말 최악이었다. 습도가 높은 것도, 아침과 밤의 온도가 극단적으로 달라지는 것도, 퀴퀴한 먼지 냄새에 더불어 특히 비에 젖어 축축한 신발을 보면 치를 떨었다. 낮게 쓰면 앞이 보이지 않는 검은 우산을 들고 그녀를 만났을 때도 그랬다. 웅덩이와 비가 부딪히며 청명한 소리를 내는 것도 화가 났다. 그러나 이런 내 말에 돌아온 대답은 공감이 아닌 반박이었다. 어차피 넌 비가 아예 오지 않았어도 짜증 났을 거잖아. 나는 한순간에 입이 탁 막혔다. 지금은 태양이 이 나라를 지독하게 바라보는 계절이었고, 그 말은 즉 온도가 미칠 듯이 올라간다는 뜻이었다. 그리고 추위보다 더위를 싫어하는 난 한 손엔 아이스커피를 들고 다른 한 손엔 폰이 아닌 미니 선풍기를 들고 있었겠지. 그나마 비가 오니 날이 좀 나아져서 이런 성화를 부릴 수 있는 거였다. 그래도 말이야, 이건 좀 과해. 일주일이 되도록 비만 온다는 게 말이 되냐고. 말이 안 될 건 또 뭐가 있는데? 난 좋기만 하거든. 빗소리가 주는 안정감이 뭔지 네가 알아? 내가 어떻게 알아. 공부할 때 듣는 백색 소음 같은 건 들어봤다만. 내가 항상 말하지만, 넌 정말 감성이 메마르다 못해 말라비틀어진 것 같아. 칭찬 고맙게 들을게. 칭찬 아니거든? 우리는 여전히 투닥거리며 싸웠다. 그러나 그녀의 얼굴에도, 내 입가에도 은은한 미소가 피어있었다. 사실 다 필요 없다. 이런 잔잔한 일상만이 반복된다면. 비가 한 달이 오든, 일 년이 넘게 오든 상관없다. 아, 십 년은 좀 무리다.

익숙함을 넘어 질린 비 냄새가 코를 찌른다. 이젠 세상도 난리였다. 아무리 지금이 여름이고, 장마가 있을 시기라고 해도, 이건 굉장히 심했다. 이미 댐과 강은 물이 넘쳤고, 전에 보았던 작은 웅덩이는 이제 연못 수준이었다. 마지막까지 꿋꿋하게 패션을 고집하며 비싼 운동화와 어여쁜 구두를 신고 다녔던 사람들은 자존심을 버린 채 높은 장화를 신었다. 이곳저곳에 흙이 묻은 노란색 땡땡이 장화에 어울리지도 않는 추리닝 바지를 입은 것이 우스꽝스러웠다. 그 옆에 서 있던 사람은 친구였는지 왜 그렇게 입고 나왔냐고 창피해하며 묻자, 집에 장화가 이것밖에 없었다고 답하는 걸 듣고 피식 웃음을 참았다. 저기요, 당신의 그 널찍하고 멋이 넘치는 추리닝이 장화 위로 범람하기 시작했는데요. 속으로 괜히 몇 번이나 비꼬았다. 그 사람이 결국 자존심을 포기하지 못하고 옷장을 뒤진 게 눈에 훤히 보였기 때문이다. 집에 그 장화밖에 없던 걸 알면서도 저런 옷을 입은 저 사람에게 박수를 치고 싶었다. 정말 대단한걸요, 마지막까지 알량한 자존심을 버리지 못한 당신이 말입니다. 유감스럽게도 당신이 입은 그 옷을 보고 멋있다고 대답하긴커녕 그 샛노란 장화에만 집중할 사람들이 훨씬 많을 테지만.

나는 버스에서 내렸다. 정류장에 도착한 탓이다. 어제 본 티비에선 온갖 전문가들이 나와 말도 안 되는 현상이라고 떠들어댔다. 이건 재앙입니다, 언제 끝날지 몰라요. 나와 같은 걸 본 것인지 그녀는 내가 티비를 끈지 얼마 되지 않아 메시지를 보냈다. 친구, 한 달 넘게 내리는 이 비가 재앙이래. 넌 어떻게 생각해? 나는 별 질문 같지도 않은 말이라 생각하며 한 손으로 답장을 보내고 자리에서 일어나 주방으로 향했다. 예전부터 세상엔 재앙이 도래해 있었는걸. 그녀는 내 말에 간단하게 답장을 보냈다. 나도 그래.

이젠 그녀도 비에 싫증이 난 것일까, 그토록 좋아하던 빗소리와 흐린 하늘 특유의 어두움이 주는 안정감, 그리고 코 깊숙이 스며드는 비 냄새를 느끼고도 그다지 기분이 밝아 보이지 않았다. 오랜만에 만난 그녀는 두껍고 긴 검은 장화를 신고도 여전히 아름다움을 잃지 않았다.

나는 그녀에게 레몬에이드를 건넸다. 외국에선 시련이 닥쳐왔을 때 레몬을 갈아 마신다더라. 한 잔 마셔. 그래, 참 고맙구나. 기분이 조금 풀린 건지 나에게 윙크를 날린 그녀는 유리잔 안에 담겨있는 레몬을 바라보다 그대로 잔을 들어 마셨다. 탄산에 목이 꽤나 따끔했을 터인데 눈 한 번 깜짝하지 않고 한 번에 다 마셔버린 레몬에이드를 신기하게 바라보았다. 천천히 마시라고 양을 꽤 많이 했는데 말이지. 하하,

그래? 어쩐지 다 먹기 좀 버겁더라. 다 마셔놓고 그렇게 말하지 마. 그녀는 얇게 썰린 레몬 하나를 집어먹으며 말했다. 요즘은 생각이 좀 많아. 세상은 비가 질린다, 재앙이다 뭐라 말하는데, 만약 우리가 가뭄에 찌들어 있었다면 오히려 절을 하고도 남을 상황이잖아. 물론 좀 과한 것 같긴 하지만, 그래도 인간의 이면을 너무 적나라하게 본 느낌이랄까……. 나도 레몬 하나를 입에 넣었다. 눈이 저절로 찡그려질 정도의 신맛이 머리를 찔러댔다. 그러나 표정 하나 일그러트리지 않고 옆에 있던 휴지에 손을 닦았다. 약해 보이고 싶지 않았던 탓이다. 나는 그녀에게 한 걸음 다가가 어깨를 툭 쳤다. 세상이 언제 안 그런 적 있냐. 그런 생각을 하는 네가 대단한 거지. 적어도 흙탕물 속 깨끗한 돌덩이 정도는 된다는 거잖아. 뭐야, 왜 하필 돌덩이야? 비유니까 그냥 넘어가. 절대 저번에 직접 공수한 귀한 레몬을 너에게 준 것이 아까운 건 아니니까. 너 은근슬쩍 나 돌려 까네. 뱉어버린다. 화장실은 저쪽입니다.

나는 유리잔을 싱크대에 퐁당 넣고 냉장고에서 레몬 하나를 꺼내어 그녀에게 던졌다. 우울할 때 그거 들고 나 찾아와. 도란도란 레몬에이드나 만들어 먹자고. 그러니 그녀는 금세 싱글벙글 미소를 끌어올리며 레몬을 잡고 대답했다. 응!

그녀는 그날 이후 레몬에이드를 총 9잔을 마셨다. 손님이 오거나 내가 마실 때 쓰는 레몬청이 거의 다 떨어지기 시작해서, 레몬을 사 와야 했다. 그러나 내가 레몬을 구하는 곳은 인터넷이나 마트가 아니었다. 나는 동네에서 좀 멀리 떨어진 공원으로 갈 준비를 했다. 어디 가냐며 물어본 그녀는 레몬 나무로 간다는 내 말을 듣고 들뜨며 같이 동행하자며 무턱대고 내 팔을 붙잡았다. 결국, 그녀를 끌고 향한 공원 한가운데에는 평균에 비해 훨씬 커다란 레몬 나무들이 여러 개 심어져 있었다.

오랜만에 보게 된 레몬 나무는 몇 달째 내리는 비에도 생기를 잃지 않고 레몬을 주렁주렁 달고 서있었다. 관리를 잘했나 보다. 나는 나무에 가까이 다가가며 입을 열었다. 이 레몬 나무들은 우리 어머니가 어릴 적 여기 사실 때 키우신 나무야. 여기에 공원이 만들어질 때 없앨까 했는데, 보통 나무 마냥 크기가 좀 커서 그런지 보기도 좋고 레몬 따는 걸 자유롭게 해두셔서 그런지 그냥 내버려 뒀다더라. 물론 한 번에 엄청 많이 가져가려는 분들은 여기 순찰하시는 분이 막아. 주변에 사는 분들도 그런 사람들 보면 적당히 가져가라고 말도 하고. 지금까지는 잘 유지되고 있어. 그렇게 설명하며 노랗게 잘 익은 레몬을 하나씩 따기 시작하자, 그녀도 슬금슬금 다가와 일을 도왔다. 레몬청을 없앤 지 분이 3할을 넘어가는 그녀도 자신이 가만히 있기엔 양심이 찔렸나 보다. 아니면 재밌어 보인 걸까. 손이 빠른 그녀 덕에 어느새 가져왔던 봉지엔 레몬이 가득 찼다. 작은 봉지라 금방 찬 레몬에 만족하고 하나 더 따려는 그녀를 만류했다. 나중에 너도 한 번 따러 와. 요즘이 젤 맛있으니까 최대한 빨리 와야 될 걸. 그러자 그녀는 비가 그치면 꼭 오겠다며 주먹을 불끈 쥐었다.

나는 실없이 웃었다. 비가 그치려면 한참 멀지 않았을까. 그렇게 생각하면서도, 난 겉으로 그녀를 응원했다. 각자의 집으로 헤어지기 전, 시간이 꽤 지나 썩기 시작했을 그녀의 레몬을 떠올리고 봉지에서 레몬 하나를 꺼내 쥐여주면서.

그날 이후로도 그녀는 여전히 레몬에이드를 마셨지만, 어째선지 횟수가 확연히 줄어들었다, 무슨 일이 있나 싶었던 나는 그녀에게 연락을 보내보았지만, 돌아오는 건 아무 일도 없다는 답뿐이었다. 왜 안 와? 입력한 글이 어째서 조금 추해 보여 잠시 고민했다. 그래, 우울한 일이 없는 거면 좋은 거겠지. 그렇지만…. 나는 그녀를 마지막으로 만난 게 언제인지 떠올렸다.

일주일 전, 그녀의 집에서 생일파티를 한 게 끝이었다. 수많은 그녀의 남자 지인들을 보며 어딘가 답답함을 느끼고 테라스로 도망쳤던 그날. 그리고, 그런 나를 보고는 자신을 잡는 손을 뿌리치며 날 따라 테라스 안으로 들어와서 환하게 웃던 그녀. 기억을 떠올리다 방을 둘러보았다. 적막했다. 생기 잃은 식물이 온통 회색이었다. 썼던 글을 지우고, 새로 문장을 작성했다. 레몬에이드가 너 보고 싶대. 그러자 그녀는 금방 답장을 보내주었다. 응, 나도 보고 싶어.

그리고 놀랍게도 비가 그쳤다. 반년이 거의 다 돼가는 시기였다. 레몬을 따기에는 살짝 늦은 감이 있었다. 물론 지금도 레몬을 수확하는 기간이다. 그러나 내가 말했던 '요즘이 제일 맛있다'라는 기간을 놓쳐서인지 그녀는 좀 우울해 보였다. 나는 위로 겸 그녀에게 레몬에이드 한 잔을 만들어주었다. 물리지도 않는지 그녀는 에이드를 꿀꺽 잘 마셔댔다. 레몬에이드에 기분이 완전히 풀려버린 그녀는 비가 내리는 몇 달간 보기 힘들었던 밝은 미소를 보이며 크게 소리쳤다.

하늘이 엄청 파래! 반년 동안 회색 하늘만 봐서 그런지, 하늘은 원래 파랗다는 사실도 까먹고 있던 걸까. 나도 반년 만에 보는 푸른 하늘이었기에 평소보다 기분이 꽤 들떴다. 비가 오는 동안 날씨는 여름이 아닌 겨울이 되었다. 용케도 눈이 아닌 비가 내리는 게 대단한 수준이었다. 그녀는 이 하늘을 보니 자기는 역시 파란색이 제일 좋은 것 같다며 실실 웃었다. 나는 하늘이 아닌 움푹 들어간 그녀의 보조개를 바라보며 웃었다. 아무튼, 그녀는 굉장히 맑은 목소리로 나에게 말했다. 내일 레몬 나무에 갈 거야. 지금이라도 따려고. 그래, 잘 생각했어. 너는 같이 안 가게? 내일 약속이 있어서. 이틀 뒤엔 같이 갈 수 있는데. 에이, 아냐. 그냥 나 혼자 갔다 올게. 길도 알아! 그래도 주소는 보내줄게. 그래 그럼. 불확실한 것보단 낫지! 그리고 다음 날 그녀는 나에게 메시지 하나를 남긴 채 레몬 나무로 향했다. 다녀올게!

이상했다. 소식이 없었다. 지금쯤이면 도착하고도 전화를 두 번씩이

나 하면서 나에게 자랑했을 텐데. 어쩌면 레몬 나무에 있는 레몬을 몽땅 가지려는 걸까? 도착했을 때 전화하는 것을 까먹고 레몬을 욕심내느라 아직까지도 따고 있는 걸까. 몇 달 만의 푸른 하늘임에도 내 기분은 암울했다.

물론 별거 아닌 일이었다. 그녀는 허둥대는 면이 있었고, 섬세함과는 거리가 멀었다. 도착하면 전화를 주기로 했던 약속을 까먹는 것 따위는 그다지 예민하게 반응할 일이 아니었다. 그래도, 그럼에도 이렇게 불안하고 우울한 이유는 그저 오랜만에 맞이한 맑은 날이 어색해서 그런 것이다. 그토록 싫어했던 축축함과 찝찝함, 퀴퀴한 냄새와 젖은 신발이 익숙해져 버려서 그런 것뿐이다.

나는 괜스레 그녀 전용 유리잔 옆에 있는 또 다른 잔을 꺼내어 물에 씻고 레몬에이드를 만들었다. 평소엔 달고 시원하던 레몬에이드가 썼다. 음료수를 마시다 레몬을 집어먹어서 그런 걸까. 분명 그녀와 있었을 때 먹었던 레몬은 전혀 이렇지 않았는데. 남은 레몬에이드를 다 버리고 설거지를 하다 무심코 그녀의 유리잔을 바라보았다. 집중하지 않으면 잘 보이지 않을, 미세하고 얇은 금이 새겨져 있었다. 나는 그 유리잔을 내버려 둘까, 버릴까 하다가 수납장을 열어 구석에 두었다. 어차피 이것도 하나의 추억일 테니까. 미래에 그녀가 집에 놀러 왔을 때 저 유리잔을 꺼내어 보여주면서 수다를 떨어도 재밌겠지.

그때, 고요하던 폰에 진동이 울렸다. 난 내가 움직였다고 믿기 힘들 정도의 속도로 자리에서 일어나 탁자의 폰을 잡아들었다. 전화가 온 폰 화면엔 그녀의 이름 세 글자가 쓰여 있었다. 심장은 그녀의 전화에 점점 불어나고 있었다. 몸이 터질까 걱정이 될 정도로 두근두근 빠르게 뛰기 시작했다. 전화를 받으면 조금 화를 낼까, 생각하며 전화를 받았다.

심장은 이제 불어나다 못해 목구멍 너머로 튀어나올 것 같았다. 속이 더부룩했다. 야, 너 왜 이렇게 늦게 전화했어? 내가 얼마나 걱정했는

줄 아냐? 그제야 나는 깨달았다. 아, 난 얘를 걱정하고 있었던 거구나. 바보 같긴. 전화가 오니까 그제야 알아챘다. 입으론 잔소리를 내뱉을 준비를 하면서도, 머릿속에서 무언가 탁 트이는 기분이었다.

아아! 이것은 사랑이었다. 난 바보같이 이 사실을 지금 알게 된 것이다. 이 사소하고도 별로 중요할 것도 없는 이 전화 한 통에 나는 알게 된 것이다. 그래. 그럼 이제 무얼 하면 될까? 그녀에게 친구 사이보단 좀 더 가까이 다가가면서, 매일 식사를 챙기라며 말을 건네는 것이다. 전보다 까먹은 폰을 더 잘 챙겨주고, 레몬에이드를 더욱 맛있게 만들고, 우산을 꼬박꼬박 손에 들려주는 거다. 아, 이제 비는 그쳤으니 우산은 중요하지 않다. 그럼 그녀가 우산을 쥘 손은 비게 될 테고, 그 손을 내가…….

저기요, 안 들리십니까? 아, 아니요. 들립니다. 근데 누구십……. 혹시 이 폰 주인과 아는 사이신가요? 맞는데, 왜 그러시나요. 지금 환자 분이 교통사고가 나셨습니다. 상태가 꽤 심각하셔서 지금 바로 수술 들어가셔야 하는데, 최대한 가족분과 빨리 병원으로 오셔서 수술 동의서를……. …저기요? 여보세요? 왜 대답이 없으십니까? 여보세요?

귀에서 이명이 울렸다. 통화 너머로 누군가가 날 찾는 것 같았지만, 친절하게 '여기 있습니다.'라고 대답해 줄 정신은 없었다. 다급하게 지갑을 들고 슬리퍼를 질질 끌며 택시를 탔다. 내가 전화에 대답한 건 병원 이름을 묻기 위해서였다. 주소를 듣고 빨리 가달라는 내 간절하고도 떨리는 외침에 택시 기사는 상황을 짐작한 건지 평생 느껴보지 못한 속도로 병원으로 향했다. 원체 멀미가 심하여 땅에 두 다리를 딛자 금방이라도 주저앉을 것 같았다. 그러나 달렸다. 슬리퍼 한 짝은 벗겨져 어딘가로 구르기 시작했다. 집에서 양말을 신고 살아서 다행일까, 신발 없이도 충분히 빠르게 달릴 수 있었다. 초췌한 모습으로 카운터에 다가가 그녀의 이름을 물어본 나는 벌벌 떨리는 손으로 폰을 들어 그녀의 가족을 재촉했다. 모르는 사람이 내 팔뚝을 잡아 일으켰고, 의자에 앉게 하더니 양말을 벗겨 내 발을 치료했다. 지금 알았지만 양말을 신었음에도 상처가 났나 보다. 그러나 전혀 중요하지 않았다. 아프지도 않았다. 오감이 멀어지는 기분이었다. 목이 타고, 입이 바싹 말랐다. 눈앞이 깜깜했고, 귀에선 아직도 이명이 이어졌다.

그녀를 끔찍하게도 사랑하는 그녀의 부모님은 수술 동의서에 사인 후 득달같이 달려와 나에게 상황 설명을 요구했다. 앞도 제대로 안 보이는 상황에서 내 어깨를 붙잡고 나와 똑같이 벌벌 떨리는, 그러나 더욱이 비참한 모습으로 말을 꺼내는 그녀의 어머니에 나는 금방이라도 울음이 터질 것 같은 목소리로 대답했다.

그녀는 레몬을 따기 위해 레몬 나무로 향했고, 레몬을 따고 돌아오기 위해 공원을 벗어나던 도중 술을 먹고 차에 탄 음주운전자에 의해 사고를 당했다. 범인은 잡혔고, 지금 경찰에게 잡혀갔다. 간단하지만 처참한 내용에 결국 그녀의 부모님들은 울음을 터트렸다. 목이 턱턱 막히는 기분에 더 이상 입을 열 수가 없었다.

이제, 이제야 알게 되었는데. 그녀를 향한 마음을, 이제야. 이럴 수가 있을까? 이런 참혹하고 추악한 방법으로 내 감정을 깨닫게 해야만 했을까? 아아, 신이시여. 정말 당신이 존재하신다면 이번만 살려주시면 안 되겠습니까. 난 아직도 내가 그녀를 얼마나 좋아하는지 모른단 말입니다. 그녀의 미소를 보고서 얼마나 심장이 뛰는지, 그녀의 목소리를 듣고서 얼마나 기분이 좋은지 확실히 알아본 적이 없단 말입니다. 그러니 제발, 우리를 외롭게 하지 말아 주소서. 나를, 그녀를, 우리를 멀리하지 말아 주소서. 제발.

하늘이 파랬다. 구름은 하늘을 배경으로 새하얗게 둥둥 떠다녔다. 저 안엔 빙정과 물방울이 있다. 물방울이 증발하면서 수증기가 되면, 수증기는 빙정에게 달라붙어 무게를 늘린다. 그렇게 점점 성장하며 무거워진 빙정이 무게를 견디지 못하고 떨어질 때, 기온이 높아 빙정이 녹으면 비가 된다. 그러나 그녀는 그렇게 말했다. 누군가가 울고 있으니 가려주기 위하여, 또는 같이 울어주기 위하여 비는 내린다고. 나는 그녀의 말을 믿지 않기로 했다. 내가 지금 마음속으로 이리 울고 있는데, 비는커녕 태양이 밝게 내린다. 눈이 쨍할 정도로 하늘은 푸르고, 축축하고 어둡긴 무슨 따뜻하고 선명하기만 하다. 그녀는 없는데. 이렇게 밝은 날에 청초하게 웃음 지을 그녀는 없는데.

나는 레몬 나무로 향했다. 금방이라도 그녀가 왔냐며 손을 흔들어줄 것만 같았다. 맨 처음 그녀와 레몬을 땄던 나무로 다가갔다. 확실히 레몬을 따긴 한 건지 이곳저곳이 비어있었다. 그녀가 딴 레몬은 사고 현장에서 발견되어 그녀의 부모님 손으로 돌아갔다. 딱 하나만이라도 가지고 싶었는데, 차마 말을 꺼내지 못했다. 그래서 왔다. 아무도 없는 이곳에서 나무를 바라보며 입을 열었다. 다녀온다며. 왜 가기만 하고 오질 않아. 내가 얼마나 기다렸는지 알기나 해? 넌 나밖에 없어. 대답은 돌아오지 않았다.

눈이 따가웠다. 태양이 너무 뜨거웠다. 차라리, 차라리 비가 왔으면 했다. 그녀가 레몬에이드를 먹던, 우울하고 외로운 날이면 내가 준 레몬을 쥐고 찾아오던 그때처럼. 우중충하고 온통 회색으로 가득 찬 하늘이지만, 창밖으로 두드리듯 들려왔던 빗소리를 함께 즐겼던 그때처럼. 작년에 말이야, 네가 이 비를 재앙으로 생각하냐고 물어봤잖아. 그때 별 새삼스럽다고 생각했어. 어차피 이미 지구는 망가지고 있고, 이상 기후가 그다지 놀랄만한 것도 아니니까. 근데, 근데⋯. 네가 없으니까 죽을 것 같아. 그래, 재앙이야. 이건 나에게 온 커다란 재앙이야. 신은 왜 이리 무심한지 모르겠어. 우리가 불쌍하지도 않은 걸까? 신은 인간에게 죽기 직전까지의 고통을 준다던데, 그 순간이 바로 지금인 걸까? 앞으로 이것보다 더한 고통은 없는 걸까? 그럼 지금을, 네가 날 떠난 이 고통을 버텨내면, 나는 앞으로 모든 걸 닳은 것처럼 무덤덤하게 살 수 있는 걸까? 제발 대답 좀 해봐. 제발……

　한참을 울었다. 그녀가 레몬을 딴 흔적이 고스란히 보이는 그 레몬 나무 앞에 앉아서 눈물을 쏟아냈다. 머리가 아파왔다. 더 나올 눈물도 없어서, 나는 하늘을 멍하니 바라보았다. 은은한 바람이 불어왔다. 저 하늘, 네가 좋다며. 넌 역시 파란색이 좋다며. 나도 그렇게 생각했는데, 아닌 것 같아. 난 그냥 회색이 좋은 걸. 혼자 중얼거리며 무심히 레몬 나무를 바라보았다.
　무언가를 발견했다. 레몬색과 똑닮은 노란 포스트잇. 그녀가 자주 그리는 동그란 토끼 그림이 그려져 있었다. 나는 눈을 크게 뜬 채로 내용을 읽었다. 오늘의 할 일, 레몬 따기, 장 보기, 레몬 에이드 만들기, 준비하기, 고백하기…. 그렇게 적혀 있었다. 나는 알았다. 나는 알아버렸다. 이건 그녀의 것이었다. 동글동글한 글씨체. 비읍을 굴려 쓰는 버릇. 바보 같이 한 쪽 귀를 반대로 접고 있는 토끼 그림. 아, 통탄스러웠다. 레몬을 따러 오지 않았다면, 그녀는 지금쯤 죽지 않았을 텐데. 저번에 그녀와 여길 오지 않았다면. 달고 시큼한 레몬에이드를 그녀에게 쥐여주지 않았었다면. 진작에 감정을 깨닫고 그녀에게 고백했다면, 그녀는……. 나는 눈을 손바닥으로 꾹 눌렀다. 이러다간 내가 그녀와 만난 것을 후회할 것만 같아서, 손을 떼고 그저 레몬 나무만을 바라보았다. 다른 나무들과는 다르게 색이 좀 더 짙은 레몬 나무. 내가 제일 좋아하는 레몬 나무. 그녀와 왔을 때, 굳이 이 나무를 처음으로 보여줬던 건, 내가 제일 좋아하는 것을 그녀와 공유하고 싶은 마음에 그런 거였을까.
　나는 포스트잇으로 시선을 돌렸다. 이건 그녀의 마지막 흔적이다. 나중에 그녀가 내 손을 붙잡고, 언젠가 이 레몬 나무로 돌아와 함께 웃었을 거라는 흔적. 그러나 나 혼자 와버렸다. 그녀가 없어서. 같이 와서 부드럽게 웃을 그녀가 없기에. 나는 축축한 볼을 닦으려다, 그냥 레몬 나무 앞에 주저앉았다. 그녀의 온기가 사라질 것만 같았다. 이번엔 울지 않고 레몬 나무와 동그란 글씨를 바라보았다. 하늘은 여전히 파랬다. 그녀가 죽기 전날 같이 보았던 그 하늘보다, 훨씬.

넌 그날 푸르고 푸른 하늘에 대해 말했지.

그리고 이제 내가 볼 수 있는 건 단지 노란 레몬 나무 하나뿐이야.

네가 죽어버린, 마지막 흔적을 남기고 가버렸던 그 나무 하나뿐이야.

세상의 모든 사랑은 아름답다

part 1 (이하늘).

　이하늘은 평범한 남학생이었다. 그저 남들보다 조금 더 인기가 많고, 조금 더 뛰어난 게 많을 뿐인, 그런 남학생. 그는 자기가 반짝이는 것처럼 보인다는 걸 알고 있었다. 왕자님이라 불리는 것도 알고 있었다. 어찌 모르겠는가. 복도를 걷기만 하면 옆에서 학생들이 수군거리는데. 그러나 그는 인정할 수 없었다. 자신은 반짝이기엔 별이 아니었고, 달처럼 태양빛을 반사할 수도 없었다. 왕자님이라고 하기엔 약점도 많았다. 싸움도 못했고, 벌레도 못 잡았고, 매운 것도 못 먹었다. 어두운 것도 싫어했다. 그런 이하늘에게 많은 애들이 공주처럼 다가와 나의 왕자님이 되어주라 하여도, 그는 관심이 없었다. 그는 왕자님이 아니었으니까.

　그런 이하늘의 관심을 잠시 끌었던 건 같은 반의 목 련이라는 아이였다. 자신이 전학 올 때조차 관심을 주지 않았던 목 련. 다가오지도, 그렇다고 멀리 가지도 않던 아이. 전학 후 배정된 자리가 그 아이의 옆자리였을 때, 목 련은 자길 바라보지도 않고 책만 보고 있었다. 자신을 피하는 것 같아서 일부러 따라붙어 말을 몇 번 걸었을 때도 무시를 당했다. 그래서 그냥 포기했다. 아, 이 아이는 나랑 별로 친해지고 싶지 않은가 보다. 그 이후로 얽히는 일은 별로 없었다. 그냥, 같은 반 아이였다. 이하늘에게 목 련이란.

선생님의 심부름에 도서관으로 향하는 시점이었다. 이하늘은 목 련을 발견했다. 안녕. 인사를 했지만 목 련은 역시나 받아주지 않았다. 목 련이 손에 들고 있던 건 한 책이었다.

[세상의 모든 사랑은 아름답다.]

목 련과 전혀 어울리지 않는 책이었다. 저 애도 로맨스 같은 걸 좋 아하긴 하나 보지. 역시 사람 사는 건 다 같다고 생각하며, 그는 목 련 을 스쳐 선생님의 심부름이었던 책을 빌렸다. 그 과정을 모두 끝마치 고 도서관을 나설 때까지 목 련은 여전히 그 자리에서 꼼짝도 하지 않 았다. 뭐 하는 거지, 궁금증이 일었지만, 끊어냈다. 그다지 중요한 건 아니었으니까.

구름에 구멍이라도 숭숭 뚫린 걸까, 회색 하늘에서 비가 쏟아져 내린 다. 공기가 차가웠다. 여름임에도 불구하고 숨을 들이쉴 때마다 목구 멍이 시릴 정도였다. 그렇지만 찝찝한 건 매한가지였다. 다행히 이하늘 은 우산을 챙겨온 상태였다. 같은 반 애들의 부러움을 사며 우산을 폈 다. 어, 목 련이 서있었다. 애도 우산 없나. 체구도 작은 애가 찬 비를 고스란히 맞고 가는 상상을 하니 저도 모르게 안타까움이 새어 나왔다.

"우산 없으면 같이 쓸래?"

그렇게 묻는 건 불가항력이었다. 그러나 용기를 내어 제안한 결과는 처참했다. 목 련은 우산이 있다는 걸 알리듯 몸을 비틀어 가방 옆을 보 여주었다. 검은색의 접이식 우산이 꽂혀있었다. 조금 민망했지만, 어 쨌든 다행이었다. 비를 맞고 갈 일은 없다는 거니까. 그럼 먼저 간다. 내일 보자. 목 련은 대답 없이 하늘만 보고 있었다. 쟤는 대답도 안 해 주나. 조금 서운함이 들었다. 그런 생각을 하는 와중에 아, 떠오른 게 있었다. 학원에 들고 가야 하는 문제집을 책상 서랍에 놓고 온 것이다. 이하늘은 펼쳤던 우산을 다시 접고 반으로 향했다. 문제집을 챙기고 다 시 정문으로 내려왔을 즘엔, 아무도 없었다. 먼저 갔나 보네. 대수롭지 않게 생각하며 빗속으로 파고들었다.

이하늘은 길을 걸었다. 비가 참 많이도 오네. 그는 그렇게 생각하며 길을 걸었다. 골목길로 들어서기 위해 코너를 돌았을 때, 그는 발걸음을 멈칫했다. 저 끝에 누군가가 벽에 기대앉아 있었다. 취객인가. 뭐 어찌 됐건 신경을 쓸 필요는 없었다. 이하늘은 길을 틀지 않고 계속 걸었다. 그리곤 점점 깨닫기 시작했다. 우리 학교 교복이네. 여자애네. …목련이네? 그는 반쯤 스쳤던 몸을 삐거덕, 멈추고는 다시 뒤로 몇 걸음 움직였다. 분명 이하늘에게 우산이 있다며 가방 옆에 알뜰하게 꽂혀있던 우산을 들이밀기까지 했던 그였다. 그런 그가 지금 하늘에서 떨어지는 비를 고스란히 맞으며 고개를 무릎에 파묻고 있었다.

여기서 뭐해? 돌아오지 않는 대답에 몇 분 동안 목 련의 정수리만을 뚫어져라 바라보던 이하늘은, 잠시 고민하다, 그대로 목 련의 옆에 주저앉았다. 목 련이 움찔했다. 그러든가 말든가, 그는 주머니에서 폰을 꺼내 영어 단어를 외우기 시작했다. 28개를 외웠을 즈음엔, 비가 점점 약해지고 있었다. 우산이 필요 없어졌을 정도였다. 그동안 목 련은 여전히 고개를 숙이고 있었다. 목 안 아픈가. 혹시 우나.

"울어?"

"…안 울어."

대답이 돌아왔다. 이제 괜찮은 건가. 그가 고개를 들어 올렸다. 눈은 붉지 않았다. 볼에 눈물 자국은 없었다. 진짜 운 건 아니었네. 이하늘은 목 련이 울지 않는다는 걸 알면서도 십 분 더 옆에 앉아있었다. 시간을 보니 학원에 가야 할 시간이었다. 이하늘은 엉덩이를 털며 말했다. 나 갈게. 내일 보자. 대답은 돌아오지 않았다. 기대하지도 않아서 그는 골목길을 빠져나왔다. 아주, 정말 아주 작게, '응'이란 답이 들려왔던 것 같기도 하다.

다음 날 목 련은 감기에 걸려서 나오지 못했다. 그러게, 누가 비 맞고 있으랬나. 속으론 혀를 차면서도 괜스레 걱정이 들었다. 심한 건 아니겠지. 이하늘은 앞사람에게 전달받은 통신문을 뒤에 전달하면서도 계속 생각했다. 그러다 이번 달 급식이 몽땅 맛이 없다는 친구의 말에 정신을 차렸다. 그래, 알아서 잘 낫겠지 뭐. 이제 이하늘에게 남은 일은 한 가지였다. 친구와 같이 경악하는 것이었다. 와, 코다리조림이 몇 번이나 나오는 거냐! 유감스럽게도, 그는 코다리조림을 정말 싫어했다. 어느 정도냐면, 바람직한 모범생이었던 그가 몰래 밖을 나갈까 고심할 정도로 말이다.

목 련은 다행히도 금방 학교로 돌아왔다. 언뜻 들기론 진도를 놓치기 싫어서 열이 내리자마자 등교했다는 것 같았다. 공부에 열정이 대단한 아이. 쉬는 시간, 그는 목 련에게 사탕을 내밀었다. 사과 맛 츄파춥스였다. 그가 제일 좋아하는 맛. 그러나 아픔을 이겨내고 학교에 온 아이를 위해서라면. 그 정도는 양보해도 좋았다. 츄파춥스를 건네받은 목 련은, 거부할 거라는 이하늘의 상상과는 달리 그 츄파춥스를 받아들였다. 고맙다고 말하며 주머니에 넣는 모습까지 보았다. 얼마나 감격스러웠는지, 뿌듯함까지 들었다. 길고양이라도 길들인 기분이었다. 오늘 점심 같이 먹을래? 내친김에 점심까지 제안했지만, 그것까진 무리였는지 거절당했다. 그래도 좋았다. 츄파춥스가 통했으니까!

그날 이후로 이하늘은 목 련에게 자주 츄파춥스를 건넸다. 이젠 등교하기 전 편의점에 들러 츄파춥스를 사는 것이 버릇이 될 정도였다. 맛은 전부 다 달랐지만, 그래도 목 련은 꼬박꼬박 고맙다고 말하며 사탕을 받았다. 여전히 점심은 같이 먹지 못했다. 이하늘은 합리적인 의심이 들었다. 이 정도면 그냥, 사탕을 좋아하는 거 아니야? 그렇다고 하기엔 먼저 사탕을 찾아 먹는 걸 본 적이 없었다. 그래, 츄파춥스가 좋은가 보지. 그것도 내가 건네주는 건 더욱! 언젠가, 한 학생이 목 련에게 똑같은 츄파춥스를 건넸음에도 거절하는 걸 목격한 이하늘은 기분이 좋았다. 특별한 사람이 된 것 같았다. 그래, 이 정도면, 많이 친

해진 게 아닐까? 곧 점심도 같이 먹을 수 있을 거야, 꾸준히 노력한다
면 말이지!

체육 대회 당일이었다. 이하늘은 계주 주자였다. 스탠드에 앉아 자신
을 응원하는 아이들을 바라보다, 구석에 앉아 물을 마시는 목 련을 발
견했다. 무릎엔 사과 맛 츄파춥스도 곱게 올려져 있었다. 목 련을 보는
동안 계주를 시작한다는 선생님의 말이 들렸다. 이하늘은 마지막 순서
였기 때문에 여유롭게 기다렸다. 그동안 이하늘의 팀은 조금 늦어지고
있었다. 뒤처진 주자가 손에 바통을 넘기자마자 그것을 꽉 쥐고 트랙
위를 달렸다. 응원 소리가 엄청나게 컸음에도 그 순간 아무것도 들리
지 않았다. 온 힘을 다해 달렸다. 문득 누군가 지켜보고 있을 거란 생각
도 했다. 이하늘만의 고요함이 멈춘 건 1등으로 도착했을 시점이었다.
손에 도장을 받고, 애들에게 온갖 껴안음을 당하면서, 그는 목 련을 생
각했다. 봤겠지. 내가 달리는 거. 이하늘은 고개를 돌렸다. 어, 숨을 멈
췄다. 이하늘의 눈이 커졌다. 목 련이 스탠드를 내려오는 계단 맨 아래
에서 발목을 붙잡고 쓰러져 있었다.
"괜찮아?"
이하늘은 등에 업은 목 련을 침대 위에 내려놓으며 물었다. 목 련은
여전히 아무 말이 없었다. 많이 아픈가. 하필 보건 선생님이 없었다.
이게 무슨 로맨스 영화 클리셰도 아니고. 다친 애가 있는데 보건 선생
님이 없는 게 말이 돼? 어릴 적 학교에서 학교 용품을 멋대로 만지지
말라는 교육을 받은 이하늘은, 몸을 가만히 있지 못하고 갈팡질팡하
며 보건실을 맴돌았다. 그냥 건드려? 근데 파스가 어딨는지 내가 어떻
게 알고? 찾아도 그 파스가 이런 곳에 쓰는 게 아니라 다른 거면? 붕대
는? 붕대를 다 쓰게 되면? 붕대가 별로 없으면? 온갖 상상에 머리가 터
질 것 같았다. 결국 벽에 머리까지 박던 그를 멈춘 건 목 련이었다. 목
련이 중얼거렸다.

"…어."

"뭐라고?"

"…다고."

"다시 말해줄래? 목소리가 작아서."

아프다는 걸까? 그렇게 생각하며 목 련의 앞에 무릎을 꿇어 시선을 맞춘 이하늘이, 잠시 숨을 멈췄다. 목 련이 울고 있었다. 울음소리도 없이 투명한 물만 뚝뚝 떨어뜨리며, 목 련이 울고 있었다. 어, 어떡하지. 휴지라도 가져오려 몸을 일으켰다. 그런 이하늘을 멈추게 한 건, 목 련의 한 마디였다.

"네가 싫어."

목 련은 그렇게 말하며, 이하늘을 노려보았다.

"네가 싫어. 네가 싫다구. 네가 지독하게 싫단 말이야!"

비가 왔다. 창밖을 시끄럽게 두드리는 비를 바라보던 이하늘은, 이내 시선을 돌려 저 앞에 앉아 책을 보고 있는 목 련을 응시했다. 어제 다리는 어떻게 됐을까. 오늘 아침에 잘 걸어온 걸 보면 심각한 건 아니었나 보지. 자신이 싫다며 당장 눈앞에서 사라지라는 목 련에 휴지도 쥐여주지 못하고 뛰쳐나왔다. 어제 처절하게 외치던 그가 잊히지 않았다. …내가 그렇게 싫은가. 내가 뭘 했다고. 이미 붉어진 손등을 또 긁어댔다. 야 이하늘! 너 피 나! 누군가 그렇게 외칠 즘이 돼서야 그는 긁던 행위를 멈추었다. 옆자리의 여자애가 호들갑을 떨며 휴지를 건네고, 괜찮냐 물으며 밴드를 건넸지만, 그는 웃으며 사양했다. 괜찮아. 한 마디 남기고는 입을 다물었다. 대화에 정신을 소비하고 싶지 않았다. 그는 지금 생각할 게 많았다. 이를테면, 자신을 싫어하는 목 련이라던가, 그럼 왜 비 오는 날 자신을 밀어내지 않았나, 라던가, 그럼 그동안 내밀었던 츄파춥스는 버려졌을까, 같은. 그가 한 가지 사실을 깨달은 것은 3교시가 모조리 지났을 시점이었다. 아, 전부 다 목 련에 관한 생각이었다.

'내가 목 련을 좋아해? 그 무뚝뚝하고, 공부만 잘하고, 내가 주는 사
탕만 먹고, 그래놓고 점심은 같이 안 먹어줘놓고, 마침내 이하늘이 지
독하게 싫다고 울부짖은 걔를? 이하늘이 목 련을 좋아한다고? 하, 말
도 안 되는 소리. 좋아할 이유가 없잖아. 단 한순간도 알아보지 못한 그
사랑을, 목 련한테 주고 싶은 이유가.'

이하늘은 옛날부터 사랑을 많이 접했다. 금슬 좋은 부모님의 밑에서
장남으로 자라 사랑을 가득 받았고, 어릴 적부터 외향적인 성향으로 친
구도 많아서 우정이 돈독한 애들도 있었다. 그러나 한 가지 겪지 못한
것은, 성애적인 사랑이었다. 그는 고백도 받아봤고, 은근한 유혹도 받
았다. 그러나 그는 그들을 사랑하지 않았다. 이하늘은 자신을 사랑하
는 이들의 사랑보다, 자신이 온전히 사랑을 퍼부을 수 있는 사람이 있
기를 바랐다. 그러나 그런 사람은 17년째 존재하지 않았고, 전학을 와
서도 보이지 않았다. 그런 줄 알았다.

비 오는 날의 목 련을 만나기 전까지는.

별이 맺힌 하늘 사이로 조각난 시간이 흘러, 무덥고 푸른 여름의 끝
자락에 닿았다. 아무리 해도 잠을 잘 수가 없어서, 이하늘은 겉옷을 걸
치고 밖으로 나왔다. 시원한 밤공기를 마시니 정신이 좀 차려지는 것
같기도 했다. 그와 다르게 아직도 마음은 복잡했다. 그래, 좋아하는 걸
지도 몰랐다. 그러나 그게 사랑까지 갈 일인가? 이건 그냥, 이하늘이
츄파춥스 중 사과 맛을 제일 좋아하는 것과 같을 수도 있었다. 사랑에
종류가 있을지 몰라도, '좋아함'에는 종류가 없을 수도 있지 않은가. 이
하늘이 목 련을 계속 떠올리는 건, 귀에 계속해서 목 련의 잔잔한 목소
리가 맴도는 건, 눈앞에 흰색 잠바를 챙겨 입고 서 있는 목 련이 보이는
건, 그냥 사소한 좋아함일 수도 있었다.
'……흰색 잠바의 목 련? 난 지금까지 교복을 입은 목 련밖에 보지 못

했는데. 그럼 내 눈앞의 저 목 련은 뭐지. ……목 련?'

이하늘은 기절할 뻔했다. 그냥 상상인 줄 알았던 목 련이 갑자기 성큼성큼 다가왔기 때문이다!

목 련은 금세 이하늘의 앞에 섰다. 이하늘은 목 련을 빤히 바라보았다. 목 련이 원래 저렇게 하얀 애던가. 속눈썹은 이렇게나 길었고? 쌍꺼풀이 생각보다 진했구나. 아, 순간 자신도 모르게 귀가 빨개지는 것 같았다. 뭐지, 심장이 갑자기 이렇게……. 목 련에게 들릴까 봐 무서울 정도로 심장이 세차게 들렸다. 귀에서 이명이 들렸다. 거북했다. 금방이라도 심장이 입 밖으로 튀어나올 것 같아서 무서웠다. 침을 아무리 삼켜도 목이 말랐다. 이하늘은 자신도 모르게 주먹을 꽉 쥐고, 눈꺼풀을 파르르 떨었다. 목 련은 그런 이하늘을 아는지 모르는지, 무심하게 말했다.

"그동안, 줬던 거."

그렇게 말하며 목 련은 주머니에서 손을 꺼내, 이하늘의 주먹을 끌고 와 보자기로 만들었다. 그 손바닥 위에 무언가가 수북이 올라왔다. 사과맛 츄파춥스였다.

이하늘의 패배였다. 완전한 패배. 승리자는 목 련이었다. 머릿속에서 목 련이 흐물거리는 이하늘을 트로피마냥 쥐고 승리, 하는 쓸데없는 상상까지 떠올랐다. 이하늘은 풋, 웃음을 터트렸다. 목 련이 이름처럼 새하얗게 웃는 망상까지 해버렸다. 아, 이젠 무리였다. 속은 거북하다 못해 무언가 거대하게 부풀어 오른 것 같았다. 이 무언가는 금방이라도 팡, 하고 쏟아져내릴 것 같아서, 토해내지 않으면 돌이킬 수 없을 것처럼 보였다.

이하늘은 터질 것 같은 심장을 멈추기 위해, 고했다.

"널 사랑해. 지독하게 널 사랑해."

그 말을 들은 목 련이 울었다.

몇 분간 이하늘을 바라보기만 하며 건조한 시선을 유지하던 목 련은, 이내 모든 걸 터트리듯 울었다. 전과 달리, 입 밖으로 울음소리를 내지르며 서럽게도 울었다. 이하늘이 목 련을 달래기 위해 안았을 때도 그랬다.

"네가 나를 좋아해선 안됐어. 날 사랑해선 안됐다구."

그렇게 말하면서 울었다. 항상 매끄럽던 손등은 어디 가고, 이곳저곳 터서 거칠한 손으로 이하늘의 어깨를 잡으면서. 그렇게. 세상의 모든 울음을 끌어모으듯이 엉엉 울면서, 그는 말했다.

"너는 날 사랑하면 안 된단 말이야."

part 2 (목 련).

목 련은 사랑을 믿지 않았다. 목숨을 건 사랑 따위? 존재하지도 않을 거라 믿었다. 그에게 사랑이란 매체에서 방영하는 로맨스 드라마와 영화 정도였다. 에로스(Eros), 필리아(Philia), 아가페(Agape)…. 다양한 종류의 사랑. 그러나 가장 기본적인 스토르게(Storge)적인 사랑조차 받지 못한 그는, 그렇게 성장했다. 사랑이란 감정을 이해할 수 없었다. 뭐가 다른지 아무것도 알 수가 없었다. 그가 할 수 있는 일이라곤 그저 이론을 알아두는 것이다. 장황하고도 성스러운 말들로 가득 찬 논문을 읽으면서도, 그는 속으로 곱씹었다.

'역시 사랑은 부질없는 거야. 이렇게 모든 걸 입증해야만 받아들일 수 있는 감정이라면, 차라리 믿지 않는 게 나아.'

고등학교 2학년이 되었을 시점이었다. 반에 누군가가 전학을 왔다. 이름은 이하늘로, 웃으면 볼이 패이며 보조개가 생기는 아이였다. 목 련은 옆 자리에 앉은 이하늘을 힐끔 보며 머릿속으로 혼자 단언했다. 저 애는 무조건 인기가 많을 상이다. 떠들기 좋아하고, 점심시간에 밖

에 나가 뛰어놀고, 체육대회 때는 포카리를 받고, 빼빼로데이에는 사
물함이 가득 찰 정도로 빼빼로를 받을 상이다. 제발 이쪽에는 말을 걸
지 말아 주길 빌며, 그는 책에 얼굴을 박았다. 옆에서 바라보는 시선
이 느껴졌으나 꿈쩍도 하지 않았다. 무언가 직감했기 때문이다. 만약
말을 섞으면, 그 이후로 내 삶이 달라지기라도 할 것 같은, 그런 커다
란 직감.

필사적으로 도망친지 삼일 째. 그는 결국 꼬리가 잡혔다.

"안녕?"

"…어, 안녕."

목 련은 도망치기 위해 집어 들었던 교과서를 고스란히 책상에 올려
놓았다. 그리곤 입술을 짓씹었다. 분명 먼저 나간 걸 보았는데. 이하늘
은 전학을 온 지 일주일도 되지 않아 반의 스타가 되었다. 그럴 만도
했다. 수려한 외모에 시원한 성격, 그에 반해 조곤조곤한 목소리와 백
팔십이 넘는 키까지 보면 다른 학교 학생들이 부러워할 정도로 대표적
인 왕자님 스타일이 아니던가. 목 련은 어제 같은 반 여자아이가 떠들
던 말을 떠올렸다.

'외국에서 3년 동안 살다 왔대. 그래서 영어도 잘한다더라. 쿼터백이
었다던데? 헐 진짜? 다 가졌네.'

목 련은 무심코 이하늘을 응시했다. 그는 무언가 달랐다. 태양의 기
운을 몽땅 흡수라도 한 것처럼 반짝거렸다. 항상 조용히, 잔잔하게 살
아왔던 자신과는 다르게 그는 그림자도 흰색일 것 같았다. 어둠이라곤
존재하지도 않을 것 같았다. 겉보기엔. 그래, 겉보기엔. 그는 자기 위
로라도 하듯 속으로 중얼거렸다. 저 애도 완벽하진 않을 테니까. 분명
히. 그걸 기대라도 하듯이, 목 련은 혼자 중얼거렸다.

"같이 갈까?"

"…그래."

이 상황에서 벗어날 방법은 하나뿐이어서, 결국 목 련은 고개를 끄

덕였다. 이하늘은 해사하게 웃으며 옆구리에 교과서를 끼고는 말했다.

"가자."

목 련은 이하늘이 부담스러웠다. 그날 몇 마디 대화를 나눈 것이 시발점이라도 된 건지, 그는 끊임없이 목 련에게 말을 붙였다.

"너는 무슨 맛 아이스크림 좋아해? 매운 건 잘 먹어? 나는 사과 맛 츄파춥스 좋아해. 혹시 무서운 건 잘 봐?"

목 련은 노이로제라도 걸릴 것 같았다. 제발 저리 꺼져, 저리 가란 말이야. 널 하염없이 바라보는 저 여자애들이나 같이 농구하자고 떠드는 저 남자애들이랑 놀란 말이야. 너한테 관심도 없고 흥미도 없는 나랑 말고! 그렇게 소리치고 싶은 걸 꾹 참고 오늘도 조용히 대답했다.

"바닐라 맛. 잘 못 먹어… 그렇구나… 못 봐…."

누가 보아도 영혼이 없구나, 싶을 만한 대답에도 그는 목 련의 곁에서 떠날 생각을 하지 않았다. 결국 목 련은 체념했다. 며칠 후, 소문이 돌 것 같았다. '이하늘이 목 련을 좋아한다' 같은, 그런 뻔한 소문.

예상은 틀리지 않았다. 나흘도 넘지 못하고 소문은 여기저기서 마구 쏟아져 내렸다. 증언도 마찬가지였다. 답답해 죽을 것 같았다. 그 소문의 당사자인 이하늘은 아는지 모르는지 여전히 제 곁에 붙어있었다. 목 련은 결심했다. 밀어내자. 밀어내 버리자!

실패였다. 이하늘은 목 련이 밀어낼 때만 잠깐 물러나고, 얼마 지나지 않아 다시 돌아왔다. 그럴 때마다 손에 츄파춥스도 들고 왔다.

"먹을래?"

"안 먹어."

무뚝뚝하게 대답하면서도 그는 속으로 이하늘을 떨쳐낼 궁리를 했다. 이하늘과 이대로 같이 지내기엔 너무 피곤했다. 이하늘은 너무나도 대단한 애였고, 목 련은 평범하고 사소한 학생 같은 느낌이었기 때문이다. 물론 예전으로 돌아가기엔 이미 그른 것 같았지만, 목 련은 그래도 노력했다. 자신의 평화롭고도 안온한 학교생활을 위해.

　도서관에 갔다. 목 련은 한 가지 책을 집어 들었다. 아니, 집어 들려 했다. 그의 시선을 끈 건 그 옆에 꽂혀있던 책이었다.

　[세상의 모든 사랑은 아름답다.]

　앞에 서술했다시피, 그는 사랑을 잘 몰랐다. 그래서 관심도 없었다. 사랑에 관한 건 중학교 때 우연히 접했던 사랑의 종류에 관한 논문이 끝이었다. 그래서 아무 생각 없이 책을 시야에서 밀어내고 원래 목적으로 했던 책을 집기 위해 손을 뻗었다. 그런 목 련의 옆에서 나타난 건 이하늘이었다.
　"이거 재밌는데, 한 번 볼래?"
　그렇게 말하며 이하늘은 손에 든 책을 달랑거렸다. 그 책이었다. 사랑이 어쩌고 하는, 그러나 그는 관심도 없는 책.
　"별로."
　목 련은 뒤로 돌며 대답했다. 성큼성큼 걸어가 책을 대출하고, 그대로 도서관을 나섰다.
　"야, 같이 가!"
　얼마 지나지 않아 뛰쳐나온 이하늘의 품엔 아까 그 책이 들려있었다. 그 정도로 재밌나? 조금 궁금해졌지만, 그는 티 내지 않고 걸었다. 이 낌새를 이하늘이 알아버리기라도 하면, 진 기분이 들 것 같아서였다.

　비가 오는 날이었다. 목 련은 우산이 없었다. 깜빡하고 일기예보를 찾아보지 못했기 때문이다. 그는 하늘에서 내리는 비를 멍하니 바라보다가, 옆에서 느껴지는 인기척에 고개를 돌렸다. 역시나 이하늘이었다. 목 련은 이제 놀라지도 않고 무심히 이하늘을 응시했다.

"련아, 너 우산 없지? 같이 쓰자."

어느새 호칭도 '련'으로 바뀐 건지, 참 자연스럽게도 부른다 싶었다. 그러나 말을 꺼내기엔 분명 자신이 포기할 걸 알아서, 그냥 체념하고 이하늘의 우산 밑으로 들어갔다. 그런 목 련의 행세에 이하늘이 웃었다. 째려보기도 귀찮아서 가만히 있었다.

"그럼, 갈까?" 그렇게 말하며 이하늘이 목 련의 어깨에 팔을 올렸다. 무겁게. 결국 목 련은 이하늘을 째려보았다. 목 련의 째림에도 이하늘은 하하 웃기만 했다. 그날, 비가 와 우산을 공유했음에도 목 련은 많이 젖지 않았다. 아마, 목 련을 집에 데려다주고 떠날 때 보았던 이하늘의 한쪽 어깨가 젖은 것과 관련된 이유였을 것이다.

목 련은 고민했다. 이게 사랑인가? 그는 알 수 없었다. 사랑이란 걸 겪어보지 않은 그는 아무것도 이해할 수가 없었다. 그래서 그는 이하늘에게 느껴지는 자신의 감정 또한 이름을 알 수 없었다. 그냥 목 련은, 간단했다. 이하늘이 계속 생각났다. 등교할 때, 학교에 있을 때, 하교할 때, 숙제를 할 때, 양치를 할 때, 자기 전 눈을 감을 때…. 이하늘이 머릿속에서 떠나질 않았다. 싱그럽게 웃는 이하늘. 보조개가 이쁜 이하늘. 눈에 별이라도 담은 듯 반짝거리는 이하늘. 그러나 그림자는 저와 마찬가지로 검은색이었던 이하늘. 목 련은 생각했다. 이게 만약, 아무런 증거도 필요하지 않고, 그저 자신의 인정만이 필요한 감정이라면, 사랑이라는 이름표를, 달아도 되지 않을까.

목 련과 이하늘은 연애를 시작했다. 고백은 이하늘이 먼저 했다. 널 사랑하게 되었다는 이하늘의 말을 들었을 때, 목련은 꿈이라도 꾸는 줄 알았다. 총 오십삼 번을 묻고 나서야 그는 그 사실을 받아들였다. 자신도 널 좋아한다는 말과 같이. 그날 목 련은 이하늘이 우는 걸 처음 보았다.

그들은 아름답게 사랑을 했다. 언젠가 이하늘이 재밌다고 하였던 그

책의 제목처럼, 그들의 사랑도 꽤 아름다웠다. 그야말로 청춘 같았다. 평소와 다름없는 생활이었지만 그들이 나누는 건 대화뿐만이 아니었다. 이하늘은 원래도 다정했지만, 더욱 다정해졌다. 부드러워졌고, 그럼에도 멋있었다. 여전히 사과맛 츄파춥스를 좋아하지만, 이젠 목 련이 좋아하는 딸기맛도 자주 먹었다. 길을 걸을 땐 손을 잡았다. 차가운 목 련의 손은 평균 온도보다 뜨거운 이하늘의 손과 딱 어울렸다. 체육 대회가 시작되었을 때는, 이하늘이 계주에서 1위를 한 보상으로 목 련이 먼저 안아주기도 했다. 이하늘은 아주 행복해했다. 목 련도 그랬다. 사랑이란 건 이렇게 행복한 거구나. 과거의 목 련에게 한 마디 해주고 싶었다. 이렇게 좋은 걸 믿지 않다니. 역시 어렸어 너는.

데이트를 하기로 한 날이었다. 목 련은 평소답지 않게 열심히 꾸몄다. 청바지도 입고, 검은색 후드티가 아닌 흰색 맨투맨도 입었다. 그렇게 만난 이하늘은 엄청나게 멋있었다. 목 련에게 입을 옷을 물어보더니 커플룩을 입을 생각이었는지, 이하늘 또한 흰색 맨투맨과 청바지를 입고 나왔다. 첫 일정은 영화 보기였다. 마침 새로 개봉한 영화가 있다길래 냉큼 표를 끊고 보러 들어갔다. 유명한 여자 배우와 신인 남자 배우가 사랑을 나누는 이야기였다. 예술성은 그렇게 높지 않았지만, 킬링 타임 용으로는 보기 좋은 영화였다. 무덤덤하게 영화를 보던 목 련은, 둘이 헤어졌다 다시 재회하는 장면에서 입을 틀어막고 우는 이하늘을 보고 작게 웃었다. 역시 이하늘은 귀여웠다.

밥을 먹고 난 뒤에는 번화가로 나갔다. 그중 이하늘이 가보고 싶다던 유명한 카페에 가려고 했지만, 사람이 너무 많아 결국 빠져나왔다. 시무룩한 이하늘에게 다음에 가면 되지 않냐고 달래던 목 련은, 저 멀리 오락실을 발견하곤 이하늘을 이끌었다. 목 련은 게임을 즐기지 않았지만, 이하늘은 좋아했으니까. 예상과 같이 금방 미소를 되찾은 이하늘은 아주 그냥 날아다녔다. 펌프도 하고, 총 게임도 하고, 브이알, 노래방, 인형 뽑기 등 별것을 다 즐겼다. 녹초가 된 목 련은 이하늘의 행복 하나로 모든 것을 버렸다. 어쨌든 좋았다. 그가 좋으면 저도 좋았다. 이하늘이 마침내 나가자 했을 땐, 너무 좋아서 목 련이 날고 싶을 정도였지만.

목 련과 이하늘은 길을 걸었다. 저 앞에 있는 신호등 하나를 건너고, 5분만 직진하면 목 련의 집이었다. 목 련은 아쉬웠다. 이하늘과 더 오래 있고 싶었다. 그는 사랑의 위대함을 깨달았다. 이렇게 오래 집 밖에서 떠돈 적이 없었는데, 그것을 이하늘이 해낸 것이다. 그는 이하늘이 너무 좋았다. 어떻게 그동안 이하늘을 사랑하지 않을 수 있었는지 의문스러울 정도였다. 목 련은 손에 쥔 이하늘의 손가락을 매만지다가, 이하늘과 눈을 마주쳤다. 이하늘이 눈을 접어 웃었다. 목 련도 미소를 그렸다. 신호가 바뀌었다. 목 련은 신호가 끝날까, 마주하던 시선을 떼고 걸었다. 서운하기라도 한지 몸을 움직이지 않는 이하늘에 웃음이 나왔다. 빨리 와. 손을 까닥이자 그제야 달려온다. 그때, 목 련의 옆에 눈부신 빛이 넘실거렸다. 고개를 돌리자, 커다란 트럭이 오고 있었다. 귀가 찢어질 것 같은 굉음과 함께 죽음이 다가오고 있었다.

'아, 죽는다.'

이하늘이 죽었다. 목 련을 힘껏 당기고, 그 반동으로 몸이 쏠려 트럭에 치여 즉사했다.

part 3 (Time Loop).

목 련은 악몽을 꿨다. 매일매일 그 순간을 꿈에서 접했다. 꿈에서 이하늘은, 죽고, 죽었다. 오늘까지 이하늘은 총 백삼십칠 번을 죽었다. 어느 날은 목 련이 몸을 움직일 수가 있어서, 이하늘을 껴안고 그대로 트럭을 피했다. 인도로 이하늘을 끌어당겼다. 안도의 숨을 쉬는데, 하늘에서 화분이 떨어졌다. 머리가 아작난 이하늘은 그대로 죽었다. 다음 날 꿈에서는 트럭이 오는 시점이 아닌 영화를 보던 시점이었다. 목 련은 그 횡단보도가 아닌 다른 길을 이용하여 집으로 향했다. 무사히 집에 도착하였는데, 다음 날 연락이 왔다. 이하늘이 목 련에게 주기 위해 선물을 사려다 건물이 무너져 죽었다는 연락이었다.

그 악몽은, 지옥이었다. 이하늘을 살릴 수 없었다. 목 련이 무슨 짓을 하든 이하늘이 죽었다. 아무리 무슨 말을 해도, 무슨 행동을 해도, 심지어 헤어지자고 했음에도 그는 목 련을 사랑하기 위해 죽었다. 자신의 사랑을 증명이라도 하듯 목 련과 관련된 모든 것에 죽음을 당했다. 꿈은 현실을 범람하기 시작했다. 목 련은 이제 현실과 꿈을 구분할 수 없었다. 눈을 떠도 죽은 이하늘이 보였다. 눈을 감으면 죽는 이하늘이 보였다. 이하늘은, 죽고 있었다. 줄곧. 목 련한테서.

목 련은 희생적인 사랑을 감당할 자신이 없었다. 핏물로 이루어진, 누군가의 심장을 쥔 채로 아무렇지 않게 웃을 자신이 없었다. 그는 싫었다. 사랑에 목숨을 거는 이하늘이 싫었다. 이하늘이 제발 이기적이었으면 좋겠다고 빌었다. 목 련 따위 별것도 아닌 걸로 치부하며 그냥 살았으면 좋겠다고 빌었다. 꿈은 목 련의 소원을 이뤄주지 않았다. 여전히 이하늘은 목 련을 위해 죽었다. 계속, 죽었다. 이하늘이 죽었다.

이하늘이 죽은 지 1년째, 목 련은 악몽의 사슬에 목이 걸려 그저 하염없이 속죄했다. 이하늘이 살려낸 삶, 죽지 못해 살고 있었다.

벗어나고 싶었다. 이하늘의 죽음에서. 환각인지, 붉은 장미가 발밑에 흥건했다. 반쯤 돌아버린 목 련은 이하늘이 죽었던 그 횡단보도로 향했다. 핏자국이 굳어서 아스팔트 바닥에 눌러 붙어있었다. 너무 싫었다. 이하늘의 흔적이 남은 게 너무 싫었다. 목 련은 바닥을 긁었다. 손톱이 깨지고 부러지는데도 바닥을 긁었다. 그런데, 옆에서 소리가 들렸다. 익숙한 죽음의 소리였다. 목 련은 고개를 돌렸다. 자신을 이하늘에게 데려다줄 천사가 오고 있었다. 그때와 같이, 그러나 그때와 달리, 목 련은 다가오는 죽음에 환히 웃었다.

‘이하늘, 곧 갈게.’

‘하늘아.’

‘나의 하늘아.’

목 련은 회귀했다.
이하늘이 전학 온, 고등학교 2학년의 봄으로.
그리고 결심했다.
이하늘이 자신을 사랑하지 않도록 만들기로.
다시는 절대로, 이하늘이 자신을 위해 죽을 수 없도록.

목 련은 말을 거는 이하늘을 모조리 무시했다. 겉보기엔 아무렇지 않아 보였지만 목 련에겐 서운해하는 것이 전부 보였다. 가슴이 찢어지는 것 같았다. 그렇지만, 어쩔 수 없었다. 이하늘은 목 련을 사랑하면 안 되었기에. 오히려 자신을 미워하고, 죽을 듯 증오하는 것이 이득이었기에. 그러나 목 련은 차마 이하늘에게 나쁜 짓을 할 수 없었다. 그래서 무시했다. 애초에 접점을 만들지 않기 위해 노력했다. 같은 시간에 같은 길을 걷지 않도록 계획을 짰다. 가끔 이하늘이 미칠 듯 보고 싶고 그리우면, 입에 사과 맛 츄파춥스를 물고 도서관으로 가서 이하늘이 재밌다고 했던 책을 보았다.

[세상의 모든 사랑은 아름답다.]

개소리. 그건 개소리였다. 이렇게 비참하고 죽을 것 같은 사랑이 어딨는가. 숨이 막히고 심장이 아린 사랑이 어딨는가.

목 련은 꼬박꼬박 일기 예보를 챙겨보았다. 그래서 우산을 놓고 올 일도 없었다. 그런데 울고 싶었다. 그때가 생각나서 미칠 것 같았다.

'련아.'

그렇게 자신을 불러대던 이하늘이 보고 싶었다. 금방이라도 쏟아질 것 같은 눈물을 참느라, 옆에 이하늘이 다가온 지도 몰랐다. 이하늘은 목 련을 한참 바라보다가 말했다.

"우산 없으면 같이 쓸래?"

참 다정하기도 하지. 목구멍을 치고 올라오는 무언가를 꾹 삼키며 가방 옆의 우산을 보여주었다. 이하늘은 이해한 듯 몸을 돌려 가려다가, 놓고 온 거라도 있는지 다시 학교로 향했다. 그 틈에 빗속으로 달려들었다. 울 것 같아서 눈물을 숨기기 위해 비를 맞았는데, 눈물은커녕, 그냥 죽을 것 같았다. 숨이 쉬어지질 않았다. 허겁지겁 달려서 골목길로 들어갔다. 아무도 오지 않을 만한 골목길로. 그곳이 이하늘이 애용하던 곳이라는 건 새까맣게 잊은 상태였다. 이하늘은, 그 다정하고 착한 이하늘은, 우울해 보이는 같은 반 친구를 위해 기꺼이 목 련의 옆에 앉아주었다. 이하늘의 다정함에 질식할 것 같았다. 이하늘의 온기는, 너무 따뜻하고, 너무 애틋해서, 굳게 잠갔던 감정의 자물쇠를 몽땅 풀어버렸다. 이제 그 감정을 제어하는 건 그 위에 약하게 덮어두었던 최소한의 종이 상자뿐이었다. 물이라도 닿으면 금방이라도 녹아내릴, 그런 상자. 그것을 그대로 내버려 둔 것은 최대의 실수였다. 그것 때문에 모든 것이 망해버렸다. 모든 것이.

싫다고 말했다. 이하늘 네가 너무 싫다고. 지독하게. 그러나 목 련은 속으로 울부짖었다. 널 너무 사랑해. 끔찍하게 사랑해. 미칠 듯 사랑해. 그래서 네가 날 사랑하지 않았으면 좋겠어. 네 애정은 너무 무거워서, 내가 깔려 죽을 것 같단 말이야⋯⋯.

목 련은 이사를 결심했다. 이미 제 삶은 이곳에 스며든 상태였지만, 이하늘에게 벗어나기 위해선 어쩔 수 없었다. 그를 더 이상 마주할 자신이 없었다. 5년 만에 연락한 부모님은, 갑작스러운 목 련의 말에도 아무 말 없이 돈을 준비해 주었다. 무관심이었다. 통장에 돈만 달랑 보내놓고, 필요할 때만 연락하라며 말을 끝낸 부모님에 목 련은 여전하다며 비웃었다.

'그나저나, 이건 어떡하지. 책상 한구석에 쌓인 츄파춥스들. …돌려주는 게 나으려나.'

굳이 새롭게 츄파춥스를 사서 그의 집으로 향한 건, 욕심이었다. 목 련의 욕심. 마지막이라도 이하늘을 보고 싶다는 욕심. 그가 저에게 남겨준 흔적을 지우고 싶지 않다는 욕심. 그리고 욕심은 죄가 되었다. 그건 실수였다. 아니, 잘못이었다. 그러면 안 됐다. 그냥 떠났어야 했다. 츄파춥스를 전해주더라도 이하늘을 본 이상 그에게 다가가는 게 아니라 내일 이하늘이 없을 때 집 앞에 두는 게 해결책이었다. 그냥, 이하늘과 마지막으로 대화를 나누고 싶다는 욕심에, 살아있는 이하늘을 보고 싶다는 욕심에. 그 욕심이 이하늘이 목 련에게 사랑한다 말하도록 만들었다. 목 련은, 절망했다. 이러면 안 된단 말이야. 네가 날 사랑하면 안 됐어. 나 따윈 그냥, 평범한 학생 1로 생각하고 대해야 했단 말이야.

이하늘은 목 련에게 모든 이야기를 다 듣고 나서야, 그가 왜 이렇게 자신을 피하려 했는지 깨달았다. 그는, 그럴 수밖에 없었던 것이다. 목 련은. 이하늘을 죽인 것과 다름없어진 자신을 원망하며, 자신을 위해 죽을 수 없도록 그렇게 만들려고 했던 것이다. 그러나 그건 다 허사가 되었다. 이하늘은 목 련을 사랑하게 되었고, 목 련의 계획은 실패했다. 목련은 이제 무슨 짓을 해도 이하늘을 밀어낼 수 없었다. 목련이 실은 이하늘을 사랑한다는 사실을 알아버린 이하늘이 그를 놓칠 리 없으니까. 이하늘은 말했다.

"자기희생적인 사랑을 하지 않으면 되는 거잖아."

"이미 넌 날 위해 목숨을 걸었다구. 네가 또 그러지 않을 거란 증거가 어딨어? 또, 그게 아니어도, 나 때문에 네가 죽으면 어떡해? 날 위해 무언가를 하다가, 네가 사고를 당해 죽어버리면 어떡하냐구."

이하늘은 목 련의 머리를 정리해 주었다. 붉어진 눈가를 매만지며 쪽, 입술도 붙였다. 목 련은 많이 지쳐보였다. 이하늘은 목 련의 손을 잡아 올려 볼에 비벼댔다. 아직 악몽에서 벗어나지 못한 목 련을 깨우기 위해 눈을 마주하고, 답했다.

"세상은 원래 그래. 그건 너 때문이 아니라, 이 세상 때문인 거야. 난 남들처럼 오래 살거고, 우린 그냥 평범하게 사랑을 하면 돼. 아름답고도 평범하게 사랑을 하면 되는 거야."

얌전히 이하늘의 애정을 받던 목 련이 이하늘의 허리를 껴안았다.

"그럼 너도 이기적이게 살아. 사랑보다 널 중요하게 생각하란 말야."

"그래, 알았어."

이하늘이 따뜻하게 웃었다.

그들은 시작했다. 새로운 형태의, 새로운 사랑을. 하지만 누가 그러지 않았던가? 세상의 모든 사랑은 아름답다고. 그러니 그들의 사랑 또한 아름다울 것이다. 그것도 매우!

part4 (Fine).

훗날, 목 련은 이하늘에게 물었다. 그 말을 어떻게 믿은 거야? 그 소설 같은 이야기를. 이하늘은 이렇게 대답했다.

"네가 너무, 음, 사과 맛 츄파춥스같이 말했어. 그니까 내 말은, 사랑 따위 믿지 않을 것 같은 네가, 정말 나를 사랑하는 것처럼 말했다는 말이야!"

김진현

　문학의 힘이 강하다는 것을 믿는 사람이다. 일제강점기 시절에 저항시를 쓰며 국민들에게 힘을 더해준 문학의 힘을 믿는다. 그 시절의 윤동주나 백석, 이상과 같은 문학가들을 동경하기에, 그들과 같은 위치에 서는 것까지 바라지는 않는다. 이름을 날리는 사람이나, 이름을 대면 아는 사람까지도 바라지 않는다. 그저 흔적을 남기는 것이다.

　비정이라는 작품은 '아닐 비(非)'자를 쓴다. 정해지지 않았다는 뜻과 정이라는 감정은 아니라는 뜻을 동시에 내포하고 있다. 이 작품을 읽은 독자들이 어떤 걸 느낄지는 모르겠지만, 그대들에 가슴에 남기를 바란다.

비정

아마 그 남자인지, 여자인지 확신은 못 하겠지만 그 사람에게 "당신은 사랑을 위해 무엇을 바칠 수 있나?"라고 묻는다면 그 사람은 이렇게 답할 것이다. "사랑 같은 건 해본 적이 없어서 잘 모르겠지만 진심으로 사랑하는 사람이 있다면 목숨까지 바칠 수 있지 않을까요?"라고 말이다. 이런 것을 세간에서는 '따라 죽을 순', '사랑 애' 또는 '순수할 순', '사랑 애' 자를 써서 순애라고 한다. 사랑하는 사람을 위해 목숨까지 바칠 수도 있는 사람, 그냥 그저 순수한 사랑을 할 사람. 전자에 맞는 사람일지 후자에 더 맞는 사람일지는 모르겠지만 이건 그런 사람의 이야기다.

지금까지의 내 인생은 별 볼 일 없었다. 내가 생각해도 그렇게 특출나거나 문제를 일으키는 학생은 아니었다. 그냥 적당히 반에 있는 듯 없는 듯 지냈었다. 어쩌면 없어도 되는 사람이었을지도 모른다. 죽어버렸어도 상관없던 사람. 아니…. 죽고 싶었던 사람. 그런 내가 한 사람. 단 한 사람 때문에 내가 바뀌었다. 그 사람을 처음 만났던 건 화장실 손 씻는 곳에서였다. 이런 말을 하면 놀랄지도 모르겠지만 우리 학교는 화장실 구조가 엄청나게 특이하다. 화장실을 들어가면 먼저 미닫이문이 두 개가 보인다. 한쪽은 남자 화장실이고 다른 한쪽은 당연히 여자 화장실이다. 그리고 열리지 않는 부분의 앞쪽에 손 씻는 곳이 남자 쪽에 3개, 여자 쪽에 3개씩 총 6개가 있다. 남녀평등이라나 뭐라나… 누가 제안한 건지 정말 모르겠다. 일단 미친놈인 건 확실하다. 하여튼 다시 돌아가 보자면 처음 만난 날 야간자습 시간이었다. 그날따라 감정이 요동쳐서 일을 보러 가는 척 변기 칸에 들어가 조용히 눈물을 흘렸다. 어느 정도 진정한 뒤에 밖으로 나왔는데 거울에 비친 내 모습이 너무나도 초라하고 외로워 보였다. 정말 죽고 싶었다. -모든 사람은 그런 경험이 한 번씩은 있지 않은가? 없다면 잘 살아온 거고- 그 순간 문이 열리더니 그가 들어왔다. 나를 한번 바라보더니 툭 하니 말을 뱉었다.

"많이 본 것 같은 얼굴이네? 5반이지?"

가볍게 뱉은 말일 것이지만 나에게는 아주 크게 다가왔다. 오늘만 살아가라고 말하는 듯싶었다. 대답을 피할 수도 없어서 그렇다고 대답했다. 그러자 그가 나를 돌아보고

"이제부터 인사하며 지내자."

라고 말했다. 이 말을 듣고 무너져 내리려는 감정을 겨우 잡아 세우면서 알았다고 대답했다. 그리고 다시 나가려던 그에게 밴드부냐고 물었다. 그러자 그렇다고 대답하듯 고개를 끄덕거리고 나갔다. 나도 손을 씻고 나와서 반으로 돌아와서 생각했다. 왜 그런 말을 굳이 나에게 했을까? 아마 내 눈에는 눈물이 맺혀있지 않았을까…. 그래서 그 너머에 있는 아픔까지 꿰뚫어 본 게 아닐까… 나 혼자 생각했다. 그에게는 아무런 의미가 없는 말이었을지도 모른다. 하지만 나에게는 호수 한가운데 던진 돌에 의해 파동이 번져가듯이 내 마음을 흔들었다. 그래서인지 그날은 집중이 되지 않았다. 야자가 끝나고 집에 돌아와서 침대에 누웠을 때 겨우 세워놓고 버텨내던 마음이 무너져 내렸다. 아무에게도 들리지 않게 조용히 울었다. 이 모습은 아무도 모를 것이다. 같은 반 친구들도, 학교 선생님도, 심지어 가족들도 모를 것이다. 왜 무너졌는지 모르겠다. 그의 말 한마디가 커다란 위로가 되었다. 왜? 정말로 아무리 생각해도 모르겠다. 내 마음이지만 나도 잘 모르겠다는 것이다. 그러다 어느새 잠들어 알람 소리에 일어났다. 겨우 준비해서 학교로 갔다. 거의 뭐 일과가 다 끝나가는데 한 번도 못 봤다. 인사하면서 지내자고

해놓고 자기가 안 나오는 경우가 어디 있는가? 물론 못 나오는 사정이 있을지도 모른다. 그건 내 알 바 아니고, 아파서 못 온 거면 이해해 보려고 노력할 것이다. 그렇게 이틀, 사흘, 나흘, 일주일이 지났다. 일주일 동안 학교를 안 나왔다. 소문에 따르면 독감이 심하다는데, 뭐 소문이니까… 그다지 믿을만하지는 않은 것 같다.

그렇게 또 주말이 지나고 월요일이 왔다. 일주일이 지나서야 그의 얼굴을 볼 수 있었다. 그저 한번 보고 잠깐 이야기한 것뿐인데 왜 학교를 나오지 않는지가 그렇게 궁금했을까? 난 왜 당신을 걱정했을까? 모르겠다. 전혀 감을 잡을 수가 없다. 처음 느끼는 감정이라고나 할까? 뭔가 그를 보면 마음이 편안해진다. 그렇다고 그에게 이상한 감정을 느끼는 것은 또 아니다. 하지만 그를 위해 뭐든지 할 수 있을 것만 같은 생각이 자꾸만 든다. 당신이 위험하다면 내 목숨도 바칠 수는 없겠지만 그래도 뭔가를 해주고 싶은 생각이 계속 머리를 떠나지 않는다. 이게 사랑이라 해도 난 모른다. 난 사랑을 한 번도 해본 적이 없으니까. 머릿속이 참 복잡하다. 내 머릿속에는 그에게 말을 걸어보고 싶은 마음이 가득하다. 조금이라도 더 길게 대화를 해보고 싶었다. 당신이 건넨 한마디에 내가 살아갈 힘을 얻은 것만 같다. 그래서 당신을 계속 바라보고 싶었다. 당신이 나에게 살아갈 힘을 건네주고 일주일을 사라졌으니까. 어쩌면 내게 삶을 주고서 너의 학교생활의 일주일을 바친 게 아닐까 하는 말도 안 되는 생각을 했다. 그럴 가치도 없는데, 난 너의 일주일을 가져갈 가치가 있는 사람이 아니란 말이다. 말도 안 된다는 걸 알아서 더욱이 아니라고 믿고 싶었다. 그저 우연히 맞아떨어졌다고 그렇게 여태 믿고 있다. 일주일 만에 들리는 그의 웃음이, 멀리서 바라보고 있을 뿐인 나까지 따뜻하게 만들었다. 그냥 이렇게, 아무도 모르게 그를 바라보고 있어도 좋은 것은 왜일까. 그렇게 지켜보던 게 들켰는지 그가 자리에서 일어나 다가온다.

"왜 그렇게 오래 쳐다보고 있어? 뭐, 나한테 할 말 있어?"

나의 바로 앞에 서서 이야기하는 그는 너무 예쁘기도 하고 잘생기기도 해서, 나는 잠깐 아무 말도 못 했다. 할 말 있냐고 묻는 말엔 아니라고 대답했다. 그의 목소리는 뭐라고 해야 할까, 나를 편안하게 만들었다. 그의 말을 따른다면 뭐든 잘될 것만 같은 느낌, 나를 좋은 길로 이끌 것 같은 느낌이 들었다. 어찌 이리도 아름다운 걸까, 어떻게 사람이 이리도 좋은 걸까. 나는 모르겠다.

"아닌 게 아닌데? 할 말이 있는 얼굴이었어. 너."

눈치는 또 왜 이리 빠른 건지, 아니면 내 얼굴에 다 쓰여있던 건지 모르겠지만 정곡을 찔렸다. 하고 싶은 말은 많았다. 너무나 많아서 문제였다, 아직은 그에게 전해져서는 안 될 단어들의 조합이니까. 그의 말에 난 웃을 수밖에 없었다. 둘이 그의 반 앞에 서서 가만히 서로를 잠깐 바라봤다. 겨우 할 말을 찾아서 끌어올렸다.

"아… 너 아프다고 해서, 괜찮은가, 싶었어. 괜찮아 보이네."

나의 말을 들은 그의 표정이 애매해졌다. 곤란한 건지, 좋은 건지, 싫은 건지 모르겠는 표정. 한 번에 파악하기 힘든 여러 감정이 섞여든 표정이었다. 그에 따라서 내 표정도 그의 표정을 읽어보려 덩달아 안 좋아졌다. 내 표정을 본 그는 크지는 않게, 나에게는 상처가 되지 않을 정도로 웃었다. 아까와 같은 내 마음을 따뜻하게 만들어주는 웃음이었다. 나도 모르게 그에게 빠져들어 버린 걸지도 모른다. 이런 사람에게 빠져버렸으니, 더 깊이, 그에게 너무나 깊이 빠져서 죽어버리는 것도 좋겠다는 생각도 했다.

"야, 괜찮으니까 학교를 왔지. 너도 참 당연한 걸 묻는다?"

장난스러운 말투, 전혀 비꼬지 않은 태도, 목소리에 담긴 따뜻함이 전부 날 더 깊이 그에게 빠지게 했다. 나의 대답을 멋쩍게 만들어버리는 그는 참, 아름다웠다. 내가 처음 봤을 때와 같이. 어찌어찌 대답을 잘 넘기고 말을 다시 걸어보려 했는데, 종이 쳐버렸다. 이미 뒤돌아서 가고 있던 그를, 내가 붙잡을 수는 없었다. 이미 반으로 들어가기도 했고, 종이 쳤는데 부르는 것은 너무 미안했으니까.

　다시 교실로 돌아와서 자리에 앉았다. 수업하고 계시는 선생님의 말은 하나도 귀에 들어오지 않았다. 내 머릿속은 아직도 이름을 모르는 그에 대한 생각으로 가득했다. 방금 내 앞에서 나에게 할 말 있냐고 물어보던 그 순간부터 다시 하나씩 곱씹어봤다. 정말 내 눈에, 나라는 사람에게 찾아올 줄 몰랐던 너무나 좋은 사람이다. 비록 짧은 대화였지만 그와 처음으로 나눈 대화다운 대화라고 하기엔 잡담에 가까웠지만, 그래도 계속 간직할 거다. 그의 웃음은 언제나 아름다웠다. 다시 생각해 봐도, 몇번을 다시 떠올려봐도, 질리지 않는 웃음이었다. 나는 아직 이 감정을 정의하지 못했다. 내 나름대로 결론을 내려보려 해도 잘되지 않았다. 결론을 내리려고 더 깊게 생각을 해보아도 결국엔 그의 생각으로 흐른다. 이제 두 번 봤는데, 나와 대화를 나눈 건 두 번뿐인데, 머릿속에서 지워지지 않았다. 첫 만남이 강렬해서였을까, 아니면 그저 날 더 살게 만들어줘서일까. 이해할 수 없었다. 아니, 애초에 이해가 불가능했다. 내가 아는 모든 걸 동원해도, 명확한 결론은커녕, 두루뭉술한 결론도 나오지 않았으니까. 아무리 노력을 해도, 그를 내 머리에서 나가게 할 수도 없었고, 그러고 싶지도 않았다. 수업하고 있는 선생님을 두고 이런 생각에 빠져있다는 게 너무 죄송하긴 했지만 내 머릿속이 내 말을 따라주지 않는다. 그저 수업이 끝나고 빨리 그를 보러 가고픈 마음이 너무나 가득했다. 그렇지만 너무 대놓고 그를 바라볼 수는 없었다. 당연한 소리지만, 그 사람이 내 시선으로 인해서 받을 다른 시선들이 있었고, 나도 그를 대놓고 주시할 수 있는 성격이 아니었다. 다른 아이들과는 눈을 잘 맞추는 내가, 그 사람과 눈이 마주치면 고개를 돌려버린다. 보기 싫은 게 아니라, 그가 날 보고 있다는 사실이 부끄러워서. 어째서 부끄러운지, 잘못한 것도 하나 없는데…. 학년이 바뀐다고 해도 그를 계속 볼 수 있었으면 좋겠다. 내 마음이 그렇다고 해도, 그대로 이뤄질 리가…. 생각이 끊겼다.

종소리가 갑작스레 날카롭도록 큰 소리로 울렸기 때문이다. 유난히 종소리가 컸던 것은 나만이 아니었던지, 반에 있는 아이들이 웅성거리기 시작했다. '너무 큰 거 아니었냐', '스피커 터지는 줄 알았다.' 등등. 웅성이는 소리가 점점 커져서 시끄럽게 내 고막을 때렸다. 그렇다고 한들 이번 쉬는 시간에 그를 보러 나갈 수는 없었다. 매 쉬는 시간마다 찾아간다는 것은 생각보다 큰 민폐니까. 어쩌면 나의 짧고도 작은 선택 하나로 그와의 이런 관계가 흐트러지는 건 원하지 않았다. 차라리 내가 시끄러운 걸 참는 게, 그와의 관계가 멀어지는 것보다야 나았으니까. 내 귀가 들리지 않는다고 해도, 그대를 바라볼 테니. 내 귀 한 쪽, 고막 하나를 잃는대도, 그대를 바라볼 수 있다면 좋았다. 멍청했다고 해도 내가 할 말은 없었다. 멍청하게, 너무나 멍청해졌다. 하루하루 두, 세 시간에 한 번씩 그를 멀리서 바라봤다. 멀리서 바라보기만 해도 정말 좋았다. 그렇게 가끔 대화도 나누고 이래저래 지내다 보니, 내 감정은 미묘하지만 깊어지고 있던 것 같다.

결국, 시간은 흘러갔고, 여름이 시작되고 깊어지기 시작했다. 시험도 끝난 학기 말은 아무것도 없는 듯하다. 크게 다음 학기를 준비하는 녀석들과 고생했으니 즐기자는 녀석들로 나뉘었다. 난 둘 중 아무 곳에도 속하지 않았다. 뭐가 되었든 그를 볼 수만 있으면 되었으니까. 들리는 이야기로는 학기 말엔 밴드부의 공연이 있다고 한다. 인기가 많아서 보기 힘들 것이라는 이야기가 들렸다. 그런 건 별로 내 관심을 돌리지 못했다. 어차피 그도 내가 제일 앞에 있는걸 좋아하지 않을 거 같으니까. 어중간한 자리를 잡고, 멀리서 그를 지켜볼 것이다. 부담되지 않는 선에서, 내가 할 수 있는 최선이었다. 서로에게 좋을, 그런 선택지. 멀어지는 것도 가까워지는 것도 아닌 중간에서 그만을 바라볼 테니, 모두에게 부담은 되지 않을 것이다. 만약 그 이야기가 사실이라면. 난 기쁘게 받아들일 것이다. 결국, 방학식 전날까지도 소식이 없어 반 포기 상태였다. 이야기가 사실이 되기 전까지는. 당일에야 알려진 밴드부 공연 소식. 나에겐 큰 선물이 되었다. 학년별로 움직인다는 이야기에, 난 좋았다. 사람들 사이에 섞여 자연스레 들어갈 수 있으니까. 밴드부 공연을 위해 기다리는 순간순간들이 전부 떨렸고, 괜히 내가 긴장되는 것도 같았다. 시간이 되어 모두가 이동할 때, 난 중간에 섞였다. 앞자리는 이미 꽉 차 있고, 중간에 앉았다. 밴드부인 그를, 멀리서나마 바라보고 싶어서. 학생들이 들어와 자리가 전부 채워지자 조명이 꺼졌다. 부끄럽지만 그가 밴드부에서 어떤 악기를 다루는지 모른다. 밴드부라는 것만 알았지, 어떤 악기일지는 몰랐으니 말이다. 반도 멀리 떨어져 있어서 소식도 들려오지 않았고. 무대의 조명만이 밝게 들어왔다. 아직 아무도 올라오지 않았다. 짧은 소개 끝에 노래가 시작되려는 듯, 다시 암전되었다. 무대 쪽에 희미한 움직임이 느껴졌고, 곧 조명이 들어왔다. 이제야 올라온 그. 보컬의 옆에 서서, 기타를 매고 있었다. 내가 좋아하는 일렉 기타를 그가 매고 있었다. 노래가 시작되자, 당연히 기타를 치기 시작하는 그. 흐뭇하진 않아도, 난 아마 미소를 지었으리라, 짐작했다. 그 정도로 멋있었다. 암전되어도 내 눈에 선명히 보일 정도로 빛을 내는듯한 그였다. 열정을 담아 기타를 치는 모습은, 나만이 보고 싶은 모습이란 생각이 들었다. 지금, 이 순간에는 모두가 그를 볼 수 있었다. 아쉽지만, 멋있던 그. 밴드부 공연 내내 그만을 바라봤다. 이상하게 보이는 것은 신경 쓰지 않았다. 시간은 빠르게 흘러서 마지막 곡이 되었다. 앵콜도 있을 것은 분명했다. 그렇지만 줄곧 혼자서 기타를 연주한 그는 땀에 젖었다. 묘하게 섹시한 그 모습에 난 눈을 뗄 수가 없었다. 마지막 곡을 시작하며 다시 암전되었고, 곧바로 무대조명이 켜졌다. 조명이 켜진 무대 위의 그는 나를 바라보고 있었다. 어쩌면 내가 있는 구역을 바라본 걸지도 모른다. 나만의 착각이었을지 모르지만, 난 안다. 내 눈과 그의 눈이 정확히 마주쳤다는 것을, 나는 뭐라 생각하지도 못하고 굳어버렸다는 것을, 감정이 너무나 무겁고 깊어지는 바람에, 움직이지도 못했다는 것을. 난 확신한다. 그가 나를 바라봤다는 사실을 너무나도 확신하고 있다. 지우고 싶던 날들 중에서 제일 처음으로 나타난, 지우고 싶지 않은, 지워지지 않길 바라는, 영원히 간직하고픈 하루였다.

하루가 더 지나고, 방학식 날이 되었다. 한 달 동안 그를 보지 못할 것이라 생각하니 기분은 좋지 않았지만, 그래도 학교 나오려 일찍 일어나지 않아도 된다는 사실이 그나마 위안이었다. 일찍 일어나지 않으면, 더 깊게 잠에 들 테고, 꿈을 꿀 것이다. 꿈엔 그가 나올 것이니, 그렇게 모습을 본다고 생각하면 기분이 나쁜 것만도 아니었다. 어제의 기억은 아직도 선명히 남아있는데, 끝까지 선명히 가져가고픈 기억이다. 마음대로 되진 않겠지만, 최대한 노력해 볼 거다. 무조건, 기억해야 하는 날이라고 머릿속에 박아둘 테니. 아직도 반에서의 내 존재감은 희미하지만, 전에 비하면 살아갈 만하다. 그가 있으니까. 방학식 날은 여느 학교와 같이 빨리 끝났다. 짧은 방학식이 끝나자 학생들은 우르르 몰려나간다. 나도 고개를 숙인 채 같이 나가다가 반대로 오던 누군가와 부딪힌다. 순간 힘에 밀려 넘어질 듯했다. 원래였으면 넘어져야 했다. 부딪친 사람은 그였다. 넘어지려는 날 보고 붙잡아준 것이 틀림없다. 얼굴을 보자 나도 모르게 미소가 지어지려던 걸 참는다. 일단 부딪쳤으니, 사과하려 했는데, 지나가는 학생들에 밀리며 제대로 된 사과를 하지 못한다. 그렇지만 그는 나에게 다가왔다. 무릎에 묻은 먼지를 털어주며 말했다.

"조심해야지. 고개 숙이지 말고 들고 다녀. 다치진 않았어?"

언제나 같은 말투, 나와는 다른, 무심해 보이지만 따뜻한 말투였다.

하지만 눈을 마주하진 못한다. 내 눈에서 눈물이 흐를 뻔했다. 걱정을 받아보는게 오랜만인 것 같아서, 이 학교에 날 걱정해 주는 사람이 있다는 사실이 나를 눈물짓게 했다. 그렇지만 울지는 않는다. 추해 보이니까. 걱정해 줬다고 울면 추해 보이니까, 괜찮다고 멀쩡하다고 말하고 도망치듯 학교를 빠져나왔다. 내 등에 꽂혔을 그의 시선이 너무 궁금했다. 어떤 눈빛이었을까. 슬펐을까, 아쉬웠을까, 뭐가 되었든 지금은 답을 모른다. 돌아보지도 않고 학교를 나왔으니. 도망의 이유를 묻는다면 답할 수 없다. 그의 눈을 마주칠 용기가 없었던 걸 수도 있고, 오랜만에 받아보는 따뜻한 손길이 두려워서였을지도 모른다. 방학이라는 한 달간 그를 보지 못한다고 해도, 학기의 마지막에 이런 경험을 했다는 것이 아름다웠다. 내가 고개를 숙이고 있었다는 사실, 거꾸로 향하던 그, 밀려 나오던 나, 하필 부딪쳤다는 사실, 이 모든 게 얽혀서 내가 그에게 받은 따뜻함. 이건 어쩌면 이렇게 부딪히게 되는 운명일지도 몰랐다. 집으로 향하면서도 그의 말이 머리에서 울렸다. 날 걱정해 주던 말, 따뜻하게 감싸주던 말 전부, 머리에서 떠나질 않았다. 집으로 향하는 내 얼굴엔 모처럼의 미소가 떠 있다. 집으로 가면서 이렇게 웃어 본 적은 기억도 나지 않는다. 어차피 조용할 집, 들어가 봤자였으니까. 오늘은 좀 달랐다. 날 살게 할 따뜻함이 있었고, 날 살게 할 사람이 있었다. 그걸로 충분했다.

　방학이 시작되고 며칠은 좋았다. 시간에 쫓겨 일어나지 않아도 되었고, 하고 싶은 것들을 마음껏 할 수 있었으니까. 한마디로 자유로워서 좋았었다. 집이 너무나 조용해서 나 말고 다른 사람의 소리가 절대 들리지 않는다는 것이 크게 다가오기 전까지는. 밤에 자려고 누웠을 때, 죽을듯한 침묵을 알고 있는지는 모르겠지만, 무섭다. 벌레 소리 하나도 들리지 않는 밤은 섬뜩하다. 잠도 달아나고, 나도 달아나고 싶어진다. 어둠에 잡아먹힐 것 같아 불을 켜봐도 소리는 하나도 없는, 그날 밤을 버텨내니 급격하게 외로워졌다. 집이 너무나 조용해서 알바라도 할까 라는 생각이 들었다. 밤에 하는 알바도 있으니, 피곤하면 신경 쓸 겨를이 없을 것 같아서 잠을 잘 수 있지 않을까 하는 생각은 접었다. 외로움은 사라지지 않으니까. 난 외로운 것이지 잠을 못 자는 게 아니었다. 그래서 난 오늘 밖에 나가기로 했다. 갈 곳은 몇군데 없지만 그래도 사람들이 움직이고 있다는 사실로 외로움은 덜 수 있을 거니까, 어딘가 나와 같은 사람이 있을 거라는 사실을 위안으로 삼아보려 한다. 한 사람을 보지 못한다고 이렇게 버티기 힘들어지는 나를 오늘 처음 만났다. 그런 날 끌어내 주고 이끌어내려 악수를 건네지 못한다. 건네봐야 잡지도 않을 것은 분명하고, 나에겐 그런 자격조차 없으니까. 나 혼자 좋아하는 걸까, 이게 좋아한다는 감정일까. 애초에 모르겠다. 생각을 떨쳐 내 보려 현관을 나선다. 번화가로 갈 것이다. 사람이 많은 곳에 섞여들고 싶으니.

　이래저래 도착한 번화가, 일명 시내. 이리저리 움직이는 사람들, 길을 꽉 채워 움직이지 못할 정도는 아니지만, 너무 비어서 앞에 아무도 없는 수준은 아닌, 흐름에 내 몸을 맡길 수 있는 정도의 인파였다. 사람에게 치이기는 싫어서 그저 많은 사람이 향하는 곳으로 같이 향했다. 내 의지는 모르겠고, 그저 흐름에 쓸려가는 것이었으니 마음은 편안했다. 어디로들 가는지 모르겠지만 기뻐 보였다. 축제가 있다나 뭐라나. 그런 건 상관없었다. 내가 고독을 피해 집을 나섰으니 오래 있다가 돌아갈 예정이다. 그렇게 몇십 분을 이곳저곳 골목길도 다니며 돌아다녔다. 이미 죽은 골목 같아 보이는 골목에 들어서니 웬 길을 잃은 듯한 고양이가 있길래, 다가갔다. 아무도 없는 골목이고, 누구도 들어오지 않는 골목이었다. 길고양이였는지 사람의 손을 피하는 것이었다. 가까이서 보려 했지만 볼 수 없었다. 그런데도 도망은 가지 않고 거리를 두기만 했다. 슬퍼 보이는 눈을 하고 있던 것 같은, 같은 게 아니라 분명히 슬픈 눈이었다. 사람이 그리웠지만 다가가려니 두려운 느낌으로 졸졸 쫓아다니던 고양이였으니까. 나를 따라오는 무언가가 있는 것은 처음이었다. 기분이 이상했다. 처음 느끼는 감정, 그 감정에 외로움이 덜어지는 것 같았다. 고양이의 곁으로 가면 걔는 더 멀어졌다. 그래도, 지금은 혼자가 아니었다. 그것만으로도 좋았다. 날 바라보는 무언가가 있다는 것은 좋은 일이니까. 내가 골목을 벗어나자, 고양이는 넘어가지 못하는 듯이, 순간 공포에 질리더니 다시 돌아갔다. 골목이 끝나는 지점과 이어지는 곳은 차도였으니, 좋지 않은 기억이 있다고 생각했다. 그 고양이도 트라우마 같은 것이 있으니까. 그 뒤로 심실 할 때마다 나가서 골목으로 향했다. 내가 들어서면 기가 막히게 알아채고 어디선가 다가왔다. 곁을 내주지 않아서 제대로 볼 수 없었지만, 간식을 들고 찾아가서 먹여주려고 몸을 숙이면 그제야 곁을 내어준다. 그것도 잠시뿐이고 다 먹고서는 멀리서 거리를 둔다. 곁에 다가가서 본 그 녀석은 노란 고양이었다. 하얀색도 섞인, 연한 노란색의 고양이. 어디선가 다친 건지, 등에는 큰 상처가 있었다. 그래도 귀여웠고, 마음이 쓰이지 않았다면 거짓말이다. 골목을 찾는 건 나뿐이지만 고양이는 항상 그곳에 있는 것만 같이, 언제든 볼 수 있을 것 같은 그런 녀석이었다.

태풍이 지나갔다 해도 손색이 없을 정도의 장마가 지나고, 더위가 한 풀 꺾였다. 거의 일주일 내내온 비에, 나가지 못했다. 고양이를 찾아가면서 정이라도 들었던 건지, 아니면 매서운 비에 나도 모르는 사이에 공포심이 스며든 것인지 고양이 녀석이 불쌍해졌다. 지구에 있는 생명체 중에 불사의 존재는 아직 없으니, 고양이 녀석도 마찬가지일 것이다. 방학이 끝나갈 무렵, 다시 말하면 모든 학생의 적인 개학이 다가올 때, 마지막으로 고양이를 보러 시내로 나갔다. 항상 가던 길인데 사람이 많고 어지러운 느낌과 두통이 겹치며 꽤 오랜 시간이 걸려서 고양이가 있을 골목에 들어가려 했다. 골목 안에서 익숙하고 그리웠던, 내

외로움을 만든 장본인인, 그의 목소리가 들렸다.

“그게 무슨… 진심은 아니지?”

누가 들어도 당황함이 느껴지는 목소리, 전혀 예상치 못한 상황이었다. 앞뒤 상황은 모르지만 어떤 고백을 들은 건지도 몰랐다. 난 확인할 자신이 없다. 정확하게는 공포심이 날 막아섰다. 내가 아닌 다른 사람에게 갈 것 같은 두려움, 내가 나타나서 일을 망치면 어쩔까 하는 긴장감, 그가 날 더이상 친구로 삼지 않으면 어쩌나 하는 우려가 복합적으로 엮이며 상황을 확인하지 못하게 하는 벽이 되었다. 벽을 뚫고 나가면 상황은 달라질까, 현실을 받아들일 수 있을까, 의문이 들었을 때, 작게, 정말로 내가 듣고 싶지 않았던 소리가 내 귀로 흘러들어왔다. 그의 이름과 함께, 같이.

“좋아해… 언제부터인지는 모르겠어. 꽤 오래된 진심이라는 것만 알아줬으면 해…”

좋아한다는 말 앞에는 그의 이름이 들어갔지만, 난 그의 이름을 담을 자격이 없는 사람이기에, 담지 않는다. 그대는 그 말을 듣고 긍정도 부정도 하지 않았다. 난 미묘한 공기의 변화를 느꼈지만, 움직일 수는 없었다. 충격이 너무 컸기에, 뇌에서 움직이라는 말을 해도 듣지 않은 것이다. 몸은 그대로 굳었고, 귀는 열려있다. 내가 직접 듣고 싶지 않은, 차라리 그대의 입으로 듣고 싶었던 사실이, 지금 내 귀에 똑똑히 박히고 있다.

“아, 아니, 이건 너무 갑작스러운데….”

“나도 알아. 이렇게 갑자기 불러내서 이런 말을 한다는 게 받아들이기 힘들 거야.”

“꼭 그런 건 아닌데, 난 모르겠어. 너가 날 좋아하는 건 알고 있었는데, 이렇게 고백할 거라곤….”

“생각할 시간을 줄까? 아니, 난 못 기다리겠어. 내가 이 순간을 얼마나 기다렸는데….”

"자, 잠깐만, 천천히, 으읍….."

둘의 대화를 듣던 나는 어느새 벽을 넘어서 상황을 바라보고 있었다. 모든 것이 날 막아서도, 그대를 바라보고 싶었으니까. 마음속 벽은 넘어도 현실의 벽까지는 넘지 못했다. 난 모서리의 반대편에 숨어서, 그대가 가장 잘 보일 수 있도록, 얼굴을 한순간도 놓치지 않도록, 눈에 담았다. 불안과 행복일지 모르는 무언가 사이에서 갈등하는 그대를 보며, 난 그대가 실망이나 절망은 하지 않기를 바란다. 반대편에 있는 감정이 불안보다 좋은 감정이라면 그것에 닿기를 바란다. 그대의 입에 강제로 입이 맞춰지는 것을 보면서, 그대의 표정도 느껴졌다. 강제로 당하는 것이지만, 거부는 하지 않는 그대를 보며 복잡해졌다. 하나로는 설명할 수 없는 감정들의 얽힘이었다. 그대와 입을 맞추는 상대가 부러웠고, 나는 그러지 못할 것임에 나를 비웃었으며, 거부조차 하지 않는 당신을 보며 절망했다. 그대의 사랑에 절망을 느껴버렸다. 그 절망에서 눈물이 나오기 시작했다. 질투인 걸까, 시샘인 걸까, 답은 나오지 않는다. 입맞춤이 끝나고 그대는 내가 있는 쪽으로 도망치듯 뛰었으니. 현실을 부정하는 걸지, 다른 어떤 것일지 모른다. 다만 이것 하나는 확실했다. 그대가 도망치면서 나를 보지 못했다는 것. 어쩌면 다행이었다, 난 눈물을 흘리고 있었을 테니, 보지 않는 게 좋았을 거다. 그저 제자리에서 움직이지도 못하고 가만히 눈물이 흘렀다. 닿아서는 안 된다고 생각했던 그대지만 다른 사람이 그대에게 닿으니 이상하게 눈물이 흘렀다. 차오르는 감정은 주체할 수 없었다. 제자리에 주저앉아서 하염없이 흐르는 눈물을 닦아낼 뿐이니, 난 다른 사람이 그대에게 고백해도 아무것도 하지 못하는 한심한 사람인 것이다.

흐르는 눈물이 멈출 줄을 몰랐다. 그대를 빼앗겼다는 느낌이 강했으니까. 가만히 앉아 아무것도 못 하고 눈물만을 흘리는데, 그 녀석이 다가왔다. 곁을 내주지 않던 고양이 녀석이, 간식이 있어야만 다가오던 녀석이, 간식이 없는 나에게 먼저 다가왔다. 동물이 보기에도 안쓰러운 모습이었는지도 모른다. 아니면 은혜를 갚는 걸지도 모르고. 누구에게도 곁을 주지 않을 것 같던 작은 고양이 녀석이 울고 있는 나의 곁으로 들어왔다는 것이, 꽤 위안이 되었다. 내가 다가갔다면 이야기는 달라졌을까, 도망치듯이 뛰어가는 그대를 붙잡았더라면 이야기는 달라졌을까. 이런 후회는 필요 없다는 것을 알면서도, 하고 있었다. 내가 너무 바보 같았지만 멈출 수는 없었다. 눈물은 흐르고, 닦아내도 닦아지지 않았다. 닦아내는 만큼 나왔으니, 막고 닦아도 소용이 없었다. 물론 그 고양이 녀석이, 아직 이름도 정해주지 않은 그 녀석이 나에겐 유일한 위안이자 위로였다. 옆에서 다 괜찮다는 듯이 계속 몸을 비비며 야옹거리는 모습은 귀여웠고 날 위로해줬다. 나는 그대에게 닿을 수 없다는 것을 절실히도, 너무나 잔인하게 깨달아버렸다. 가장 알고 싶지 않았던 방식으로 날 깨닫게 해주는 그대는 어째야 할까. 고양이의 등을 쓰다듬어주고 싶어도 등에 베인듯한 큰 상처가 있어 함부로 쓰다듬을 수가 없었다. 그 마음을 알았는지 배를 까고 드러누우며 몸을 이리저리 굴렸는데, 나도 모르게 그 녀석의 배에 손을 올리고 쓰다듬었다. 공격은 하지 않고 오히려 좋다는 듯 내 손을 잡았다. 어쩐지 절망은 조금 가시고 고양이의 애교가 그 자리를 채운 것 같다. 가끔이긴 해도 자주 본 녀석이니 정이 들지 않을 수가 없었다. 데려가서 키울까 하는 생각이 들지 않았다면 거짓말이다. 나는 그 녀석을 데려가지 못했다. 잘 키울 자신이 없을뿐더러, 키울 자격이란 게 나에겐 주어지지 않았다고 생각했으니 데려갈 수는 없었다. 그 녀석도 이해해줄 것이다. 익숙한 이 공간을 떠나는 게 무서울지도 모른다. 나에게 유일한 위로를 준 생물체니까. 내가 그대를 아프고 고통스럽게 만들고 싶지 않듯이, 내게 위안을 준 그 녀석이 고통스러운 모습은 보기 싫었다. 이제는 나도 모르겠다. 내가 어떻게 되어버릴지, 무슨 생각을 내가 가지게 될지. 내 생각이 그대로 이뤄진다고 해도 날 막아줄 사람이 있을까.

그 뒤로 며칠이 지나 개학을 맞이했다. 같은 학교를 다니니, 어쩔 수 없이 그대를 마주치게 될 것이다. 그럴 자신은 없었다. 막상 그 모든 일을 다시 기억해보니 아팠다. 의지할 곳 하나 없던 내가 그대를 의지했는데, 의지였나, 애초에 잘 모르겠다. 하여튼 그곳마저 사라지고 내가 찾은 곳은 아픈 공간이었다. 나는 아프지만, 그 녀석은 아무것도 모르니, 계속 찾아가야 했다. 개학했지만 아직도 그대를 만나지는 못했다. 자신이 없던 차에 다행인 걸까. 익숙한 골목으로 들어서니, 고양이는 또 어디선가 나타났다, 이제 친구고 믿을만한 사람이라는 것을 느낀건지, 계속 다가와서 내 다리 옆에 꼭 붙어있었다. 한 걸음을 걸을 때마다 고양이의 털이 몸을 스쳤다. 그 뒤로 그대는 어떻게 되었는지 모른다. 고백을 받아주었든 아니든, 내 자리는 없을 것을 알지만 궁금했다. 그대 성격에 받아주지 못했을 리가 없는 데다가, 고백한 녀석도 그리 쉽게 포기할 것 같진 않았다. 아직도 머릿속에선 생생하게 재생되는 고백이다. 엿 들은 거지만, 나에겐 충격이었으니까. 아니길 바란다. 차라리 꿈이면 어땠을까. 걷다 보니 그 자리까지 당도했다. 고백을 엿듣게 된 그 자리에. 그때와 같은 곳에 주저앉았다. 아직도 생생했으니 다리가 풀려버려서 앉게 되어버린 것이지만 그것도 모르는 고양이는 나에게 다시 다가왔다. 그날처럼 쓰다듬어 달라는 듯이. 나는 웃으며 그 녀석의 배를 쓰다듬어줬다. 들릴 리가 없지만, 알아들을 수 없겠지만, 어딘가엔 풀어놓아야 할 말을, 알아듣지 못하는 동물에게 할 것이다.

"내가 느끼는 감정은 뭘까? 너는 그 답을 알고 있으려나? 나에게 다가오는 이유가 뭐야? 내가 좋은건지도 모르겠네. 근데 난 좋은 사람 아니야. 너를 데려가지도 못하고 이렇게 보러오는 게 어딜 봐서 좋은 사람이겠어?"

말을 하면서 고양이의 반응을 살폈다. 아무것도 모른다는 듯이 쓰다듬을 받으며 좋은 듯이 소리를 내고 있었다. 귀여운 녀석. 배에 있는 털들을 한번 헝클어트리고 다시 조심히 만져주었다.

"진짜 좋은 사람이라면 이미 넌 그 사람의 집에서 편하게 뒹굴고 있겠지. 이런 차가운 바닥이 아니라 따뜻한 바닥일 거고, 이불도 덮을 거고, 사람 위에 올라가서 자도 될 텐데, 그 사람은 내가 아닌걸. 좋고 행동력 있는 사람이었으면, 이미 내 품에 안아볼 수 있었겠지. 그랬으면 좋았을걸…."

이 말을 하는 내 목소리는 나도 알아챌 만큼 서글프고, 처져 있었다. 너무 가라앉은 우울한 목소리라는 걸 나도 느꼈으니 이 고양이 녀석이라고 뭐가 다를까. 목소리가 달라진 것을 느낀 것인지, 고양이는 다 괜찮다고 이야기하듯 나에게 더 다가왔다. 앉아있는 내 다리 위로 폴짝 뛰더니 내 품 안에서 뒹굴었다. 바닥보단 따스할 몸이지만 장담하긴 어려웠다. 마음이 식은 만큼, 몸도 식었을까 봐. 가만히 고양이가 뒹굴도록 내버려 두고 모습을 구경했다. 몇 분이 지나도 내려가지 않는 고양이를 보고 나도 사람은 맞다고 생각해버렸다. 아닌 것은 아니었지만 깨닫고 있지는 못했는데, 곧이어 잊을 것이다. 잊을 수 없는 게 있다면 그대를 향한 마음과 기억일까. 따뜻한 내 다리에서 고양이는 어느새 잠들었고 나는 움직이지 못하게 되어버렸다. 움직이면 나에게 유일하게 위안을 준 녀석을 깨우게 되니까.

그렇게 십 분은 넘게 지났을까, 고양이는 깨어날 줄을 모르고 곤히 잠에 들어있었다. 물론 나도 움직이지 못했고. 골목 모서리에서 아예 자리를 깔고 앉아버리게 된 나는 다른 소리에 집중하게 됐다. 작게 들려오는 고양이의 규칙적인 숨소리와 멀리서 지나가는 사람들의 발소리, 대화 소리 같은 게 간간이 들려왔다. 그러다 발소리가 점점 가까워지는 것을 느꼈다. 분명히 누군가가 다가오고 있었다. 한사람인지 두 사람인지 정확히 분간은 되지 않았지만, 미묘하게 다른 발소리 두 개가 겹쳐진 듯한 느낌이 드는 것이 두 사람인 것이 분명했다. 어쩌면 한 사람일 수도 있었다. 멀리서 들리는 발소리와 우연히 겹쳐지면서 두 사람처럼 느껴졌을 수도 있다. 발소리는 가까워지고, 꺾인 길 반대편에서 나오게 될 것이며 도는 순간 나와 눈이 마주칠 것이다. 저벅저벅 걸어오는 소리가 내 귀에 울렸다. 다가오는 사람의 보폭과 발소리는 익숙하게 느껴졌다. 누군지는 모르지만 내가 잘 아는 사람인 것이 분명했다. 발소리가 다가오고 사람의 얼굴이 보였다. 그대였다. 그쪽도 나를 보고 적잖이 놀란듯한 눈빛이었다. 나는 순간 생각이 멈췄고, 멍하니 그대를 바라볼 뿐이었다. 아무것도 모르는 고양이는 너무나 잘 자고 있었고, 더 이상 만져주지 않아도 되었다. 그렇다 한들 내 눈앞에 있는 그대가 사라지는 것은 아니었다. 정말로 자신이 없었다. 예전처럼 좋다고 바라볼 자신이 없, 아니 그렇게 생각했다. 아직 이름 모를 감정은 사라지지 않았기에, 그 시선이 그대에게 꽂혔을 것이다. 그대는 나에게 다가왔고, 한 걸음씩 다가오는 그대를 보며 눈물이 흘러내렸다. 이유는 모르는 눈물이 다시 나오고 있었다. 혹시나 고양이가 눈물을 맞을까, 눈물이 흐르지 않게 눈을 계속 닦았다. 눈물은 흐르지만, 입가엔 웃음이 지어졌다. 그대는 나를 바라보며 걱정스러운 눈빛을 보냈다. 결국은 다가오는 그대를 막을 수는 없었기에, 내 앞에서 그대의 무릎을 꿇게 만들었다. 감히 내가, 나 같은 사람이 그대의 무릎을 꿇게 만들다니, 있을 수 없었고, 있어서는 안 되는 일이 눈앞에서 벌어지고 있었다. 내 앞으로 다가온 그대의 눈엔 내가 비쳤다. 비친 내 모습은 슬퍼 보이는 웃음을 짓고 있었던 터라, 내 예상이 맞았다. 지금 서로의 눈망울엔 서로 다른 달이 비치고 있었다. 내 눈엔 그대가 달보다 더 아름다우니까. 울고 있는 나에게 손을 뻗은 그대는 내 눈물을 닦아주었다. 손짓은 투박했지만, 손은 부드러웠다. 그대가 눈물을 닦아주자 눈물은 약해지는 것 같았다. 아픈 상처도 그대지만, 치료하는 연고도 그대였으니, 마음은 편해졌다. 나에게 왜 우냐고 묻는 그대의 말에 나는 대답하지 못했다. 너 때문이라고 할 수도 없는 노릇이고, 이 죄 없는 고양이를 몰고 가긴 싫었으니까. 대답하지 않으니, 기다리겠다는 듯 반대편 벽에 기대어 앉는 당신이다. 꼭 이유를 듣고 가겠단 의지가 엿보였다. 당신의 한 시간은 나보다 더 귀할 텐데, 난 만날 사람도, 내 편이라곤 고양이뿐인데, 그런 내가 감히 그대의 시간을 뺏으려 하는 것 같았다. 대답하고 싶지만, 말이 생각이 나지 않았다. 그대가 받은 고백 때문에 그대를 마주할 자신이 없는데 마주쳐서 울고 있다고 말할 수는 없었다. 유일한 내 편인 고양이는 아직도 잘 자고 있었다. 그대는 가만히 앉아있다가 내 다리 위에서 잠든 고양이가 궁금했는지 다가왔다. 혹시나 녀석이 깰까 해서 만지지 못하게 막았지만, 고양이가 목적이 아닌 듯했다.

"너, 고양이랑 아는 사이였어? 나돈데."

말은 그렇게 해도, 숨은 뜻은 따로 있다는 것을 나는 눈치챘다. 전하고 싶은 말은 이게 아닌 듯했으니까. 고양이랑 아는 사이라는 말에 진심이 없었으니까. 말을 하고 싶었는데 그대의 앞에만 서면 뭔가 이상하게 전하고픈 말이 나오지 않는다. 머리에선 생각이 드는데 실행은 안 되는, 코딩 중에 오류가 난듯한 느낌을 받게 하는 그대다. 말은 나오지 않아도 바라볼 수는 있다. 그럴 수밖에 없다는 게 문제였지만. 너무 뚫어져라 바라본건지 그대는 머리를 긁적이며 내 눈에 가득 찬 상태로 입을 열었다. 가까이서 보는 그대는 아름답기 그지없었다.

"걸렸나 보네…. 고양이랑 친한 것도 맞는데, 너 요즘에 이상해. 나 피하는 것 같고 말야."

서로가 서로의 허점에 걸려든 것 같았다. 그대는 진심을 전하지 않은 것을 들켰고, 나는 그대를 피한다는 것을 들켰으니까. 이번엔 사실대로 말해야만 했다. 왜 피하는지, 이유가 뭔지 알려줘야만 했다. 고백은 하지 않으면서 그대와의 거리는 유지할 수 있기를 바라는 마음에 입을 열어보려 했지만 고양이 녀석이 잠에서 깨어 우는 소리에 말은 하지 못했다. 신기하게도 고양이는 내가 자기를 키운다는 것처럼 내 품에 안겼다. 그래도, 이 골목을 벗어나진 못할 고양이지만, 그대는 나를 신기하게 바라봤다.

"고양이가 너한테는 안기네? 나한테는 한번을 안 오더니. 그건 그거고, 대답해줘. 나 피하는 이유에 대해서."

품에 들어온 고양이를 쓰다듬어주면서도, 그대의 말은 다 들었다. 대답해야 할 때가 왔다. 하지 않으면 안되는 이유가 있었고, 또 말하지만 전해야만 하니까.

"그, 너 고백 받는 거 봤어. 정확히 이 자리에서. 너 입 맞춰지는 것도 봤고, 도망가는 것까지 봐버렸어. 성격에 거절은 못 할 거 같아서, 두 사람 사랑에 방해될까 봐, 피해 다녔어. 내가 사이에 끼면 이상하니까. 괜히 너한테 피해갈까 봐…"

"그런 거였으면 진작 말을 하지! 너는 모르겠지만 그다음 날에 바로 여기서 만나서 내가 거절했거든. 너가 봤을 줄은 몰랐는데…"

"그럼 걔는 깔끔하게 포기했어? 그런 녀석은 아닌 것 같던데…. 너한테 무슨 짓 하는 거 아니야?"

"깔끔하게 물러났고, 내가 친구로 지내자고 했어. 이틀의 일은 없던 일로 치고, 아무 일 없이 지내잖아. 넌 다른 반이라 모르겠지만, 사이 괜찮아. 아무 짓도 안 한다고 했고."

다행이었다, 너무나 다행이었다. 아무 일도 없을 것이고, 둘이 만나는 사이가 아니라는 게 내 마음엔 큰 안정이었다. 그대와의 대화 중엔 눈물이 나지 않았다. 어느새 눈물은 그쳤고 품 안의 고양이는 아직 있으며, 그토록 바라던 그대도 내 눈앞에 있으니 이런 게 행복이었다. 진실을 들은 그대의 눈은 떨렸고, 이해한다는 빛이었다. 그대는 나에게 손을 뻗어 일으켰고, 우리 둘은 골목의 끝에서 고양이에게 인사를 건네고 골목을 나섰다. 오늘은 외로운 밤이 아닐 것이다. 행복에 가득 차 있는 꿈을 꿀 것이며, 밤 동안 오늘의 기억을 생각하면 당분간 외롭지 않을 테니.

　이제 그 날을 생각하면 더 이상 외롭지 않았다. 그리워지는 날은 있어도, 그 하루는 잊지 못할 것이다. 잊을 수 없는 날들이 점점 늘어난다. 영원히 가지고 있을 날들이. 그대와 가까워지고 빛나는 그대 모습이 내 생각에서 떠나지 않았고, 가끔 꿈에도 나온다. 함께 행복한, 나는 이뤄내지 못할 그런 일들에 관한 이야기를 꿈이기에 꿔보는 것이다. 이뤄지지 못한다 해도, 꿈일 뿐이라 일어나면 깨어진다 해도, 꿈이라는 게 영원하지 않다고 한들, 볼 수 있고, 꿈꿀 수 있으니 그거 하나만으로도 충분히 행복하단 것이 뭔지 느꼈다. 닿을 수 없는 사람이란 걸 고백 사건 이후로 절실히 느껴버린 탓일지도 모른다. 나는 고백조차 하지 못했고, 나 스스로 멀리서 바라보자고 결론 내렸으니까. 이 이상 더 다가가는 순간 그대와 나의 관계는 끝날지도 모른다는 두려움에, 나 스스로의 길을 막았다. 다가갈 순 있어도, 너무 가까워져서 그대가 부담스럽지 않게, 적정선을 유지하며 지켜가는 게 그대와 나의 관계를 망가트리지 않는 것으로 생각하니까. 내가 그대에게 상처를 준다면, 그대가 어딘가에서 다친 채로 와도 마음 아픈 내가, 정말로 이 세상을 놓아버릴지 모르니까. 마음 아파하는 그대 모습은 보고 싶지 않았다. 그대가 아플 바에는 내가, 더 아픈 것도 괜찮았고, 마음은 항상 아팠으니 더 강한 아픔 같은 것도 별로 상관은 없었다. 외상보다는 마음이 아픈 게 더 버티기 편했다. 어차피 나는 별 볼 일 없는 사람이니, 아프련다. 원래도 아픈 게 더 아파진다고 해봐야 익숙한 고통이다. 그대가 처음 겪을 마음 아픔은 차라리 몇 배가 된다고 하더라도 내가 대신 아프고 싶었다. 나도, 그대도, 우린 서로를 모른다. 그럼에도 내가 하나 확실하게 느낀건, 아니, 느끼고 있는건 그대는 나에겐 너무나 과분한 사람이라는 것. 감히 나 같은 게 당신을 가진다거나, 연인이 된다거나, 품에 안는다거나 하는 일들은 그저 꿈에서나 볼 수 있는 일이고 실제로는 불가능하다. 그대가 아픈 건 없었으면, 울지 않았으면 하는 나의 작지만 크고, 아름답지만 추하고 아무것도 아닌 소원을 빌고 있다.

지금은. 꽤 무식한 방법이라고 말할지도 모르지만, 달에게 빌고 있다. 달리 빌어볼 신이 없었다. 교회도 다니지 않고, 불경도 모르고 절은 관광도 안 가봤으며, 아예 본적도 없고 기도드리지 않는 신에게 비는 것은 미안했다. 신도들의 기도도 많을 텐데, 내 기도 따위야, 뭐. 달에게 거의 매일 빌었던 것 같다. 그대라는 사람이 다치지 않게 해달라고, 마음이든 몸이든 아프지 않게 해달라고. 매일 밤 잠들기 전에 올리기 시작했다. 2학기 들어서 밴드부 사이가 좋지 않다는 소문에 더더욱 열심히 올렸다. 그랬더니 이상하게도 이뤄지는 것 같았다. 그대는 다치지 않았고, 그대의 웃음을 더 자주 보고 있었으니까. 통하는 걸지도 모르고 그냥 그렇게 느끼고 있는 걸 수도 있다. 무슨 효과 때문에 그런 거라고 해도 그대가 웃으면 좋았다. 억지로가 아니라 진심으로 웃어주는 그대는 나에겐 따스함이고, 별과 같았다. 더 오래 자주 별을 보기를 기도하는 것이기도 했다.

매일, 하루도 빠짐없이 기도했었다. 별을 오래 보려고. 그러다가 너무 피곤한 하루여서, 기도 올릴 정신도 없던 난 집에 가자마자 잠에 들었다. 어제였다. 지금 나의 별은 보이지 않는다. 아프지 않게 해달라고, 내가 대신 아프겠다고, 한번 빌지 않았다고, 이렇게까지 일이 커질 줄 몰랐다. 일단 지금 나는 병원이다. 소식을 듣고 급하게 달려왔는데, 여기서도 나의 별은 볼 수 없었다. 나의 별인 그대. 응급실로 실려 온, 밴드부의 기타리스트. 지금은 비록 밴드부에 들어가서 기타를 치고 있지만, 언젠간 들었던 그대의 첫 번째 목표는 법학과 입학이었다. 말도 안 된다고 생각이 들지는 않는 꿈이었다. 그대의 꿈을 듣고 나도 같은 분야에서 일하고 싶었다. 꿈도, 희망 따위는 개나 줘버린 지 오래였던 내게, 꿈과 희망을 심어주고도 모자라서 내게 목표까지 쥐여준 그대가 지금 병원에 있는 이유는 뭔지, 소문이 사실인 것인지, 그대의 입으로 듣고 싶었다. 병원까지 달려온 내게 고마워할지, 날 원망할지, 걱정해

줄지, 그런 건 상관없었다. 난, 그대가, 아니. 당신이 보고 싶으니까. 학교 같은 건 상관없었다. 당신을 알게 된 후로 학교에 가는 이유는 언제나 스쳐 지나갈지 모르는 당신의 모습을 보기 위해서였다. 스치듯이 지나가도 당신은 내 마음을 흔들어두니까. 기분 나쁘게 흔들리는 마음이 아니라, 당신의 모습을 보는 것만으로도 나는, 나 같은 건, 행복 따위는 필요 없던 사람에서 행복한 사람으로 변했으니까. 내게 행복을 알려준 사람인 그대가, 당신이 병원에 있다는데, 학교 따위는 정말로 필요 없었다. 그대만이 중요하니까. 병원의 접수대에 물어보는 게 더 빠르겠다는 생각이 들었다.

얼마나 마음 졸이고 서성인 걸까. 몇 번이고 큰일은 아니길 바랐다. 달이 보이지 않아서 지금 기도는 올리지 못하지만, 걱정은 닿을까. 그대는 없냐고, 당신 같은 사람은 여기에 없냐고, 원래는 차마 담지 못한 이름을 대면서 그렇게 찾았다. 몇 번이고 다시 물어보며 분명히 이 병원이 맞다고 내가 되물었다. 그때마다 모르겠다고, 그만 물어보고 좀 기다리라는 일갈을 듣고 나서야 난 정신을 차렸다. 학교도 안 가고 병원으로 온 내가 멍청했다. 그렇지만, 그대를 향한 마음을 더욱더 객관적으로 바라볼 수 있게 되는 것 같았다. 이건 정말이지 뭘까. 아무것도 없이 당신이 아프다는 말에 달려온 나의 감정은, 마음은…. 모르겠다. 이런 게 사랑이라면 사랑일까. 나 혼자 꿈을 꾸며 감정은 커져갔나보다. 조금이라도 소식이 들려오면 좋겠는데… 생각이 끝나기 무섭게 당신의 소식이 들렸다. 크지는 않은 수술을 마치고 병실에 있다는 것. 혼자는 아닌 병실이겠지만 병실 번호를 듣고 바로 달려갔다.

병실에 들어가니, 4명 정도가 같이 쓰는 병실이었다. 4개의 침대 중에 2개는 비어있었다. 마음 같아서는 뛰어들어가서 안아주고 싶었지만, 싶은 게 아니라 마음속에선 이미 끌어안고 있었다. 마음속과 현실은 다르기에, 현실의 나는 뛰지도 못하고 걸어서 다가간다. 현실의 나는 당신을 끌어안지도 못한다. 감히 나 따위가, 현실에 있는 당신을 끌어안을 수는 없으니. 조용히, 당신이 눈치를 못 채게 다가간다. 가족들은 이미 다녀갔는지 선물과 먹을 것 같은 흔적만 있고 아무도 없었다. 창문과 가장 가까운 침대라서인지, 바깥풍경은 잘 보였다. 낮은 층은 아니라서 봐줄 만한 풍경이었다. 큰 병원들이 으레 그렇듯이 창밖으로는 빌딩들만이 보였는데, 낮은 건물이 많아서, 일출이나 일몰을 보기엔 좋아 보였다. 나는 언제나처럼 조용하고, 존재감이 사라졌는지, 옆에 있는데도 당신은 내가 왔는지도 모르는 것 같다. 가만히 바깥풍경을 바라보는 당신을 방해하고 싶지 않아서 조용히, 왔다는 기척도 보여주지 않았다. 나는 당신의 뒷모습을 보는 것만으로도 충분했으니, 어쩌면 이게 나와 더 잘 어울리는 걸지도 모른다. 병원까지 와서, 겨우 보고 있는 게 뒷모습이라는 게, 나를 아프게 하면서도, 당신의 뒷모습이라는 게 너무나 좋았다. 이렇게 가까이에서 보는 당신의 뒷모습은 처음이니까. 절로 미소가 지어지는 것만 같았다. 소리도 없이 가만히 있으니, 이 병실에 당신과 나 단 둘뿐인 것 같았다. 실제로 단 둘뿐이면 좋았으련만. 그런 일은 없다. 나라는 사람에게 허락되지 않을 테니. 그러다 갑자기 당신이 고개를 돌렸다. 그러자 서로의 눈이 마주치고, 내 가슴은 다시 뛰었다. 크게, 당신에게 들릴까 걱정될 만큼 크고 빨라지지만, 예상치 못한 등장에 놀라는 당신이었다.

"어우 씨…. 뭐야, 너였어? 왔으면 말을 해야지."

"아, 응. 방해하고 싶지 않았어. 아프니까, 편하게 쉬어야지."

"그래, 너는 나 보러 온 거야?"

오늘따라 당신의 목소리는 달콤하게 들렸다. 능청스럽고 나 같은 사람도 받아주고, 곁을 내어주는 당신이 싫을 수는 없었다. 마치 자신을 보러온 게 당연하다는 당신의 목소리. 학교를 말없이 빠지고 당신을 보러온 가치는 이미 충분했다. 담임선생님의 시선도 받지 못하는 나는 학교를 빠져도 모를 테니까. 이미 다 알고 있으면서, 내가 여길 오는 이유는 당신뿐이라는 걸 알면서. 창문에 어렴풋이 비치는 내 얼굴엔 슬프지만 기쁜 미소가 지어져 있었다. 내가 대답하려는데 당신은 그걸 알아채고는 내 말을 막았다. 어떤 이유에서인지 당신의 입가에도 미소가 지어졌다.

"학교를 빠지고, 나를 보러왔다고? 좋네."

나지막한 당신의 말이 내 마음의 낮은 부분까지 들어와 스쳤다. 좋다는 말과 함께 지어진 미소는 내 가슴을 크게 일렁거리도록 만들기에 충분했다. 사람들은 이런 걸 사랑이라고 부르는 걸까. 이렇게 아픈걸? 나만 아프기에 다른 사람들이 사랑을 원하는 걸까? 아니, 어쩌면 이건 사랑이 아닐지도 모른다. 그저 사랑으로 착각되는 다른 감정일지도 모르는 일이다. 당신이 한 말에 대한 대답 대신에 고개를 끄덕였다. 대답할 말은 많았지만, 너무 많아서 막상 입으로는 나오지 않는다는 것이 큰 이유였다. 어쩌면 마음을 일렁거리고 있는 이 감정의 탓인지도 모르고. 당신의 좋다는 한마디는 머릿속에서 계속 울렸다. 나에게 좋다는 이야기를 해주는 것도 당신이 처음이니까. 약간의 침묵이 흐르고 있다. 서로가 숨 쉬는 소리만 느끼고 있었다. '좋네'라는 두 글자를 계속 곱씹으니, 마음속 상처가 치유되는 느낌이다. 처음으로 누군가에게 받은 인정. 상처가 치유된다고 해서, 눈물이라는 게 나오지 않는 것은 아니다. 당신에게 인정받은 느낌에 좋아서, 나를 바라봐준 것 같아서 눈물이 나왔다. 당신에게 조그마한 의미라도 되어서 다행이니까. 대화라는 것을 그다지 좋아하지 않는 나지만, 당신과의 대화는 재밌고, 절로 미소가 지어졌다. 당신이 건네는 한마디 한마디는 내 마음에 인쇄하여 찍어두듯이 깊게 남는다. 법학과에 대한 꿈은 아직 그대로인 것 같다. 말은 하지 않았지만, 당신의 말을 들으면 느낄 수 있으니.

점심시간엔 두 사람 다 밥을 먹어야 하니, 시간이 놀았다. 나는 밥을 먹고 다시 들어갔다. 그러니 어느새 침대 옆에 문제집이 가득히 쌓여 있다. 사법고시라는 힘든 길. 통과만 하면 인생이 편다는 말이 괜히 있는 것은 아니다. 내 인생의 목표가 당신이니, 나도 법학을 해보려 한다. 일단 당신의 곁에서 문제도 보고, 같이 풀어볼 것이다. 나도 뒤처지지는 않으려 공부했다. 당신의 목표가 사법고시이니, 나도 달려보련다. 이제 남는 시간엔 사법고시 준비에 몰두해야 한다. 당신과 같은 직종에서 일하며 조금이라도 만날 확률을 높여야 하니. 아까 그 자리에 다시 앉아서 당신의 문제집 문제를 같이 본다. 확실히 어렵다. 그래도 왠지 해볼 만하다는 생각이 든다. 그대를 보려면 뭘들 못하겠나. 어디에 있다 한들, 어디로 간다고 한들, 나는 당신만 바라볼 수 있다면 좋았으니까. 친구라고 부를만한 유일한 사람이니까. 친구 따라서 강남보다 더 힘든 사법연수원을 가려 한다. 다른 문제를 보는데 정말로 거짓말 안 하고, 할 수 있겠다는 생각이 들었다. 어쩌면 내 재능은 법학과에 가는 건 아닐까 하는 의구심이 드는 정도니까. 사법고시가 어렵다고는 하지지만 이상하게 느낌이 좋다. 같이 대화도 하며 문제를 풀어봤다, 그러다가 못하겠는지, 당신이 문제집을 닫았다. 언젠가 다시 열릴 문제집이지만 당신은 내가 당신에게 마음을 쏟아도 철옹성마냥 열지 않을 당신 같아서, 그게 또 아팠다. 대화하면서 풀리기는 했다만, 그래도 아픈 건 다름이 없었다. 당신의 이야기는 재미있었다. 듣는 내내 미소가 떠나질 않았고, 정말로 웃었다. 진심으로. 다음 무대를 마지막으로 밴드부는 그만둔다고 한다. 다친 이유는 밴드부 내에 있던 불화 때문이라고 한다. 베이스와 드럼이 싸우고 있던 상황에 당신이 들어서서 일단 중재했단다. 조용한가 싶더니 이내 베이스의 화는 당신에게까지 튀었고, 결국, 꽤 높은 단상에서 연습하다가 밀려 떨어졌고 본능적으로 뻗어버린 팔이 큰 부상을 입고 정신도 잃었었다는 게 당신의 이야기였다. 당연하게도 코드를 잡을 수는 없으니 더이상 기타를 치기는 힘들 거라고 생각이 들어도, 내가 좋아하는 일렉 기타와 당신, 둘의 만남은 너무나 좋아서 아직도 마음에 가득한데, 이제 더 이상은 볼 수 없는 사실이 너무나 안타까웠다. 당신의 마지막 공연, 아름답게 빛나주길. 내 마음의 별인 그대가 밴드부 생활을 아름답고 멋있게, 당신의 마음에, 내 마음에 있는 밴드부라는 별이 초신성으로 빛나주길 바란다. 별이 지면 필히 새로운 별의 요람이 될것이고, 서로의 마음에도 또 다른 별이 피어질것이다. 그 별은 필히 빛날것이다. 당신의 마음에서 빛나지 않아도 내 마음에선 빛나고 있을테니, 적어도 둘 중 하나의 마음에선 빛나고 있다면 되는것이다. 대화는 당신이라는 사람이 좋으니, 다 좋았다. 하루종일 병실에서 지내는 것도 좋아보였다. 물론 당신이 있기에 좋은 것이었던 걸지 누가 알아주겠냐만, 벌써 6시다. 조금 지났지만 조금만 더 당신을 바라보고 싶었다. 바라보는 것도 좋은데, 대화를 하면 더 좋았다. 성격이 엿보이는 태도와 능글거리는 태도까지 전부 다, 이런 사람이라면 내가 곁에 있고 싶어진다는 걸 모르나보다. 무릇 사람은 혼자있는 시간도 필요한 법이다. 더 곁에서, 오래, 더 진하게 바라보고 싶은데, 그럴 담력과 행동력조차도, 자격조차 없는 나는, 돌아서야 한다. 미어오는 가슴을 붙잡고 겨우 가겠다는 말을 꺼낸다. 당신도 알고 있을지, 이미 알고 있는지도 모른다. 내 마음을, 누구에게도 보여주지 않았고 보여져서는 안되는 마음을. 간다고 겨우 말하고 일어나 돌아서는데 당신의 말이 내 등에 꽂혔다. 마음 깊이 남는 당신의 말들 중에도 더더욱 깊이 들어서는 당신의 말이다.

"잘 가. 심심하진 않게 해줘서 고마워."

고맙다는 말 다음에 내 이름을 불러줬다. 가족과 선생님을 제외하면 내 이름을 부르는 사람은 없었다. 여태까지는. 그러니까, 어쩔 수 없이 나를 봐야만 하는 사람들을 빼고는 처음이었다. 그래서인지 당신의 입에서 나오는 내 이름은 다른 사람들이 불러주는 것과는 달랐다. 부드러웠고 나는 모르겠는, 뭐라 하기 어려운 감정이 담겨 있었다. 내가 착각했다고 해도, 이 모든 게 말도 안 되는 착각이라고 해도 이 감정, 당신이 불러준 내 이름과 모든 것을 기억해둘 거다. 당신에게 또 바보같이 눈물을 흘리기는 싫다는 마음으로 벅차오르는 감정을 겨우 누르고, 애써 미소지으며 당신을 돌아봤다. 같이 미소를 지어주는 당신. 곧바로 고개를 돌리고 병실을 빠져나간다. 애써 눌러둔 감정이 천천히 다시 올라온다. 코끝이 찡해지는 걸 시작으로 눈앞이 번져갔다. 눈을 깜빡이는 순간, 볼을 타고 뜨거운 눈물이, 처음으로 미소지으면서 흐르는 눈물이 나왔다. 병원을 나서면서까지, 나서고 나서도 눈물은 멈추지 않았다. 나에겐 좋아서 한 일이 당신에게 조금이나마 도움이 되었다는 게, 아무것도 표현하지 못한 내게, 멀어질까 무서워서 진심까지 말하지 못하는 내게, 인사와 함께, 고맙다는 말이 더해서 내 이름까지 말해준 게, 기쁨이자 보상이었고, 이만한 선물은 그 누구도 줄 수 없으니까. 생각보다 시내와 가까워서 오랜만에 그 녀석이나 찾아가 보려 한다.

익숙한 골목에 들어선다. 평소와 들어가는 곳은 달랐지만 잘 찾아왔으면 하는 바람에, 구석구석을 살핀다. 들어오자마자 다가오는 녀석이 있는데, 오늘은 무슨 일이 있는지, 유이하게 내 곁에 와주는 녀석이 오늘은 없었다. 무슨 일이 생긴 걸까. 걱정이 깊어지는 것뿐인, 저번에 그 자리, 녀석의 친구가 된 자리이자, 깊게 박힌 상처가 생긴 자리이면서 단 하나뿐인 연고로 치유받은 그 자리에. 바닥에 아무것도 없이 저번과 같은 자세로 앉았다. 저녁때가 지났고 아무것도 먹지 않았지만, 배가 고프지는 않았다. 당신과의 대화로 마음이 풍족해진 대신 부작용이 따르는건지, 잠이 왔다. 앉아있기도 하고, 이런 곳에서 자면 입 돌아간다는 사실도 잘 안다. 그렇지만 그 모든 걸 이겨내는 직감. 내 직감이 지금 여기서 자야 한다고 연신 소리치고 있었다. 분명 직감이 말할 때는 이유가 있다. 조심스럽게 벽에 기대어 눈을 감는다. 꿈을 꾸었다. 아름다운 꿈을. 당신이라는 좋은 사람과 함께 길을 거닐고, 마치 연인처럼 서로의 옆에 딱 붙어서 팔짱을 끼어보는, 내 소원이 이뤄진 꿈을. 눈을 떴는데, 너무나 어두웠다. 골목이라서 가로등도 없었으니 당연한 일이다. 얼마나 잤는지는 모르겠지만 추웠다. 늦은 밤인지, 늦은 저녁인지, 분간이 되지 않았다. 분명히 많이 온 길이라고 생각했는데, 앞이 제대로 보이지 않으니, 헤매는 것 같았다. 아무리 돌아도 같은 곳으로 돌아오는 느낌. 이대로는 안 된다는 생각이 강하게 피어올랐고, 뛰었다. 달려서 느낌을 기억하며 빠져나가려 했는데, 나가는 길이 보이지 않았다. 몇 바퀴나 돌았을까. 20번은 돌아본 것 같다. 어쩌면 더 될지도 모른다. 포기하고 자리에 주저앉으려는데, 앞에서 녀석의 울음이 들렸다. 평소와는 다른 야옹거림, 따라오는 뜻일까. 나는 홀린 듯이 울음소리가 들리는 곳으로 가봤다. 그 녀석이 있는 곳에 다가가니 녀석은 내게 다가왔다. 아예 친구가 된 듯이 다가왔지만, 상태는 많이 안 좋아진 것 같았다. 숨소리도 이상했고, 등에 있는 상처도 더 깊어진 것 같았다. 원래였다면 뒤에서 따라갔겠지만, 오늘은 녀석을 안아 들었다. 상처에 손이 닿지 않게 조심하면서. 뭐가 그리도 좋은지 골골거리며 품에 안겨있었다. 품에 녀석을 안아 들자 마음이 편해진 건지, 이제야 길이 보였다. 한걸음, 한걸음 내딛으며 녀석을 쓰다듬었다. 계속, 끊기지 않게. 이 녀석이 아니었다면 난 어떻게 되었을까. 많이 무너졌거나, 세상에 없었을지도 모르는 일이다. 품에 있는 녀석은 이제 보니 꽤 나이가 있어 보였다. 계속 걸어나가다 뭔가 이상한 걸 느낀다. 품에 있는 녀석이, 처음으로 내게 들어온 녀석이, 숨이 가빠지는 것 같았다. 나는 느꼈다. 이 녀석은 이제 곧이라는걸. 품에 더욱 끌어안고 천천히 골목의 끝에 다다른다. 골목의 끝을 나서자, 기겁하며 떨어졌을 녀석이 가만히 품에 안겨 있었다. 이미 숨을 거뒀던 것이다. 이 녀석도 내가 처음일 텐데. 시작이 있으면 끝이 있고, 끝은 또 다른 시작을 의미하지만, 지금은 녀석의 끝을 보내야 할 차례인 것 같다. 정신을 차려보니 내 눈에선 눈물이 흘렀고, 나는 어디론가 가고 있었다. 병원이다. 동물 병원. 늦은 밤이지만 문을 열었고, 난 녀석을 울면서, 눈물로 이별했다. 내가 진심을 고백하고 모든 이야기를 들은 첫 녀석이자, 고양이니, 언젠가 다시 내 곁에 올 것이라 생각하며 그렇게 녀석을 보냈다. 내가 오묘한 감정을 느끼고 있는 당신이 별이라면, 녀석은 지구 같은 행성이었다. 그런 녀석이 떠나니, 눈물이 흐르지 않을 리가.

　녀석을 잊지는 않았다. 화장되었고, 녀석의 유골은 집에 들어앉았으니. 나중에 다시 찾아오리라 믿는다. 후로 2주가 지났을까. 더 지났을 거다. 당신은 퇴원했고, 난 학교에 다니면서도 매일 찾아가다시피 했다. 이례적으로 밴드부 공연이 중간고사 끝나고 잡혔다. 그 이유를 아는 나로서는 가슴이 미어졌다. 우리가 만난 지 일 년도 되지 않았는데, 당신은 밴드부를 나가게 되는구나. 못하게 되는구나. 아직도 일 학기의 그대는 내 맘에 남아있는데, 그대에게 법학을 알려주려 미친 듯이 파고 있으니 괜찮다. 정말로, 그렇게 더 볼 수 있다면 좋으니. 오늘은 큰 결심할 거다. 제일 앞자리에 앉을 것이다. 마지막 당신의 무대를 오롯이 받아보려 한다. 이제는 당신이 부담스럽지 않을 테니.

　어찌어찌 들어와 제일 앞자리에 앉았다. 평소처럼 예상시간보다 늦게 시작하는 건 다반사였다. 천천히 정리되어 가고, 다들 자리에 앉았다. 시계를 보려 뒤를 돌아보니 의자가 가득 찬 것도 모자라 뒤에 서서 보는 사람도 있었다. 다시 고개를 돌리니 짤막한 소개와 함께 암전되었다. 암전이라는 상황, 직후엔 무대조명이 들어왔다. 일렉기타가 없었다. 다시 말하면 내가 보고 싶던 당신은 무대에 오르지 못했다. 내가 맨 앞에 앉아있는 탓일까. 내가 원하는 건 이뤄지지 않는 게 맞는 것 같았다. 결국, 일렉기타는 비어있는 채로 무대는 시작된다. 이번이 마지막이라고 했으면서 올라오지 못한 걸까. 그래도 맨 앞인데, 최대한 열심히 감상했다. 다음 노래가 시작되기 전에 당신이 올라왔다. 드디어 올라온 당신. 내 시선은 고정이었다. 애초에 목표가 당신이니까. 기타를 쥐어 든 당신의 손은 떨리고 있다. 연습은 어떻게 했는지 의문이 들 정도의 떨림이었다, 하지만 난 당신의 마지막 무대를 당신이 망치지 않으리라 믿는다. 그대가 이 일을 얼마나 즐기는지 아니까. 떨리는 손으로 반주를 올리는 당신. 미묘하게 떨리는 손이 약한 불협화음을 만들어냈다. 모두의 시선이 분산되어도, 나는 온전히 당신을 바라봤다. 당신이 박자가 밀리고 음이 맞지 않는 것 같아도, 당신이 욕을 먹어도, 아랑곳하지 않았다. 아프면서도, 부상이 있으면서도, 온전히 즐기고 있는 당신의 모습은 말로 형용하지 못했다. 아름다움과 같이 경외심이 느껴졌다. 계속 이어지는 공연, 마지막까지 기타를 치던 당신의 모습이 나는 눈물이 나는 것 같았다. 정말 끝이라는지, 퇴장하는 부원들. 지속적으로 외쳐지는 앵콜. 제일 마지막으로 나가던 당신은 나와 눈이 마주쳤다. 정확히 나였다. 반박할 여지 없이 나였으니까. 부원들이 전부 퇴장했음에도 불구하고 앵콜을 외치는 것이었다. 못 이기겠다는 듯이 다시 나온 밴드부. 보컬이 써야 할 마이크 앞에 왜 당신이 서 있을까, 생각은 관두었다. 어찌되든 상관없었으니. 마이크를 잡은 당신은 아직도 손이 떨렸다.

"여러분! 제가, 손을 다치는 바람에 더 이상 밴드부는 못하게 되었습니다. 오늘이 마지막 공연이 되어버렸어요. 그런 의미에서 오늘, 제 마지막 공연이자, 오늘 공연의 마지막 곡은 제가 띄워드리겠습니다!!!"

떨리는 손으로 잡은 마이크, 자신감 넘치는 목소리, 그에 걸맞은 행동까지, 전부 완벽했다. 다른 사람들은 의외라는 듯한 빛에 표정이 안 좋아져도, 노래 실력이 부족하다고 이야기해도, 나에겐 완벽에 가까운 공연, 아니, 완벽한 공연이었다. 당신이라는 나를 살게 하는 힘이자, 내 눈엔 완벽한 사람이, 노래하는 4분 내내 나와 눈을 맞추고 있었다. 나를 꿰뚫을 듯, 나에게 바치는 노래인 듯, 다른 곳이 아니라 정확히 나를 바라보고 노래를 해주었으니까. 이번엔 확실히 나를 바라보고 있었고, 장담할 수 있었다. 내가 어디에 있든, 나와 눈을 맞춰주었을 것이라고. 마지막에 노래한 이유는 마지막을 자신의 목소리로 장식하고 싶었던 마음에, 누군가가 그토록 원하고 바라는 선물을 같이 전하고 싶었기 때문이리라. 그 누군가가 나를 말하는 게 확실했다. 누가 봤어도 당신의 마지막 공연으로는 충분히 아름다웠다. 내 눈엔 당신이 더 아름다웠지만, 공연의 마지막은 멋있었고, 가장 당신다운 엔딩이라는 사실은 부정하지 않았다. 당신을 멀리서 지켜보면서 익숙하다고 생각했는데, 잘 안다고 생각했는데, 아직 아니었나 보다. 이마저도 예상하지 못한 걸 보면. 당신은 바다인 걸까. 아직도 항해가 끝나지 않은 바다. 내가 아직도 그대라는 사람에게 빠져 항해자이자, 배의 선장이 되어 항해 중이니까. 끝은 나지 않을 항해. 항해 끝에 무엇이 있을지는, 마음을 전부 전할 수 있을지는, 나도 모른다. 그 끝이 와야 알아낼 수 있겠지.

공연은 끝났지만, 모두가 뒤를 돌아서 나가고 있는데, 난 여전히 가만히 앉아있었다. 아까 4분이라는 시간의 눈 맞춤은 다시 생각해보니, 너무나 황홀해서 일어나지 못한 것에 가까웠다. 그렇게 바로 뒤에 있는 아이들이 나가자 그제야 난 일어났고, 마지막으로 밴드부가 뒷정리 중인 무대를 바라본 뒤에 자리를 떠났다. 반이 너무 멀었다는 것이 가장 큰 흠이었다. 정말로 날 바라봐준 게 맞냐는 질문을 비롯해서 묻고 싶은 것은 넘쳐나지만 왠지 당신이 불편할 거라는 생각이 들었다. 힘이 많이 들 당신을 방해하고 싶지 않아서, 내 자리인 구석 자리로 들어가 앉았다. 나도 예전과는 달라졌다는 걸 느꼈다. 자리에 앉자마자 편 책은 법 공부를 위한 것이었으니까. 나중에, 당신이 모르는 것을 전부 알려주기 위해서, 하나하나 읽어버렸다. 문제도 풀고. 학교는 끝이 났다. 결론은 이제 집으로 향해야 한다. 그대는 내 곁에 없고, 지금 다가올 리는 없었다. 혼자 집으로 돌아가도 자기 전까지는 문제를 풀었다. 당신과 같은 길을 걷기 위해서, 내가 당신보다 먼저 가면, 발자국을 진하게 남겨 뒤를 쫓아올 수 있게라도 만들어줘야 하니까. 하루하루 심지어는 주말에도 그렇게 달렸다. 사법고시를 통과하고, 법조인이 되기 위해서. 당신을 조금이라도 더 자주 보기 위해서. 그저 앞만 보고 달렸다. 딱히 다른 일도 없었고, 기억나는 일도 없었다.

겨울방학이 시작되었지만, 나에겐 다른 일도 없었다. 그저 사법고시라는 목표, 하나를 위해 달려나가고 있었다. 당신도 이러고 있을까. 소문은 간간이 들렸다. 밴드부 그만두고 공부한다는 소문은 내 귀에 들어왔으니, 나도 소문을 믿기로했다. 밥 먹고 자는 시간을 제외하고는 공부에 전념했다. 정말 공부만을 하다가 개학을 맞이했고, 더욱 바빠질 나이가 되었다. 대학이라는 인생에 있어 가장 중요한 일을 결정해야 하는 나이가 되었으니까. 그리고 제일 중요한 점, 당신과 같은 반이 된 것, 심지어는 내 바로 앞자리인 것, 신이 도와주는 걸지도 모른다. 선생님도 자리를 바꾸지 않는 선생님이다. 다시 말하면, 수능을 보고 나서도, 당신은 내 앞자리라는 것이다. 선생님들도 우리가 제일 중요한 자리라는 것을 아니까, 귀찮은 일을 만들 바에는 공부하는 게 조금 더 도움이 된다고 생각하신다. 이때의 이야기는 별로 없다. 어차피 반 전체가 공부하는 분위기가 강하게 잡혀있었고, 재밌는 일이라고는 없었다. 대입시험 대신 사법고시를 준비하는 나와 당신은 어차피 아무것도 하지 못했겠지만. 당신이 고개를 돌릴 때면 나는 집중하지 못했다. 작은 질문에도 나의 마음은 흔들렸고, 정말 당신의 얼굴이 마음속을 파고든다. 아직도 나는 당신이라는 사람을 향해하며 사법고시 공부를 하고 있었다. 당신과 같은 방향으로 나아가며 당신을 탐험해야 하니. 사법고시는 자격이 꽤 복잡한데, 어찌어찌 다음 시험도 볼 수 없다. 법학 과목 이수가 아직 안 되었으니까. 채우려는 노력을 하긴 했는데, 고등학생이 채우기란 여간 복잡한 것이 아니었다. 법학과로 향하지 않으면 안 되었고, 어쩔 수 없이 수능 공부를 시작했다.

시간은 빠르게 흘렀던 것 같다. 여름방학도, 학기 중에 있던 일도 거의 생각나지 않을 정도로. 수시 원서를 접수하는 시간은 이미 지났고, 나라면 가능할 거라는 생각에, 꽤 이름있는 대학에 원서를 넣었다. 학교는 달랐지만 법학과였다. 전부다. 선생님도 가능하다고 생각하셨는지, 해보라고 하셨다. 그래서 넣은 것도 있다. 결국, 오늘, 결전의 날이 되었다. 11월 둘째 주 목요일. 12년의 학교생활이 평가되는 시험. 나는 마음을 가다듬고, 자리에 앉았다. 가족들의 응원을 생각하며 천천히 마음을 가다듬었다. 긴장이 너무 심했던 건지, 정확히 어떻게 시험을 쳤었는지 잘 기억은 나지 않는다. 으레 듣는 소리가 있는데, 1학년 3월 학력평가의 성적이 거의 수능성적과 맞먹는다는 소리다. 나는 그 상자에 들지 않았다. 오히려 더 오른, 특이케이스에 이름을 올렸던 것 같다. 그랬으니 꽤 이름 날린 대학에 들어간 것이다. 나도 성적을 받고 신기했다. 나조차도 이해하지 못한 결과였으니까. 물론 내가 당신이라는 사람과 같은 곳에 들어가기를 바라서 미친 듯이 달렸던 것도 있지만 생각보다 많이 오른 결과에, 더 상향으로 썼으면, 하는 후회도 들었다. 당신도 수능을 봤고, 나보다는 조금 낮은 성적이지만, 내가 지금의 결과로는 지원한 어느 대학도 갈 수 있는 만큼, 당신도 마찬가지였다. 당연히 대학은 같은 곳이 아니었다. 아직 대학생은 아닌 상황에 들어 있었고, 되게 애매하게 걸려버렸다. 나는 사실 이때부터의 기억이 흐릿하다. 이때 뭘 했는지, 어떻게 지냈는지, 기억이 나지 않는다. 내가 생각해도 희한한 일이다. 당신과 놀았는지 어쨌는지는 몰라도 확실하게 말할 수 있는 것은 당신에게 맘을 전할 수 없었다는 것. 대학도 기억이 약하다. 그대가 없어서일까. -특별한 사건이 없어서일지도 모른다- 뭐 어찌어찌 시간이 지났다. 대학은 특별하게 좋은 일도 나쁜 일도 없이 졸업했고, 사법고시는 다가오고 있다. 당연한 일이지만 준비도 열심히 했다. 고등학교 중간부터, 대학교까지, 이렇게 준비했는데 떨어지면 그대를 볼 면목이 없기에. 그건 둘째치고 만날 확률이 바닥으로 떨어져 버리니까.

결국, 달려오게 되었고, 마주하게 된 날이다. 그대가 무엇을 하는지, 이 시험을 같이 응시하는지 어쩌는지는 모르겠다. 상관은 없지만, 연수원에서 만나기를 고대하고 있다. 아직도 잊지 않았고, 만약 보게 된다면 바로 알아보게 될 테니까, 뒷모습이라도 좋으니, 항상 그랬던 것처럼 나는 그대의 뒷모습을 바라볼 테니까. 그래도 알아볼 수 있을 테고, 대학 생활 동안 잊었던 적은 없으니까. 언제나 그대는 내 목표였다. 검사가 될까, 판사가 될까, 변호사도 나쁘지 않게 어울리는 그대다. 나는… 뭐, 항상 그랬던 것처럼 혼자니까. 검사가 어울리려나. 나야 법정에서 일하면 우연을 가장한 채 그대를 만나게 될지도 모르는 일인데, 이 확률이 꽤 낮으니까, 그래도 생판 길바닥에서 만나는 것보단 높을 테니까. 지방을 옮겨 다니면 언젠가는 같은 곳에서 만나게 될지도 모르는 일이니까, 버틸 거다. 항상 버텨낼 거다. 작은 희망을 가지고 살아간다는 것. 그게 그대라는 것. 완벽하다. 열심히 해야지 서울로 갈 수 있는 것은 아닐까. 어찌 되었든 오늘의 시험은 최선을 다할 것이다. 결과가 어떻든 그대를 위해서 준비했는데, 그대를 보려 붙어야 하니, 이 얼마나 아름다운 상황일까. 어찌 되었든, 그대를 보기 위해서 준비했다고 한들, 여기까지 왔는데 돌아갈 수는 없다. 그대가 오지 않아도 나는 나아갈 길이 이뿐이니. 답은 하나뿐이다. 문제에도 정답은 하나뿐이니, 나도 마찬가지다. 지금 나의 정답은 저 시험장에 들어가서 최선을 다하는 것이다.

시험이라는 특수성은 나를 긴장하게 했고, 나의 긴장은 나의 기억을 흐리는 방향으로 뇌가 움직였다. 분명 10시에 들어선 시험장이었는데, 밖으로 나서니 시계는 5시에 가까워지고 있었다. 모두가 말하는 바와 같이, 민법이 제일 복잡했다. 형법과 헌법에 비해서 두 배의 시간을 쏟았지만 어렵기는 마찬가지다. 결과가 나와봐야 알겠지만, 예감은 좋다. 그렇다고 해도 나흘에 걸쳐서 보는 2차 시험이 남아있고, 준비를 하고 싶어도, 내 몸이 지금은 너무 지쳐 있었다. 어차피 시간은 있었다. 그대가 보고 싶지만, 연구원에서 만날 우리 둘을 상상한다. 일단 오늘은 집에 가서 쉴 생각이다. 시간은 쭉쭉 흘렀고, 미친 듯이 달려갔다. 이제 여름이 시작되는 듯이 푸른 잎들을 내비치는 나무들에, 시원한 계곡 생각이 드는 때가 되었다. 다시 말하면 여름의 시작이었고, 2차 시험이 왔다는 말이다. 사흘 동안의 고행 연속, 지옥에서의 행군이 무엇인지 단단히 알려주겠다는 미친 스케줄에 하루하고 또 이어지는 시험, 그리고 또 이어지는 시험, 그래도 한 번 더 있는 시험. 정신을 놓을뻔했다. 만약 놓았다면 다 온 시험 놓쳐버릴 뻔했다. 조금만 더하고, 제일 중요한 나흘간의 행군. 모두가 지쳐 있는 상황에 누굴 만난다고 해도, 그대가 내 앞에서 지나간다고 해도 알아보지 못할 정도의 컨디션이다. 첫날은 호기롭게 달려들었다. 많이 준비를 해두었어도, 모든 논점을 기준에 맞게 쓴다는 것은 불가능했다. 아니, 이걸 다 쓰라고 만든 게 아닐 정도로 복잡했다. 정말이지 미친 시험이었다. 두 시간씩 두 개의 시험을, 열 시에 들어가서 네 시에 나오는, 미쳐버릴 듯한 양에 더해지는 조건들이란 여느 학생이라도 버티기 힘들었을 것이다. 둘째 날과 셋째 날은 전날의 학습 덕분에 조금 덜 지치긴 했다만 소송법과 상법에서 정말이지 미친 난이도였다고 난 생각한다. 양은 둘째치고, 셋째 날 시험이 끝나고 깨달았다. 정말로 보통이 아닌 시험이라서 인생을 뒤집는구나 하고. 체력이 약하면 이미 무너져있다. 최대한 열심히 알아볼 수 있게, 빠르고 간단하지만, 분석이 가능하게 쓴다고 해도, 겨우 아슬아슬히 시간에 맞춰서 써낼 수 있었기에, 생각하면 한숨이 절로 나온다. 넷째 날은 하나의 법만을 본다. 민법만을 보는데, 다른 것은 100점이 만점인 것에 비해서 150점이 만점이다. 그만큼 중요하다는 것이겠지. 시작되는 시험. 세 번째 문제는 다음 시간에 서술해야 한다. 정말로 미쳤다. 마지막이라서 겨우 정신 붙잡고 풀어냈다. 두 번째 문제도 풀고 나니, 3분도 안 남았다. 확인할 새도 없이 끝난 오전 시험이다. 마지막 시험이라서 많은 부담과 긴장을 먹었는지 오래 걸리기도 했지만, 장담은 못 하겠다. 1차 시험은 바로 느낌이 왔는데, 이번 시험은 감이 서지 않았다. 전날의 시험들은 잊고 오늘의 시험에 집중하는 것이 최선이었으니까. 오후 시험이 다가온다. 밥은 먹었고, 잠에 들었다. 그러지 않았다면 체력이 남지 않아서 못 칠 것 같았으니까. 한 시간, 한 문제. 입을 가린 뒤 한숨을 쉬고 시작했다. 잠을 자서일까, 답이 잘 써지는 듯한 느낌이 들었고, 시간이 남거나 하는 일은 없었다. 결국, 이거만 통과하면 거의 끝이다. 3차인 면접에서 완전히 이상한 대답을 하지만 않으면 자격은 주어진다. 그대에 의해서 시작된 여정이, 끝이 날지, 조금 더 길어질지 판가름이 날것이다.

여름이 지나고 하늘이 높아지면서 산에 물감이 칠해지는 계절에, 결과가 다가온다. 누구나 다가갈 수 있는 문은 아니지만 다가갈 수 있는 사람이 많다는 것은 확실하다. 그렇다고 해도 누구에게나 열리면서 지나갈 수 있는 문은 아니었다. 최종합격을 기대할 수 없는 나는 마음을 졸였다. 면접은 꽤 순탄히 진행된 듯하다. 그래도 안심은 금물이다. 합격 명단이 나오는 시간이 되었고, 천천히 내 이름을 찾아봤다. 하나하나 살피는 내 눈은 한 이름에서 때어지지 않았다. 그대의 이름이었다. 그대가 일단 붙었으니 다행이었다. 가슴 한구석이 몽클해졌다. 그대의 이름을 지나 내려간다. 내 이름을 찾는다. 천천히 거의 마지막에 있는 이름 석 자. 내 이름이었다. 한 명만 붙으면 애매했는데, 순간 올라오는 감정을 주체하지 못하고 소리를 질렀다. 소리가 얼마나 컸는지, 옆에 살던 사람들이 나와 확인했다. 이쪽에서 난 소리란 걸 깨닫고, 옆집 사람들이 문을 두드렸다. 열자마자 들리는 소리는 무슨 일 있냐는 것. 있었다. 아주 큰 일. 사법고시 합격. 근데 옆집 사람들의 시선이 무서운 바람에 답을 제대로 하지 못했다. 작게 사법고시에 합격했다고 했는데,

눈이 동그랗게 커지며 나를 바라보는 사람의 시선이 아직도 머릿속에 남아있다. 정말로 신기하다는 듯이 바라보던 표정, 놀란 눈, 내 어깨를 두드려주는 순간까지 전부 생생하다. 부모님보다 먼저 소식을 접한 이웃들도 같이 기뻐해 줬다. 가끔 만나던 아저씨가 제일로 기뻐했고, 주변에 계속 퍼져나가는 것 같았다. 물론 이웃들이 전부 돌아간 뒤에야 부모님께 소식을 전했고, 이제 사법연수원 입학 자격이 생겼고, 들어갔다. 2년을 연수받아야 하고 힘들었다. 시험시간이 7시간이 넘는 이유는 뭔가. 2년 내내 법으로 승부 보는 미친 공간. 사고 치지 않았고, 잘 지냈다. 친구가 생겼다거나 그런 일은 없다. 그저 멀리서 가끔 보이는 그대의 모습에 가까워지고 싶고, 친구 사귀면서 지내고 싶고, 그대 옆에 서보고 싶지만 그러지 못할 거라는 생각에 아픈 것도 여러 번 있던 것을 빼면, 전부 괜찮았다. 괜찮지 않았던 걸지도. 괜찮았을 거다, 내 기억은 괜찮으니까.

흐른 시간과 연수의 끝, 그대와 나는 사법연수원 동기, 이 작은 사실에 기쁨을 많이 느꼈다. 그대와 내가 만나면 동기라는 이름으로 묶이고, 친구로 만날 수도 있을 테니. 마지막에도 나는 그대의 뒷모습만을 바라봤다. 그것뿐인데도 좋았다. 막상 내가 닿을 수 없다는 듯 멀리서, 나보다 한참 앞에서 다니던 그대였고, 2년 동안 말조차 걸지 못했다. 얼굴은 마주하지는 못했어도, 나는 알 수 있다. 여기까지 날 끌고 온 게 당신인데, 어찌 못 알아보랴. 말을 걸려는 시도를 안 한 것은 아니다. 꼭 다짐하고 막상 들어서면 말이 나오지 않는 경우가 태반이었고, 그대의 옆자리는 사람이 가득해서, 나는 다가가기도 힘들었으니까. 내가 간다고 해서 낄 자리가 있는 것도 아닌데, 뭐하러 다가가려 했는지 나도 모르겠다. 그냥 한번 닿아보고 싶다는 꿈을 꾼 게 잘못이려나. 그래도 얼굴을 가끔 스치듯이 볼 때면 학교 다닐 때의 감정이 다시 살아났다. 잠깐이지만 그리웠다. 절대로 부럽지 않을 거로 생각했던 학창시절

의 내가 부러워졌다. 그대와 대화하던, 아프지만 아프지 않았던 그때의
내가, 1년 내내 마음만 먹으면 그대를 곁에 둘 수 있던 그때의 내가. 난
그때보다 상황이 더 안 좋은 것 같다. 학생 때는 얼굴이라도 봤는데, 지
금은 뒷모습만 바라보고 있으니. 그래도 지금은 사회적인 위치가 올랐
고, 법조인이 될 수 있다는 사실을 제외하면 난 여전하게도 그대를 바
라보고만 있으니까. 그 점은 아직 같았다. 언젠가 같은 공간에서 다시
만날 날을 고대하며, 연수를 끝내고 그대와의 마음속 작별도 고했다.
나 홀로 그대와 지은 약속, 꼭 같은 법정에서 만나자고. 나는 그렇게 믿
는다. 신이 있고 내 마음을 안다면 꼭 다시 만날 수 있게 판을 깔아줄
것이라고 믿어보고 싶다. 내 마음은 진심이니까. 간절히, 절실히 바라
면 신이 들어준다는 말도 있지 않은가. 이미 하나를 들어주신 마당에
뭘 더 바라고, 원하겠느냐마는 그대를 만나고 싶으니, 염치없지만 빌
어보련다. 염치, 이번엔 없어 보련다. 그대에게 말 거는 것도 부끄럽고,
그대같이 완벽한 사람 곁에 들어간다는 게 염치가 없어서, 눈만 맞췄
는데도 황홀했던 게 너무 미안해서, 나 같이 평범한 사람은 그대와 안
어울리니까. 그래도 만나는 것은 할 수 있다면 그것만으로도 좋으니까.

사법연수원이 끝나고 나는 꽤 이름있는 법무법인에 들어갔다. 유명
하지는 않지만 그래도 처음 시작하기는 좋은 곳이라는 소문이 자자하
고, 사실이었다. 거짓이었다면 이미 탄로 났을 것이다. 선배들이 하는
것도 배우고 여러 가지 사건들도 맡아가면서 해결했다. 대부분은 민사
사건이었고, 소송이 걸린 사람들, 걸려고 하는 사람들이 꽤 찾아왔다.
이렇게 하다 보면 언젠가 형사사건도 맡으리라는 기대감이 생겼다. 그
렇게 2년. 별로 할 말이 없다. 민사소송의 경우엔 사람들끼리 싸우는
거니까. 제일 큰 건 상속이나 돈 문제다. 거의 그 정도인데, 진짜 큰일
하나 있었다. 어르신들의 부동산 소유권에 대한 일이었는데, 꽤 큰 땅
이었다. 농사짓는 사람 따로 있고 주인은 따로 있는데, 두 분이 싸우시

는 바람에 법정까지 왔단다. 하도 예전부터 농사짓던 땅이라 자기 땅이라고 이야기하시는데, 어찌나 열변을 토하시던지. 그 땅의 일부는 농사지으시는 분의 땅이 맞단다. 근데 나머지 땅이 내꺼네, 니꺼네 하셨다고. 결국 법정에 서게 되었고, 변호사가 있는데도 불구하고 법정에서 두분이 싸우셨다…. 증거들도 누구의 땅이라고 명확히 정의 내려주지 못했다. 일단 양측의 주장들을 모두 수용하는 방향으로 결정을 내린다는 애매한 답변을 듣고 물러났다. 하도 민사를 많이 맡아서 그런지, 법원은 눈감고도 찾아갈 수 있을 것 같았다. 결국, 선고는 내려졌고, 분쟁이 있던 땅을 절반씩 나눠가라는, 누가 이겼는지 모를, 선고가 떨어졌다. 이런 경우가 한둘이 아닌지라 익숙했다. 어르신 두 분께서는 꽤 싸우시겠지만.

그 두 분의 사건이 끝난 지도 오래 지났다. 아까 2년에 지금 또 2년이 더해져서 총 4년. 그 사이에 간간이 그의 소식이 들렸다. 시작한 지 4년밖에 안 된 검사, 출중한 외모에 걸맞은 일 처리, 4년 차 치고는 많은 인기, 법무부에서 광고를 찍을 때도 쓴 검사라는 타이틀에 더해서 여느 토크쇼에도 나온다는 소식. 분명 연수원에서 같이 나왔는데, 외모라는 한가지가 운명을 좌우하는 것이 불공평하다는 생각이 들지 않는 것은 아니다. 당연히 불공평하다고 생각했는데, 그게 그라면 그럴 수도 있다고 생각한다. 학교 다닐 때부터 다른 사람들과 다르다는걸, 그 중에서도 나와는 확실히 다르다는 게 느껴졌으니까. 그때부터 나보다 잘나갈 거라고 예상했었다. 밴드부일 때도, 아닐 때도, 그의 옆에는 사람이 끊이지 않았다. 연수원 때와는 달리 그땐 나의 자리가 있다고 생각했었다. 이제 다시 생각해보니, 나보다는 더 좋은 사람이 있는 게 맞는 것 같다. 난 이기적이고, 나쁜 새끼니까. 그대보다 못났고, 난 그가 좋아서 여기까지 쫓아온 것이니까. 그래 봤자였다. 만나기 힘든 것은 매한가지였고, 인기 때문에 바쁜지 연수원 동기들 모임에도 나가지 못했으니까. 그 모임은 나도 나가지 않는다. 친한 사람이 없으니. 언젠가 형사사건을 맡으면 만날 것이라고 자부한다. 아마도, 만날 것이다. 이 근처라고 들었으니까. 아니면 내가 그냥 옮길 것이다. 그를 위해서 왔는데, 나도 따라가는 게 맞으니까. 형사사건을 맡기는 했었다. 나는 옆에서 보조하는 수준이었고, 직접 법정에 서는 것은 아니었으니까. 보통 그렇게 같이 서면 법정에 같이 가는 법인데, 나도 다른 사건을 같이 하는 형국이라서 가지 못했다. 돌아온 선배님은 검사에 대한 이야기를 했고, 모든 특징은 그와 많이도 닮아있었다. 그 뒤로도 형사사건의 보조로 서면서 여러번 법정을 들어갔었고, 나의 일로도 들어갔었는데 만나지 못했다. 다른 법정으로 발령을 받은건지 의심이 드는 무렵에, 5년차를 맞이했고, 내가 처음으로 마주한 건 내가 단독으로 해내야 하는 형사사건이었다.

횡령죄로 기소된 피의자였다. 횡령 같은 경우에는 사내 법무팀이 도와주지 않는다. 회삿돈을 해 먹었으니 당연한 일이다. 큰 대기업에 다니는 팀장인데, 갑자기 날아온 소장에 놀라서 달려왔고, 그게 나에게 온 것이다. 어쩌다 보니 5년 만에 보조가 아닌 단독으로 진행되는 나의 형사사건이다. 형사사건은 분위기의 무게부터가 달랐고, 사건을 다루는 것도 확실하게 조심해야 했다. 돈이 그렇게 많은 편이 아니어서 나에게 들어온 사건이다. 사건에 대한 정리와 의뢰인의 이야기를 들어보니 어딘가 이상했다. 이상하게도 횡령을 했다는 사람치고는 억울하다며 나에게 호소했었다. 전체적으로 정리해서 다시 보니 누명을 썼거나, 위에서 꼬리 자르기 형식으로 잘라낸 것이 분명하게 느껴지지만 마땅한 증거가 없었다. 이 증거를 잡아내기만 한다면 어떻게든 해볼 만한데, 그 하나가 너무 어렵다. 만약 증거를 잡는다고 한들 판이 너무 커진다. 우리는 감당하지 못할 정도가 되어버릴지도 모른다. 정황상으로 회사 고위직들이 몰려있을 가능성이 매우 크니, 만약 증거를 잡아낸 다음 의뢰인은 무죄를 받는다고 해도, 회사 법무팀이 총출동하는 참사가 벌어진다면, 우리는 감당하지 못한다. 검사를 잘 만나는 수밖에는 없는 것 같다. 검사하니까 생각나는데, 그의 인기는 검사 계에서는 처음 있는 수준까지 올랐다. 수려하니까, 뭐라고 해도 수려하니까. 인기가 높아지면 문제가 생긴다. 뒤따르는 책임이라고 하기엔 뭐하지만, 욕을 하는 사람이 늘었다. 아니, 처음부터 있었는데 이제야 드러난 것이다. 그런 소리가 들리고 글을 볼 때면 나는 차라리 내가 먹고 싶다는 느낌이 들었다. 그는 욕을 먹을 사람이 아니다. 내 눈에는 정말이지 그만한 사람이 없는데, 부러움에 하는 욕인 걸까. 그래도 보기는 싫었다. 그는 나보다 훨씬 더 좋은 사람이고, 이렇게 욕을 먹어서는 안 되는 사람이니까, 차라리 내가 그에게 향하는 칼날들을 맞아주고 싶었다. 그라는 사람이자 검사에 비하면 난 확실히 못났으니까. 어차피 못난 거 욕이나 더 먹으련다. 그가 먹는 욕이 차라리 날 향하길, 이 상황이 역전되어서 내가 더 잘 나가지는 않길 바랄 뿐이다. 미친듯한 준비에 더불어서 일단 형사사건이니 무죄 추정의 원칙으로 들어선다. 재판의 날이 다가오고, 나는 정말로 지지 않기 위해서, 억울한 자의 무죄를 받아주기 위해서, 처음으로 맡은 형사사건을 승소로 가져가고 싶었던 마음에 열심히도 준비했다. 그리고 천천히 법정에 들어섰다.

의뢰인과 단둘만이 같은 편이 된다. 나는 이 사람의 무죄를 주장하고, 증거에 따라서 모든 걸 해내야 한다. 판사가 오기 전에 검사가 먼저 도착했다, 원래도 그런 거지만. 오늘따라 많은 방청객, 혹시 몰라서 검사의 얼굴을 바라보니 그였다. 학창시절 날 살려준 그대. 이렇게 만날 거라고는 꿈에도 몰랐다. 언젠가 만나리라고는 생각했는데, 그게 오늘이고, 이 법정에서였을 거라곤 생각도 못 했다. 생각보다 빠른 만남, 서로 원하는 바는 다르다. 한쪽은 유죄를, 한쪽은 무죄를 주장해야만 하는 상황. 그런데 그와 눈이 마주치는 순간, 내가 느끼는 감정은 복잡했다. 그리웠지만, 의문이 들었고, 신께 빌었던 일이 이대로 일어났다는 거에서 놀란 것도 있었다. 검사와 변호사의 관계로 다시 만난 그대와 나, 그대의 눈엔 아무 감정도 없어 보였다. 일단 확실한 것은 내 머리가 하얗게 지워졌다는 것. 이건 큰일이다 싶은 마음에 급하게 다시 정리를 시작했다. 정말 다행스럽게도, 판사님이 들어오시기 직전에 다시 정리가 끝났다. 그 어떤 법정에서도 이런 적은 없었다. 그대가 없었으니까. 내 인생에서 가장 큰 사람이니 나에겐 특별한 사람이 맞았다. 그대라는 사람의 존재 덕분에 내가 궁지에 몰릴 뻔했다. 다행히 판사님이 들어와서 제대로 정신 차릴 수 있었다. 재판의 시작이 알려지고 전부 일어났어야 했기에, 망정이었다. 이 재판의 과정은 설명하기 복잡하지만 간단하게 정리해볼 것이다. 재판이 열리고 우리의 피고인의 옆엔 내가 있다. 그 앞에 높은 단상이 있고 판사가 앉아있다. 검사도 우리와 같은 눈높이를 가진다. 오랜만의 그대와의 만남이 이런 식이라는 것은 깔끔하게 잊었다. 이건 일이니까. 죄목은 회사의 공금을 횡령하여 사리사욕을 채웠다는 죄목이다. 쉽게 정리한 거지 원래는 더 길고 어렵다. 공무원이 저지른다면 바로 해고 및 자격 박탈인 중죄지만 이 사람은 잘못이 없으니까. 검사인 그대와 변호사인 나는 정말 열정적으로 붙었다. 당신은 우리 피고인을 몰아붙였고, 그때마다 나는 판사에게 항의했다. 분명 1심인데, 저쪽에서도 만만치 않게 준비했는지, 증인까지 불렀다. 검사 측 증인으로 불려 나온 사람들은 기업의 고위직이었다. 거짓이지만 혹시 모를 위증죄를 피하기 위함인지 애매하게 검사에게 유리한 답을 내놓았다. 나는 하나하나 들으며 어이가 없었다. 사실 증인들의 말은 미묘하게 서로 안 맞았다. 그렇지만 그것만으로 증인들을 의심할 순 없었다. 내가 역으로 증인들을 신문하면 답을 교묘히 피했다. 증언의 사실 여부를 묻는 말에도 모호한 답을 내놓았다. 어떤 사람은 묵비권을 행사한다던가 하는 방법으로 답을 피했다. 물론 우리 쪽에도 증인은 있다. 우리 증인은 퇴사나 해고를 각오하고 재판에 나온 더 윗사람이다. 객관적인 사실을 말해줬다. 우리의 피고인 정도 위치에선 절대로 회삿돈에 손을 댈 수 없으며, 그 어느 기업이 일개 팀장에게 돈에 손댈 기회를 주겠냐는 말에 더해져서 부장인 자신도 회삿돈을 모르는데, 팀장은 당연한 거 아니냐는 말이었다. 그대의 말은 허점을 제대로 찌르는 말이었다. 다른 방법으로 접근할 수 있냐는 확정적인 말, 괜히 실력 좋은 검사가 아니구나 싶은 질문이었다. 하지만 유도신문다운 말에 재판장에게 항의했고, 받아들여졌다. 다시 묻는 당신, 어떤 원리로 되어있는지 아느냐는 질문, 당연하게도 증인은 모르신다. 그나마 다행이었다. 그 뒤로도 이어지는 신문, 딱히 얻을 것은 없었다. 검사의 신문은 매서웠던 것 같다. 여차 실수한다면 그대로 불리해질 만큼. 역시나 증언들 사이의 빈틈을 집요하게도 파고들었고, 증인은 정신을 제대로 잡지 못하는 것 같았고, 판사가 제지하고서야 멈춘 검사였다. 모든 심문이 끝나고, 피고인 신문도 비슷하게 진행되었다. 정말로 마지막 절차인 검사의 구형과 최종판결, 이후에 항소를 결정해볼 수 있다. 검사의 구형은 꽤 세게 때린 30년이었다. 최후변론에서 피고인이 직접 이야기하는 모습은 내가 보기에도 측은지심이 들었다. 위에서 벌인 일에 휩쓸렸다고, 자기는 아무 잘못이 없다고 그저 보너스라고 들어온 돈인데, 너무 커서 자신도 놀랐다고, 정말로 아무것도 모른다는 호소였다. 내가 생각해봐도 일개 팀장이 모든 책임을 떠안고 갈 수는 없다. 많이 억울했는지, 자신의 잘못은 인정하면서도 출처는 몰랐다면서 억울함을 크게 토로했다. 눈물까지 고이며 토로하는 모습에 나도 가슴이 찡해졌다. 판사는 그 말들을 전부 듣고 다시 자리로 돌아오게 했다. 변호사인 나도, 검사인 당신도 숨을 죽이는 최종판결. 판사는 큰돈이 갑작스레 손에 쥐어진 점, 항의 없이 당연하게 사용한 점, 돈의 출처를 모르고 재판 내내 진심으로 임한 점, 지속적으로 억울함을 토로한 점 등을 들어서 징역 15년에 5년간의 유예를 선고했다. 다시 말해서 5년 동안 아무 짓도 안 한다면 조용히 넘어가는 것이다. 영원히 남기야 하겠지만, 그나마 다행이다.

　그 후에 의뢰인은 나에게 감사를 전했고, 깨끗한 돈으로 수임료를 받았다. 그 자리에 기자들도 있었는지, 언론에 공표되었다. 억울함과 회사의 진실이, 전부다. 마법의 단어인 취재가 시작되자처럼 사회적으로 공론화가 크게, 전국적으로 떠오르자 경찰은 수사에 들어섰다. 세게 하지 않으면 전 국민에게 욕을 얻어먹고 경찰의 이미지가 바닥으로 떨어질 것을 우려해서인지, 꽤 대대적으로 하는 것 같다. 그 재판은 다시 곱씹어볼수록 다른 맛이 있었다. 검사로서 빡세게 달려드는 그대의 모습은 내 마음을 커다랗게 흔들었다. 검사복을 입은 그대의 모습, 증인을 몰아붙이는 모습을 곱씹으니 내 마음을 아직도 그쪽으로 향해 있었다. 여기까지 달려오면서, 여러 사람을 만나면서 꽤 괜찮아졌다고 생각했는데, 아직 내 마음은 떠나지 않았다. 잃어버린 당신의 마음을 향해 항해하다가 만난 다른 사람들일 뿐이라는걸, 새삼 다시 깨달아버렸다. 아직도 나의 목적지는 변하지 않았던 거다. 그럼에도, 학창시절보다 더 멀어진 것 같은 관계가 날 아프게 한다. 검사와 변호사, 서로 다른 목적을 가지고 법정에서 맞붙는 두 직업. 차라리 그대를 따라 법학과를 오지 않았더라면, 멀리서 지켜보면서 미소라도 지었을까. 아니면 길을 잃고 헤매고 있었을까. 후자의 경우에 가까울지도 모르겠다. 아직도 나는 그대를 보기 위해서 이 일을 꽉 잡고 있으니, 그 날의 재판이 나에게 어떤 의미로 다가왔는지, 설명은 안 된다. 아름다움이라는 말로도, 어떤 말을 끌어다 붙여도 부족한 하루였으니까. 연수원 때의 뒷모습과 많이 바뀐 그대의 모습, 시간이 흘렀지만, 그대를 마주할 용기는 없었다. 여전히 나에겐 그대의 뒷모습을 바라보는 게 익숙하기도 하고, 어울리는 것 같았으니까. 공판이 끝나고 다가갈지 말지 엄청 머뭇거렸다. 결국, 가지 못했다. 빠르게도 빠져나가는 그대의 모습을 보고 잡아도 미안했으니까. 그대는 항소를 포기한 것 같다. 지금 와서 횡령에 대해서 항소를 걸 필요가 없어졌으니, 대신에 대기업의 횡령을 낱낱이 밝혀내느라 정신이 없는 걸지도 모르는 일이다. 내가 그대를 찾아가는 일은 없을 거다. 우연을 가장해서 만나거나, 그대가 날 알아보고 찾아올 것이다. 꿈보다 더 좋은 일이 될 것이다. 일이 아니라, 사적으로 만난다면 더욱이 좋고. 그토록 바라는 사람이 꿈에도 나와주지를 않는다. 잠깐이라도 꿈에 나와준다면 좋을 텐데, 그러면 깨기 싫어지는 꿈이 되어버릴 텐데, 그런 건 상관없었다. 그대가 항소를 포기했다는 건 내가 법정에서 당신을 만날 기회가 사라지는 것과 다름없으니. 그렇지만 언젠가 다시 만날 거라는 작은 희망에 내 삶은 하루 이틀 더 길어지는 것이다. 몇 년 동안 한 사람을 바라보는 나를 멍청하다고 해도 문제는 없다. 내가 봐도 멍청한 사람인 거니까, 나는.

그렇게 며칠이 더 지나고 항소기간이 지났고, 결국 검사의 항소는 들어오지 않았다. 편하게 마음을 놓고 쉬어가는 기간, 이틀 정도의 짧막한 휴가를 즐기는 시간이었다. 이틀이라고 해도 바다는 가볼 수 있었다. 한 시간 밖에 안 걸리는 거리지만. 시원하고 깨끗하게 펼쳐진 바다는 멍하니 바라보게 하는 매력이 있었다. 그러니 사람을 빨아들이고 죽음으로 인도하는 걸까, 싶은 생각도 들었지만, 아름다운 풍경을 멍하니 바라보니 그가 또 생각났다. 같이는 아니어도 된다. 그냥 이 아름다운 풍경에 그가 더해지면 어떨까 싶었고, 그가 내 앞에 서 있다면, 그 누구보다 풍경에 잘 어울릴 사람이라는 걸 나는 안다. 적어도 내 눈에 그렇게 보였다. 떨어지는 해와 오늘 해의 마지막을 장식하듯 힘차게 뻗어 나오는 붉고 노란빛들은 바다를 적셨고, 해변 중간중간 나와 있는 암석들은 미묘한 예술성을 더했으며, 받아낸 태양 빛을 다시 하늘에 돌려주는 바다의 모습은, 반짝였고 너무나 아름다워서 나와는 걸맞지 않았고, 섞여들지 못하는 기분을 느꼈다. 애매한 감정에 나는 일어섰다. 어차피 겉돌면서 방해가 되는 것보단 일어나는 게 맞았으니까.

다른 사람이 풍경을 볼 때 내가 방해되면 안 된다는 생각에 자리를 떠났다. 차로 돌아가서 앉았다. 어차피 할 것도 없겠다, 다시 돌아가기로 했다. 그렇게 세워둔 차를 돌려서 집으로 향했다. 졸리지는 않았지만, 그 풍경에 같이 서 있는 그를 생각하면 운전에서 손을 놓게 될까 봐 두려웠다. 그럼에도 생각은 멈추지 않았다. 생각하면 안 된다고 생각할수록 더욱 깊이 생각하게 되는 게 법칙이니까. 돌아오는 내내 그의 생각을 하며 돌아왔다. 결국, 집에 도착했고, 대충 정리하고 침대에 누웠다.

그리고 눈을 뜬 게 오늘 아침이다. 바다를 간 것은 어제고, 그를 다시 만난 재판은 일주일 조금 넘게 지났다. 아침에 일어나서부터 잊어버리고 지냈던 것들이 하나하나 떠올라버렸다. 아직도 내 마음엔 그가 남아있고, 항해는 잦아들었다. 갑자기 든 회상에 뭔가 직감이 오긴 한다. 꼭 기억해둬야만 한다는 느낌이 강하게 들어서 기억에 남은 것이니. 학교 다닐 땐 왜 그렇게 무너져 있는지 나도 잘 모른다. 부모님하고도 떨어졌고, 자취방에 들어가면 조용한 느낌에다가 곁에 아무도 없어서, 아무도 주변에 없었던 탓일지도 모르겠다. 그랬으니까, 그의 말 한마디에 마음이 그에게 향한 것이다. 나란 사람 곁에 다가와 줬으니까. 지금 당장에 나도 그런 상황에서 1년을 지낸다면 무너질지도 모른다. 나는 여전히 외로움을 견디기 힘들어하니까. 그때는 일말의 희망도 없던 상황이니까. 지금보다 상황은 더 안 좋았다. 변호사도 아니고, 그도 없었으니까. 원래 사람이란 게 작은 한마디에 삶이 좌지우지되는 것이다. 그의 한마디에 나는 사는 쪽으로 기울었고, 아직도 뭔지 모를 그 감정이 있으며, 아직도 살아가고 있다. 어째서 옛 기억들이 떠올랐던 건지는 모르겠지만, 전부 사실이라는 건 장담한다. 그때의 내 눈에도, 내 머릿속에도 그가 가득해서 주변이 눈에 들지 않았던 것이다. 주변을 신경 쓸 바에는 그를 더 바라보고 싶었으니까. 고양이가 있던 골목은, 지금 재개발되며 사라졌고, 그 골목마저도 고양이를 보느라, 감격적이고, 아름다웠던 그와의 재회 덕에 주변은 생각나지 않는다. 고양이의 유골은 아직 내가 가지고 있다. 어쩌면 오늘도 그 녀석의 도움일지도 모른다. 모든 걸 다시 기억했던 건, 기억하고 있는 건, 항해의 끝이 아직 오지 않아서 일지도 모르는 일이다. 사법고시에 관해서는, 그저 시험들의 운이 좋았던 것 같다. 전부 아슬아슬히 커트라인을 넘었으니까. 어느 정도 공부도 했지만서도 운이 좋았던 게 더 크게 작용했다. 다른 사람들에겐 미안하게 되었지만, 그래도 그를 봤으니 만족한다. 일에 만족하는 사람은 많지 않으니까. 운 하나는 좋은데, 운만 좋은 게 나다. 오늘까지는 쉬는 날이니, 하늘이나 바라보거나, 평화로운 하루가 될 것이다. 내일이면 출근인데, 오늘은 더욱이 미쳐봐야지.

　　미쳐본다고 했지만, 하는 짓이라곤 카페에 앉아서 사람들을 지켜보며 다른 짓을 하는 것이다. 평소에는 하지 못하는 짓을 오늘을 기해서 해보는 느낌이 강하다. 지나가는 사람들을 보면 꽤 볼만했다. 영업직으로 보이는 정장을 입은 사람, 서로 좋아하면서 붙어 다니는 연인들, 강아지와 같이 산책을 나온 사람, 뭐 이래저래 많은 사람이 지나다녔다. 강아지한테 끌려다니는 사람이 있는 반면에, 강아지와 같이 달리는 사람도 있었다. 나는 어느 쪽일까, 끌려다니는 걸까, 같이 가는 쪽일까. 나를 끄는 것은 그일 테고, 내가 같이 걷는다 해도, 내 곁에는 그가 있을 것이다. 그리된다면 어느 쪽이든 상관없겠다는 생각이 든다. 그가 아닌 사람과 저리 인생을 같이할 순 없는 거니까. 그렇게 생각에 빠져있으니, 문이 열리는 소리가 들리고 그가 들어오고 있었다. 감히 내가 여기서 일어나 아는 체를 하는 것이 그에게 불편할까 싶어서, 가만히 앉아있었다. 그가 들어온 뒤에 주문하고 내가 잠깐 고개를 들었을 때, 눈을 마주쳤다. 순간 심장이 미친 듯이 달아올랐다. 증기선에 석탄을 쏟아부은 듯, 불난 집에 기름을 들이부은 것 같이 거세게 심장과 마음이 요동친다. 천천히 확실하게 나에게 다가오는 그. 나를 알아보고, 나에게 다가오고 있다. 밴드부의 기타리스트였던 그가, 내 눈물을 부드럽게 닦아줬던 그대가, 학창시절 내 마음을 가득 채운 당신이, 잘나가는 검사가 된 당신이, 일개 변호사인 나에게 다가왔고, 내 앞자리에 앉았다.

"오랜만이네, 잘 지냈겠지? 표정 보니까 좋은데 뭐."

당신의 장난스러운 한마디에 나는 자연히 미소가 지어졌다. 여전히 듣기 좋은 목소리와 보기 좋은 얼굴이고, 나를 이길까지 올려둔 장본인이자, 지금까지 살게 해준 구원자이니 내 미소를 당신이 받는 것은 당연했다.

"잘 지냈지. 꽤 바빴는걸?"

"그래? 지금은 휴가 낸 건가? 변호사들은 쉬는 날이 거의 없을 텐데?"

당신의 눈은 나를 뚫어보듯이 강렬했다. 가볍게 고개를 끄덕여주자, 당신은 자리에서 일어나 주문한 것을 받으러 갔다. 나는 이번에도 당신의 뒷모습을 익숙하게 바라보며 미소지었다. 언제나 그랬듯, 아까 당신에게 지어준 미소보다도 더 따뜻한, 당신 앞에서는 차마 부끄러워지을 수 없는, 전해지지 못할 미소. 당신이 다시 뒤를 돌아서 내가 있는 쪽을 돌아보자 나는 본능적으로 고개를 돌려서 다른 곳으로 시선을 옮겼다가 당신이 다시 자리에 앉자, 내 시선은 당신에게 고정되었다. 옛 추억에 관한 이야기가 많았는데, 당신의 이야기에선 내가 빠져도, 내 이야기에서 당신은 빠지지 않았다. 나는 몰랐던 밴드부 이야기나, 내가 없을 때 벌어진 일들, 사법연수원에서의 인기로 인한 고충, 검사가 된 초기에 있던 일들까지. 이런 이야기를 듣다 보니 가슴이 다시 당신에게 향하기 시작했다. 닿을 수 없는 사람이라고 생각한 당신이, 내 앞에서 이런 이야기를 하고 있으니, 내 마음이 조금 바뀌는 건 당연한 걸까. 닿을 수 없다고 생각했던 그대였지만 이제, 조금 멀리 있는, 닿아볼 수는 있는 사람으로 변했다. 그래 봐야 당신에겐 내가 어울릴 리가 없지만. 나의 배는 다시 출항하고 있다. 당신의 마음을 목적지로 두고 내 진심을 나침반 삼아 재출항이다. 이미 한번 가본 길, 이번엔 더욱 멀리 나아갈 것이다.

"그래서, 여기서 뭐 하고 있는데?"

당신의 질문, 확실히 물어보고 싶었을 것이다. 여기서 가만히 앉아있는 사람은 흔치 않으니까.

"그냥, 일탈이랄까. 뭐 그런 거지."

최대한의 포장이 곁들여진 내 대답은 당신에게 납득이 된 듯하다. 일탈이라는 말에 이해한다는 듯이 고개를 끄덕이고 음료를 마시는 당신의 모습은, 아름다웠다. 고개를 돌리고 잔을 들어서 마시는 당신의 모습에 더해지는 햇빛, 더욱 짙어지는 음영은 당신의 얼굴선과 그림자가 진 부분의 대비 덕에 어느 영화의 한 장면을 보는 것만 같다. 왜일까, 오늘따라 더욱 충동이 이는 것은. 이미 미쳐보겠다고 다짐하고 다가온 것 때문이었을까, 아니면, 내가 모르던 당신의 이야기 덕분에, 학창시절의 기억과 치기 어린 감정이 되살아난 것 때문일까. 두 가지가 복합적으로 작용하는지도 모른다. 나도 모르게 내 마음 깊이 어려있는 기억을 품고 당신을 향해서 고개를 들었다. 당신에게 느끼는 이 감정은, 과거의 어떤 날, 밴드부 마지막 공연의 당신보다 더욱 수려하진 않았지만, 나에게 처음으로 다가왔던 날보다도 더 가슴이 뛰고 있으니, 과거의 어떤 날과 닮았으면서도 비슷하지는 않은 그런 상황에, 나도 다시 어려지는 걸까. 일탈, 그 말에 들어있는 것들이 얼마나 많은 걸까. 지금, 내 말이 끝나고 우리 둘 사이를 침묵이 휘감고 있다. 주변마저 조용해진 이 상황에 내가 무슨 말을… 마음을 전할까. 침묵이 길다고 생각이 들 때, 내가 조금 침묵을 깨어보려는데, 당신이 더욱 빨랐다.

"저번엔 대단하더라. 결국엔 너가 이긴 거나 다름없잖아?"

저번이라면 횡령 재판일 것이다. 지금은 그 회사가 반쯤 무너져버렸으니, 어찌 보면 통쾌하기도 했지만, 그 아래에 있던 직원들이 직장을 잃었다는 소식에도, 그래도 좋은 일인 것이 비슷한 직종의 다른 회사들이 받아준다는 소식이 들려왔다. 물론 의뢰인도 당연히 회사를 옮겼고, 조건은 더 좋아졌다고 나에게 전했었다.

"내가 이긴 거라고 하기엔 애매하지. 결과적으로는 좋지만, 그거면 된 거지."

끓어오르는 감정을 겨우 추스르느라, 목소리가 많이 떨리는 것을 나도 느꼈다. 이 감정을 막아야 하는데, 그럴 자신이 없다고 생각이 드는 이유가 뭘까. 몰아쳐 오는 감정을 막을 수 없다. 막아야 한다는 생각을 해본 적이 없기에, 막아줄 댐이나, 제방은 없다. 단, 내 의지로 지어두면 어느 정도 시간은 벌어둘 수 있다. 그러길 바랄 뿐이다.

"이제 와서 묻는 건 좀 갑작스럽긴 한데, 나 어떻게 생각해?"

억지로 막아두고 있던 감정을 뒤흔드는 말. 당신의 갑작스러운 질문에 내가 흔들렸다. 그래도 다행인 건 갑작스러운 걸 아는지, 머리를 긁적이듯 무안하면서도, 궁금한 표정을 짓고 있는 당신의 모습에 나는, 순수한 궁금증이 올라와 나에게 물은 당신의 말에, 도저히 거짓을 더 할 수 없었다. 그렇게 순수한 말투로 무안하다는 듯이 바라보는 사람 앞에서 거짓을 고할 정도로, 그리고도 버텨낼 정도로 강한 사람이 아닌 나니까. 지금도 그대에게 그대의 뒷모습을 바라보던 그 미소가 미처 지어지지 않는다. 진심을 전할 때마저, 나는 뒷모습을 바라보는 게 익숙하니까.

"너? 좋은 사람이지. 나를 여기까지 끌고 왔고, 내 마음을 다 주고 싶던 사람이야. 최소한 나에겐 그런 사람인데, 너 덕분에 살았어. 이거 고백이야. 진심이고."

믿을 수 없다는 표정을 한 채로, 나를 바라보는 당신. 이 마음을 가지고 있어도, 그것만으로 안된다는 것도 안다. 무참히 짓밟힐지도 모른다는 생각도 몇 번이고 했다. 그렇지만 이 몰려오는 감정에 휩쓸려버려서 달리 방도가 없어 뱉어버린 말, 당신의 믿을 수 없다는 듯한, 아무 말도 없는 당신의 태도가 나에겐 더욱 아팠다. 나에게 상처를 주지 않으려고 생각에 잠기면서 내쉬는 당신의 숨이, 주변을 휘감은 공기마저도 차가워진다. 은근하게 공기에 거절이라는 것이 섞여든 듯하다. 아무런 말도 없는 당신, 다시금 자신들의 대화에 빠져 웅성거리기 시작하는 주변 사람들, 그 사이에 조용히, 흘러가는 당신과 나 사이의 시간. 일 초가 거의 10분같이 느껴진다. 그 어느 시간보다, 기다림이 길어진다. 이걸 못 알아들을 리가 없다. 이미 대놓고 고백이라고 해버렸는데, 못 알아들을 리가. 만일 못 알아듣는다고 해도, 나는 그대로 좋았다. 거절당해서 당신의 마음에서 완전히 쫓겨나는 것보다는 나았으니까. 결국, 이 길의 끝이, 당신과 나의 길이 떨어져 있어서, 만나지 못한다고 해도, 그저 멀리서 바라볼 수만 있으면 좋으니까. 거절은 아니길 바라고는 있지만, 거절당해도, 당신의 가슴에 그렇게라도 남으면 좋으니까. 애초에 당신의 마음에 남는다면, 나쁜 놈이나 개새끼 정도로 남아도 되는 것이었다. 가만히 내가 당신을 바라보고 있자, 당신은 나를 향해서 고개를 들었다. 내가 가장 좋아하는 미소를 띄운 채로, 그 부드러운 미소가 지어진 채로, 나를 바라봐주는 당신. 뭔가 말을 하려다가 만 듯이, 살짝 입술을 달싹인다. 작게 숨을 내쉬는 당신. 한번 눈을 감았다가 뜨는 눈에 내가 가득히 담긴다. 천천히 당신의 입이 열린다.

"그래, 그렇게까지 힘들게 말했는데, 그 고백 받아줄게."

부드러운 미소와 거기에 섞이는 부드러운 목소리. 막아둘 필요가 없어진 감정이 쏟아진다. 제일 먼저 눈으로, 눈물이 흘러내린다. 이 벅차오르는 감정을, 당신의 따뜻한 말에 대한 마땅한 답이 떠오르지 않는 탓에 당신의 손을 잡는다. 무심코 뻗어서 잡았지만, 오히려 더욱 따뜻하게 양손으로 내 손을 감싸주는 당신. 고개를 들어보려는데 자꾸만 고개가 내려간다. 미안함과 감격이라는 감정이 동시에 존재하면서도, 어느 하나로 정의되지 못하는 이 감정. 그렇지만 언젠가는 받아보길 원했던 감정이, 이런 식으로, 돌아왔다. 내가 홀로 품은 감정이, 당신의 입과 행동으로 돌려받으니 당신을 바라보던 시간을 이렇게 보상받았다. 당신이 내 마음을 인정해줬고, 너무나 어지러워 여태 하나로 정의되지 못했던, 오묘한 감정들이, 고백을 받아준 순간, 고백하면서 사랑이라는 이름으로 결집하여, 하나의 마음을 만든다. 내가 곁에 있는 한 당신은 꼭 행복할 것이다. 영원하지 않을 행복이지만, 당신의 삶에 자그마한 행복이, 의미는 없을지언정 행복하고, 그 이유가 나라면, 그걸로 된다. 내가 행복하지 않더라도, 당신만은 행복하길 바라는 마음이 내 눈에서 더 눈물이 쏟아지게 했다. 겨우 감정을 추스러내고, 마음을 다잡은 뒤에 하고 싶은 말 중, 가장 엄선한 뒤에 조심히 말을 뱉었다.

"고마워… 진짜 고마워, 너, 내가 꼭, 꼭 행복하게 해줄게. 후회 안 할거야. 너도, 나도…."

나도 내가 이런 말을 하게 될 줄도, 이런 말을 할 수 있는 사람이라는 것도 몰랐다. 누군가에게 다정해진다는 것, 무슨 일이 있어도, 내 곁에 있어 줬으면 하는 사람을 곁으로 들인다는 것, 전부 다 나에게는 과분했다. 변호사가 되기는 했어도, 아직 학생 시절의 생각에서 크게 변하지 않았으니까. 나의 말을 듣고 당신은 미소지었다. 나를 귀엽게 보는 듯하면서도, 업신여기거나 낮은 사람으로 보지는 않는 미소였다. 따뜻함, 내가 지금 당신에게서 느끼는 것은 따뜻함이라는 이름의 감정인 듯하고, 학창시절부터 당신을 좋아했던 이유가 여기에 있는지도 모른다. 모두를 품에 안아준다는 느낌이 들어서, 그래서 내가 당신에게 깊이 빠진 걸지도 모른다. 학창 시절부터 가까워졌다, 멀어지기를 반복한 우리 둘의 사이가 이제야 정립된 것만 같은 느낌이다. 그렇게 우리는 한참 대화를 나누다가 헤어졌다. 다음에 만나면 이런 관계가 아니라, 누구보다 서로를 잘 아는 연인의 관계가 될 것이다. 서로 잘 아는 게 아니라, 내가 당신을 너무 잘 아는 관계가 되어버릴지도 모르는 일이지만, 상관없다. 당신이 내 곁에 있으니까.

그 뒤로 갑자기 사건이 몰려들면서 바쁘기 일해야만 했다. 내 사람인 당신이 연락하고 약속을 잡으려 해도, 나는 어찌 시간을 낼 방도가 없었다. 마음 같아서는 하루를 통으로 비워두고는 당신과 하루종일 있고 싶지만, 그럴 시간도 안 났다. 시간을 내면 억지로 낼 수는 있었다. 이미 줄인 잠을 더욱 줄이고, 잠깐이나마 당신을 만나는 선택지도 있었지만, 당신이 그걸 선택하게 두지 않았다. 내가 그 시간에 나가서 만나는 것은, 아니, 당신과 관련된 거라면 뭔들 못하겠는가. 그렇지만, 나 같은 게 당신에게 피해를 끼치기 싫었으니까. 당신이 자는 시간까지 뺏어가며 만날 자격이 나에겐 주어지지 않은 것만 같으니까. 그렇게 좋아해 왔고, 좋아한다고 고백까지 했는데, 정작 그 이후로는 아예 만나지 못했다. 공적인 자리에서도, 사적인 자리에서도. 따져보면 당신도 바쁠 것이다. 그래도 이렇게 하루에 한 번씩 연락을 남겨주는 것은 고마웠지만, 내가 제때 확인하지 못하고 답장을 남기면, 당신이 바쁜지 답장이 오지 않은 것이 여러 번이다. 그런 메신저로 대화 대운 대화를 나누기도 했지만, 역시 그날처럼 직접 마주 보고 이야기하는 것과는 많이 달랐다. 표정이 보이지 않으니 조금 아쉽다고 해야 할까, 그런 느낌이었다. 그렇게 3주 정도가 지나서야 약속을 잡고 만나기로 했다. 종일은 무리고, 몇 시간 정도만 비울 수 있어서, 잠깐 만나는 것이다. 그렇다고 해도 대충 할 수는 없는 마당이니까, 최대한 잘 어울리는 것 같은 옷을 골라서 입고, 머리도 한번 만져준 뒤, 이런저런 준비 후에 당신을 만나러 간다. 지금의 모습이 내 최고의 모습이라고 자신할 수는 없지만, 당신이라면 아름답도록 좋으니까. 당신 앞이라면 조금 욕심을 부리고 아름다움을 챙겨도 되지 않을까.

나는 약간의 기대를 품고 나섰다. 나와는 다르게 아름다울 그대를 볼 수 있기를 바라며. 그렇게 먼저 도착해서 기다리던 나는 저쪽, 길 건너에서 다가오는 당신을 보고 다시 한번 빠지지 않았다면 거짓말일 것이다. 당신도 차려입은 모습이 많이 신경을 쓴 것만 같아서, 괜히 가슴이 더 두근거렸다. 저번에 입은 옷과 길거리에서 스치듯 바라본 당신의 옷차림과는 많이 달랐으니까. 누가 봐도 많은 신경을 쓰고 공들인 티가 나는 옷이었다. 나 같으니 사람을 위해서 시간을 썼을 당신, 내게는 너무 과분한 당신의 행동이었다. 어울리지 않는, 내가 당신에 비해서 너무 부족한 사람이니까, 내가 당신에게 시간을 쓴대도 당신은 그렇게 많은 시간을 나에게 허비하지 말길 바라는 마음이 가슴속에서 피어오르지만, 밖으로 드러내지 않으려 꾹 눌렀다. 당신을 보면 웃음지으려고 노력하지 않아도 된다. 자연스럽게, 그렇게 오래 사랑한 만큼의 마음이 나오면서 미소가 지어지니까. 당신도 그 미소를 싫어하지 않는 것 같다. 당신을 보고서 계속 웃을 수는 없지만, 다른 사람을 만날 때보다 약간 들뜨니까. 물론 긍정적으로. 사랑하는 사람이 생긴다는 건 참으로 좋은 일인지도 모른다. 서로 상처를 주지 않는다는 선에서는. 그리고 지금, 당신은 내 앞에, 우연과도 같던 그 만남처럼, 여전히 내 앞에 앉아있다. 내가 제일 좋아하는 카페의 가장 애정하는 자리에서, 내가 가끔 즐기던 일탈을 즐기는 것처럼 이 세상 누구보다 사랑하는 당신이 내 앞에 있다. 완벽하고 아름다운 광경이다. 너무나 완벽하고 아름답기에 나에게는 어울리지 않는, 그런 모습이지만 나는 조금 더 욕심부릴 것이다. 당신이 있으니까. 그걸로 충분하면서도 조금 더 당신에게 아름다운 모습을 보이고 싶으니까.

이리 끝이 난다면 분명히 뭐라 하는 사람들도 있겠지만 어쩔 수 없는 것이다. 이 뒷이야기는 아직도 진행 중이라 전해질 수 없다. 그 끝이 이어져 있는지, 헤어지게 되는지조차 모른다. 처음에도 이야기했듯, 주인공이라는 녀석은 두 사람의 길이 끝까지 이어지지 않았더라도, 상대를 위해서, 원하지 않는다면 아무리 잘 닦아가던 길이라도, 그대로 돌아가 멀리서 바라보는 사람일 테니까. 순애라는 것의 의미가 그런 것이니까. 가는 도중에, 차별과 사회에서 날아드는 시선을 맞아가면서 나아간다면, 그것이 진정으로 아름다운 사랑일 것이다. 그 사랑이 동성애라고 해도, 이성애라고 해도, 나이 차이가 많이 난다고해도, 사회로부터 쏟아지는 시선에는 관계없이 나아가는 모습은 아름답지 않은가. 연인의 형태는 여러 가지를 띄고 있지만, 그 사이에 있는 사랑이라는 감정은 변하지 않을 것이다. 모든 인간은 사랑받을 자격이 있기에, 사랑할 자격 또한 주어지기에, 사랑을 전해본다.

박주원

나는 이야기를 믿는다.

이야기는 언어보다 먼저 태어나, 사람의 마음을 걸어 다닌다.

내가 글을 쓰는 이유는, 사라지는 감정을 붙잡기 위해서다. 한 문장이 누군가의 밤을 지켜줄 수 있다면 그것으로 충분하다.

나의 글은 현실보다 느리고, 꿈보다 조금 더 따뜻하다. 때로는 이야기 속 인물들이 나를 대신해 울어준다. 그래서 나는 오늘도 종이 위에서 그들과 다시 만난다.

이야기는 결국 나 자신을 비추는 거울이다. 나는 그 거울을 조금씩 닦아가는 사람이고, 언젠가 그 속에서 진짜 나를 만나길 바란다.

다시 시작하는 마음

"이 이야기는 옛날 어느 마을에 산책을 즐기던 토끼로부터 시작하네. 그 토끼는 여느 때처럼 산책을 나갔지. 하지만 그날은 유독 비가 많이 왔어. 그럼에도 토끼는 산책을 나갔지. 털이 빗물에 젖어 토끼는 힘들어했다네. 그래서 잠깐 마을 근처에서 쉬고 있었는데 비 때문에 논둑이 무너질 위기에 처한 상황을 보고 말았네. 토끼는 급히 물길을 내어 논의 물을 빼낼려고 했지. 그런데 그 물길 한가운데 개구리와 두꺼비들이 낳아놓은 알이 무수히 떠 있는 것을 보고 토끼는 망설이기 시작했네. 알을 피해 물길을 틀면 논이 잠겨 농사를 망칠 수 있지. 하지만 물길을 트면 알들은 한순간에 흘러가 버릴 것이라는 것을 잘 알고 있는 토끼는 고민에 빠지게 되었다네. 결론을 내리지 못한 토끼에게 노인이 다가오자 도움을 청하지만 노인은 자신이 내주는 숙제라며 직접 생각하고 결정하라고 말했네. 단, 너무 오래 고민하다가는 그 고민 때문에 자칫하면 논과 알을 둘다 잃을 수 있다며 많은 시간을 허비하지는 말라고 조언을 해주었지. 잠시 후 노인의 앞에 울면서 나타난 토끼는 자신의 선택을 알려주며 이렇게 말했네. '난 나무를 보기보다는 숲을 선택했어. 논둑을 지키기 위해 나는 알들을 희생시켰어. 내 선택은 분명 옳은 선택이었겠지. 하지만 할아버지 나는 이상하게도 눈물이 나와.' 라고 말하자 노인은 조용히 토끼를 안아 위로하며 말했지. '슬픔은 옳은지 그른지와는 상관이 없단다. 자네는 마음을 가진 한 생명이기 때문에 당연히 슬픈 것이네. 그렇다고 선택이 옳았다는 것 아니네. 그럼에도 자네가 논둑을 지켜내었다는 것 또한 사실이지.' 그 말을 들은 토끼는 앞으로도 세상사 모든 일은 옳고 그름만으로는 판별할 수 없음을 깨닫자. 자신이 앞으로 살아감에 있어서 이런 선택을 몇 번은 더 해야 할지도 모른다는 생각에 겁을 먹었지. 그걸 알게 할아버지는 다시 한 번 위로의 말을 건넸지. '자네가 함께한 시간이 행복했듯이 자신의 선택으로 인해 어떠한 결과를 가져올지는 모르지만, 자네가 어떤 선택을 하든 난 믿어주겠네.' 그리곤 토끼와 노인은 함께 여행을 간다는 그런 이야기일세. 이번 이야기는 어떤가?"

이야기를 듣고 있던 한 상인이 말했다.

"이봐, 나는 분명 실화 기반이라고 들었는데 이게 실화인가?"

"난 그저 내가 본 걸 그대로 말한 거뿐이네. 판단은 각자 자신의 몫이지."

중년의 남성도 말했다.

"이봐 노망이라도 났어?"

남성 뒤에 있는 사람도 말했다.

"솔직히 이게 실화 기반으로는 안 느껴져."

흥미가 떨어졌는지. 이야기를 듣고 있던 사람들이 모두 각자의 길로 가버렸다. 딱 한 사람 빼고.

"흠… 자네는 왜 남아있지?"

갈색 눈과 허름한 옷을 입은 긴 머리의 어린 소년이 말했다.

"그야 재밌으니까요."

"그런가? 그럼 어느 부분에서 재미를 느꼈지?"

"뭐라고 설명해야 할지 모르겠어. 하지만 지금 이 감정만큼은 거짓이 아니야."

"자기 자신에게 솔직했으면 그것만으로 충분하네. 그럼 난 이만 가겠네."

하늘을 보니 시간은 어느새 초저녁에 가까워졌다.

그럼에도 소년은 말을 이어갔다.

"아저씨는 왜 살아?"

어린애가 고개를 갸웃거리면 나에게 질문했다.

"혹시 그런 질문을 하는 이유가 뭐지?"

소년은 잠깐 생각에 잠겼다가 대답했다.

"궁금해서요."

"음… 그러니? 그럼 대답해 주마. 딱히 생각해 본 적 없단다."

"왜 생각해 본 적 없어요?"

"그야 그걸 생각하면 자기 자신이 살아갈 이유가 없어질 수 있거든."

소년은 잠시 멈칫했다. 그리곤 침묵했다. 말을 이어가지 못한 소년은 그저 그 자리에서 시간의 흐름에 몸의 맡기고 서 있을 뿐이다. 그리곤 이야기꾼은 말했다.

"이봐! 소년이여 그거 아는가? 길고 짧은 건 대봐야 아는 거라네. 지금 자네가 무슨 생각을 하는지 나는 정확하게 모르네. 하지만 포기하지 않는 편이 낭만 있지 않나."

말을 듣자 어느새 시간은 밤을 향하고 있었다.

"아저씨는 세계가 이상하다고 생각해 본 적 없어?"

갑작스러운 질문에 잠시 당황했지만 곧바로 표정을 고치고 대답했다.

"그게 무슨 소리지?"

그는 생각했다. 늦은 이 시간의 이 아이의 이야기를 들어줄 만큼 그는 여유롭지 않은 사람이다. 그럼에도 그는 이야기라는 말의 이끌려 이 이야기를 듣기로 한다. 그것이 자신이 가장 좋아하는 것이기 때문이다.

"좋지. 들어주겠네."

이야기꾼은 천천히 자리를 털고 일어났다. 그의 옷자락에는 흙먼지가 묻어 있었고, 등에는 하루의 피로가 얹혀 있었다. 그는 떠나려 했지만, 이상하게도 발걸음이 떨어지지 않았다.

소년이 말했다.

"아저씨, 정말 가요?"

"그래. 이제 늦었으니까."

"그럼… 내 이야기도 들어줄 수 있어요?"

이야기꾼은 발을 멈췄다. 달빛이 소년의 어깨 위로 내려앉았다. 그 빛은 어쩐지 오래된 이야기의 시작처럼 보였다.

"그래. 들어보겠네."

소년은 잠시 숨을 고르고 말했다.

"저는요, 꿈을 꾸면 항상 같은 곳에 있어요."

"같은 곳이라니?"

"안개가 자욱한 언덕이에요. 거기엔 나무 한 그루가 있고, 그 아래엔 언제나 누군가가 앉아 있어요. 그 사람은 등을 보이고 있지만… 목소리는 꼭 저 같아요."

이야기꾼의 눈빛이 잠시 흔들렸다.

"그럼 자네 자신을 보고 있는 건가?"

소년은 고개를 끄덕였다.

"네. 그런데 웃고 있지 않아요. 항상 울고 있어요."

잠시 침묵이 흘렀다. 밤바람이 들풀을 스쳤고, 달빛이 흙길 위에 하얗게 번졌다.

"그럼, 자네는 왜 그 꿈 이야기를 나한테 하는가?"

"아저씨라면 이유를 알 것 같아서요."

이야기꾼은 피식 웃었다.

"그런 건 아는 사람이 없지. 하지만 궁금하긴 하네. 혹시 그 언덕에 가본 적은 있나?"

소년은 고개를 저었다.

"아니요. 꿈에서만 가요. 근데 요즘은 이상하게 현실에서도 그 언덕이 어렴풋이 보여요. 길모퉁이를 돌다 보면, 꼭 그곳으로 가는 길이 있는 것처럼요."

그 말에 이야기꾼은 잠시 생각에 잠겼다. 그의 머릿속엔 오래전 들었던 한 전설이 떠올랐다. '꿈속의 언덕은, 자신이 잊어버린 이야기들이 잠든 곳', '그곳에 가면 과거의 자신과 마주하게 되지만, 돌아오지 못할 수도 있다.'

"소년이여, 그 언덕에 간다면… 무얼 하고 싶지?"

소년은 대답하지 않았다. 대신 작은 돌멩이를 하나 들어 달빛 속에 비춰 보았다.

"그냥, 그 아이가 왜 우는지 알고 싶어요."

그 대답에 이야기꾼은 천천히 숨을 내쉬었다.

"좋네. 그렇다면 내가 자네와 함께 가주겠네."

소년이 놀란 눈으로 그를 바라봤다.

"정말요? 아저씨도 그 언덕을 알아요?"

"나도 예전에 그 언덕을 본 적이 있네. 다만, 나는 그곳에서 돌아온 사람이지."

소년의 눈동자가 흔들렸다.

"그럼… 거기엔 뭐가 있었어요?"

이야기꾼은 대답하지 않았다. 대신 천천히 걸음을 옮기며 말했다.

"그건 직접 봐야 알지.

자네가 찾는 이야기는 자네가 써야 하네."

그렇게 두 사람은 어둠 속으로 걸어 들어갔다. 길은 끝이 없었고, 달빛은 마치 그들을 위해 기다리듯 천천히 따라왔다.

그날 밤, 마을 사람들은 이상한 소문을 들었다. 비가 갠 뒤의 들판 어딘가에서, 토끼의 울음소리와 소년의 웃음소리, 그리고 이야기꾼의 낮은 노랫소리가 함께 들려왔다고. 그 소리를 들은 사람들은 하나같이 말했다.

"그건… 이야기가 아직 끝나지 않았다는 신호야."

달빛은 조용히 길 위를 따라 흘렀다. 그 빛은 마치 두 사람의 발걸음을 인도하듯 흔들림 없이 이어졌다. 소년이 먼저 입을 열었다.

"아저씨, 사람은 왜 자기 자신을 무서워할까요?"

이야기꾼은 잠시 하늘을 올려다봤다. 별빛이 흐릿했다. 마치 세상이 천천히 꿈으로 스며드는 것 같았다.

"자기 자신을 본다는 건, 거짓이 한 점도 없는 거울을 마주하는 일이지."

그는 천천히 말을 이었다.

"사람은 누구나 자신이 믿고 싶은 모습으로 살아가거든. 하지만 그 거울 앞에서는 아무런 변명도 통하지 않네."

소년은 말없이 고개를 끄덕였다.

"그럼, 그걸 본 사람은 어떻게 되나요?"

"대부분은 눈을 돌리지."

"왜요?"

"그걸 견디기엔 너무 정직하니까."

둘은 잠시 말을 멈추고 걸었다. 바람이 불 때마다 안개가 길 위를 스쳤다. 그 속에서 무언가의 형체들이 천천히 피어올랐다 사라졌다. 소년은 그 안에서 자신과 닮은 누군가를 본 듯 고개를 갸웃했다.

"아저씨, 여긴… 말하는 것 같아요."

"그래. 이곳은 생각이 모양을 가지는 곳이네."

"그럼 지금 제 머릿속이 밖으로 새어나오고 있는 거예요?"

이야기꾼은 잠시 미소를 지었다.

"어쩌면 그렇겠지. 자네가 감추고 싶던 것이든, 잊고 있던 것이든, 모두 이곳에서는 형체를 얻는단다."

소년은 주변을 둘러봤다. 그의 눈앞에는 오래전 잃어버린 강아지가, 그 옆에는 싸운 친구의 뒷모습이, 그리고 아주 멀리에는 어린 시절의 자신이 서 있었다.

"저게… 나예요."

소년은 다가가려 했지만 발이 떨어지지 않았다. 작은 자신이 울고 있었다. 토끼의 이야기에서 본 그 장면처럼.

"왜 울고 있는 걸까요?"

"묻지 말게."

이야기꾼의 목소리가 낮게 깔렸다.

"그건 자네가 이미 알고 있는 답이네."

소년은 숨을 삼켰다. 눈앞의 '어린 나'가 천천히 고개를 들었다. 그리고 이렇게 속삭였다.

"왜 나를 버렸어?"

그 한마디에 안개가 일시에 흔들렸다. 소년의 심장이 세차게 뛰었다. 그는 외면하려 했지만, 작은 자신이 손을 내밀었다.

"미안해."

소년은 겨우 그 말을 했다.

"그땐… 내가 너무 어렸어. 아프면 안 된다고, 슬퍼하면 안 된다고, 그렇게 배워서…."

아이의 눈에서 흐르던 눈물이 멎었다. 대신 작은 미소가 번졌다.

"이제 기억해 줬으니까 됐어."

그 순간, 안개가 걷히기 시작했다. 언덕 위로 새벽빛이 서서히 퍼졌다. 소년은 뒤돌아 이야기꾼을 찾았다. 하지만 그는 보이지 않았다. 다만 바람 속에서 낮은 목소리가 들려왔다.

"이야기의 끝은, 언제나 새로운 시작이지."

소년은 하늘을 올려다봤다. 동이 트고 있었다. 그는 눈을 감았다가 조용히 중얼거렸다.

"이제야 알겠어요. 왜 사람은 자기 자신을 무서워하면서도 결국엔 마주하게 되는지."

그의 발밑에서 흙이 따뜻하게 숨 쉬었다. 그건 마치 오래된 이야기의 마지막 문장이 속삭이는 듯했다.

"자신을 이해한 자만이, 다음 이야기를 쓸 수 있다."

소년은 눈을 떴다. 새벽빛이 창문 틈으로 흘러들고 있었다. 하지만 낯익은 방 안의 공기는 어딘가 낯설었다. 탁자 위에는 어젯밤 기억이 희미하게 흔적처럼 남아있었다. 젖은 흙, 낯선 발자국, 그리고 낡은 모래시계 하나. 그 시계 안의 모래는 흐르지 않았다. 소년은 혼잣말을 했다.

"꿈이었을까…?"

그는 머리를 감싸 쥐었다. 그 순간, 머릿속 어딘가에서 이야기꾼의 목소리가 울렸다.

"이야기의 끝은 언제나 새로운 시작이지."

소년은 놀라 눈을 떴다. 그 목소리가 분명히 귓속이 아니라 방 안 어딘가에서 들려왔다.

"아저씨…?"

하지만 대답은 없었다. 대신, 창밖의 안개가 천천히 흘러 들어오고 있었다. 그 안개는 바닥을 스치며 방 안으로 번져들었다. 소년의 손끝이 희미하게 떨렸다. 안개 속에서 누군가의 그림자가 서서히 나타났다. 그건 이야기꾼의 모습이었다.

"자네가 깨었구나."

소년은 얼어붙은 듯 바라봤다.

"여긴… 어디예요? 전 분명 집에 돌아왔는데…."

이야기꾼은 고개를 저었다.

"자네는 아직 돌아오지 않았네. 자신의 이야기를 끝내지 않았으니까."

소년은 머리를 저었다.

"하지만 전 이미 저 자신과 마주했어요! 그 아이를 기억했고, 용서했어요!"

"그건 시작일 뿐이네."

이야기꾼의 음성은 고요했지만, 그 안엔 슬픔이 깃들어 있었다.

"자신을 이해한 것과, 자신을 살아낸 것은 다르지."

소년의 시야가 흔들렸다. 바닥이 느릿하게 일렁이며, 주변의 사물이 형태를 잃었다. 책장은 물결이 되어 흔들렸고, 벽은 투명해지며 달빛이 그 속을 스며들었다. 소년은 숨을 몰아쉬었다.

"이건… 또 꿈인가요?"

"자네가 그렇게 믿는다면, 꿈이지."

"그럼 현실은요?"

"그건 자네가 깨어나기를 원하는 곳이네."

소년은 손을 내밀었다.

"그럼, 저를 그곳으로 데려가주세요."

이야기꾼은 미소를 지었다.

"그건 내가 할 수 있는 일이 아니네. 자네의 현실은 내가 아니라, 자네가 정해야 하니까."

소년은 입술을 깨물었다. 그리고 마치 결심한 듯 말했다.

"그럼 전, 다시 깨어날게요. 이제는 두렵지 않아요."

그가 한 발 앞으로 나아가자 안개가 갈라졌다. 그 사이로 빛이 쏟아져 들어왔다. 소년은 그 빛을 향해 걸었다. 그러나 그 순간, 이야기꾼의 목소리가 다시 들렸다.

"잊지 말게. 깨어 있는 자도, 때로는 꿈을 꾼단다."

소년은 걸음을 멈췄다. 빛이 점점 사라지고, 주변의 형체가 다시 흔들리기 시작했다. 그는 다시 눈을 떴다. 책상 위에는 여전히 모래시계가 있었다.이번엔 모래가 천천히 흐르고 있었다. 소년은 그것을 바라보다가, 조용히 속삭였다.

"그럼, 지금은 어느 쪽이지…?"
모래가 다 떨어질 때쯤, 시계의 유리면에 희미하게 문장이 떠올랐다.
"이야기꾼은 언제나 듣고 있다."
소년은 웃었다. 그 웃음엔 두려움도, 안도도 섞여 있었다.
그는 조용히 눈을 감았다.

그리고 그날 이후, 소년은 종종 길모퉁이에서 낯선 목소리를 듣곤 했다.
"좋지. 들어주겠네."
소년이 다시 눈을 떴을 때, 세상은 조용했다. 공기에는 잔잔한 먼지와 빛이 섞여 있었다. 그는 자신이 어디에 있는지 몰랐다. 사람들은 오가고, 말하고, 웃고 있었다. 하지만 이상하게도 아무도 그를 보지 못했다. 그의 존재는 투명했고, 소리조차 공기 속에 스며들었다. 그는 길 위를 걷다 문득 발을 멈췄다. 한 아이가 울고 있었다. 잃어버린 인형을 찾지 못한 채, 허공을 향해 손을 뻗고 있었다. 소년은 그 아이 앞에 앉았다.
"괜찮아. 네 인형은 사라진 게 아니야. 그저 다른 이야기로 옮겨간 거야."
물론, 아이는 듣지 못했다. 하지만 신기하게도 아이의 울음은 곧 잦아들었다. 소년은 생각했다.
'나는 이제… 이야기의 그림자가 되었구나.'
그날 이후, 그는 매일 같이 사람들의 곁을 거닐었다. 잃어버린 것을 찾는 사람, 이유 모를 외로움에 잠 못 드는 사람, 누군가를 미워하면서도 그리워하는 사람들.

그의 손끝이 그들의 그림자 위를 스칠 때마다, 그 사람들의 마음속에는 작은 문장 하나가 피어났다.

“너는 혼자가 아니다.”

사람들은 그 문장을 기억하지 못했다. 그저 이유 모르게 눈물이 났다거나, 낯선 따뜻함이 스쳤다고만 말했다. 소년은 그걸로 충분했다.

*

어느 날, 그는 낯익은 목소리를 들었다.

“오랜만이군, 소년이여.”

그는 돌아봤다. 안개 속에서 이야기꾼이 서 있었다. 늙지도, 젊지도 않은 얼굴. 시간을 초월한 듯한 존재였다. 소년이 물었다.

“저는 이제 깨달았어요. 모든 이야기는 결국, 누군가의 슬픔에서 시작된다는 걸.”

이야기꾼이 미소 지었다.

“그래. 이야기는 슬픔을 언어로 바꾸는 기술이지.”

“그럼… 저는 이제 뭘 해야 하죠?”

“자네는 이미 하고 있네. 사람들의 마음에 스며들어 그들의 이야기를 듣고 있잖나.”

소년은 잠시 눈을 감았다. 그의 마음속에서 수많은 목소리가 속삭였다. 사랑, 상처, 용서, 그리움… 그리고 이름 없는 감정들. 그는 다시 눈을 떴다.

“그런데요, 아저씨.”

“음?”

“이 모든 이야기의 끝에는 뭐가 있나요?”

이야기꾼은 대답하지 않았다. 대신, 손가락을 들어 소년의 가슴을 가리켰다.

“그건 자네 안에 있지. 모든 이야기는 결국, 자신에게로 돌아오거든.”

소년은 고개를 숙였다.

"그럼… 당신은요? 당신의 이야기는 끝났나요?"

그 말에 이야기꾼은 조용히 웃었다.

"아직이네. 왜냐하면, 지금 이렇게 자네와 대화하고 있으니까."

그 순간, 하늘이 흔들렸다. 빛이 서서히 갈라지고, 공기가 물결처럼 떨렸다. 소년은 느꼈다.

— 이 세계가 하나의 거대한 이야기였음을.
— 그리고 그 자신이, 그 이야기의 한 문장이었음을.

이야기꾼이 마지막으로 말했다.

"이야기의 주인이란, 쓰는 자가 아니라 계속 살아내는 자를 말하네."

소년은 고개를 들었다. 그의 눈에는 이제 두려움이 없었다. 오직 맑은 이해만이 있었다. 그는 천천히 미소를 지었다.

"그럼, 이제 제 이야기를 쓰러 가야겠어요."

그렇게 말한 순간, 소년의 모습은 바람처럼 흩어졌다. 그리고 그 자리에는 한 권의 책이 남았다. 책의 표지엔 제목 하나가 새겨져 있었다.

《깨어있는 자의 꿈》

그날 이후, 마을 사람들은 종종 길가에 놓인 낡은 책 한 권을 발견했다고 한다. 그 책을 펼친 사람은 누구나, 자신의 어린 시절이 속삭이는 목소리를 들었다고 한다. 그리고 그 목소리 끝에는 늘 이렇게 적혀 있었다.

"이야기의 주인은 당신이다."

*

밤이 다시 찾아왔다. 세상은 여전히 이야기로 가득 차 있다. 누군가는 그 안에서 울고, 누군가는 웃는다. 나는 그저 그 목소리들을 지나쳐 듣는다.

오늘도 한 아이가 내게 물었다.

"왜 사람들은 자꾸 이야기를 만들어요?"

나는 대답하지 못했다. 아니, 대답할 필요가 없었다. 이야기란 대답을 위한 것이 아니라, 대답을 기다리는 시간이기 때문이다.

사람은 자신의 외로움을 문장으로 바꾸고, 그 문장 속에서 다시 자신을 만난다. 그게 곧 '살아있다'는 증거다. 어떤 이들은 이야기를 신으로, 또 어떤 이들은 기억으로 부른다. 하지만 나에게 이야기는 단 한 가지다.

"잃어버린 자신을 되찾는 의식."

나는 한때 스스로를 이야기꾼이라 불렀다. 그러나 이제야 안다. 이야기를 전하는 일은 누군가를 가르치는 게 아니라, 누군가의 침묵을 대신 견디는 일이라는 것을.

소년이 떠난 뒤로, 나는 종종 그가 남긴 문장들을 떠올린다.

"모든 이야기는 결국 자신에게 돌아온다."

그 말이 참 맞다. 내가 했던 수많은 이야기들 ―

토끼의 선택, 노인의 말, 아이의 눈물 ―

그것들은 결국 나의 이야기였다. 나는 오랫동안 타인의 운명 속을 떠돌며 그들의 슬픔을 '이야기'라 부르고 위로했지만, 이제야 안다. 그 모든 슬픔은 나 자신의 그림자였다는 걸. 그래서 나는 오늘부터 새 기록을 남기지 않으려 한다. 이야기는 더 이상 종이에 머물 필요가 없다.

이제는 바람 속에서도, 빛의 흔들림 속에서도 들린다.

"너는 여전히 살아 있다."

그 목소리가 세상 어딘가에서 속삭일 때, 그건 내가 아니라 새로운 이야기꾼이 말하고 있는 것이다.

나는 이제 조용히 사라질 것이다. 언어가 끝나는 자리에서, 침묵이 시작되는 곳으로. 그곳에서 나는 이야기가 아닌 존재 그 자체로 남을 것이다. 책의 마지막 장이 닫힐 때,

바람이 한 줄의 문장을 남겼다.

"모든 이야기의 끝은, 결국 '다시 시작하는 마음'이다."

김제헌

　나는 글을 좋아하기보다는, 문장과 문장 사이의 여백을 사랑하는 사람이다. 그 여백에는 글로는 다 표현할 수 없는, 말 없는 아름다움이 담겨 있다고 믿는다. 밤하늘의 달빛 아래 펜을 들고 문장을 쓸 때 더 아름답게 느껴진 건 잘 쓰인 문장보다도 그 글을 쓰며 생각에 잠기는 여백의 시간이었다. 내 글을 읽는 이들이 단어에 매이지 않고, 그저 생각에 잠기는 시간이 많았으면 좋겠다. 말로 다 하지 못한 마음이 있다면, 그것이 내 글의 여백 속에 오래 머물러주기를 바란다.

사랑에도 교과서가 있다면

　밖에는 마침내 기다리던 첫눈이 소리 없이 내리고 있었다. 유리창 너머로 흩날리는 눈송이들을 바라보며, 나는 이상하게도 후회의 쓴 향기와 설렘의 달콤한 기운이 한꺼번에 스며드는 것을 느꼈다. 마음 한켠에는 지난 날들의 후회가 남아 있었지만, 동시에 앞으로 다가올 가능성에 대한 묘한 설렘이 섞여 있었다. 지금까지의 학창 시절을 돌이켜보면, 나는 늘 다른 사람들의 말에 휘둘리며 내 선택조차 남에게 맡긴 채 살아온 것만 같았다. 후회로 얼룩진 중학교와 고등학교 시절이었다.

　중학교 때는 외고에 가고 싶었지만, 내신의 벽과 돈과 시간의 부담이 나를 가로막았다. '가족을 위해서'라는 그럴듯한 위로와 변명으로 마음을 달래며 결국 일반고에 진학했다. 비록 지역에서 알아주는 명문 국립고등학교였지만, 그 선택이 내 의지라 말하기는 어려웠다. 문과를 택한 것도, 안정적이라는 이유로 교사의 길을 향하게 된 것도 결국은 흘러가는 대로의 삶이었다. 친구들과 어울리지 못하는 탓에 외로웠으나, 성적은 상위권에 머물렀고, 그저 그러한 길 위에서 선생님께서 추천하신 사범대를 희망하게 되었다.

　수능을 끝내고 점수에 맞춰서 사범대에 넣고 합격을 받았다. 대학교 때는 중, 고등학교 때랑 달라진 내가 되야지라고 생각했고 설렘 가득한 마음으로 대학교 문을 열었지만 대학에 들어가서도 크게 다르지 않았다. 대학교 교정에 처음 들어섰을 때, 가장 먼저 느껴진 것은 설렘보다는 어색함이었다. 강의실마다 낯선 얼굴들이 가득했고, 그들 중 많은 이들은 이미 고등학교 때부터 알던 친구처럼 자연스럽게 무리를 지었다. 반면 나는 그 속에서 한참을 맴돌다 겨우 자리를 잡는 듯한 기분이었다.

캠퍼스는 크고 건물들은 웅장했지만, 그 앞에 서 있는 내 모습은 한없이 작아 보였다. 등록금을 채우기 위해 부모님이 고생하는 것을 알기에, 마음 한켠엔 감사와 동시에 무거운 빛 같은 부담이 자리했다. '여기가 내 자리가 맞을까?' 하는 물음은 늘 따라다녔고, 화려한 대학의 분위기 속에서 나는 유독 초라하게 느껴졌다.

하루 세 끼를 제대로 챙겨 먹는 건 사치였다. 값싼 학식이나 편의점 삼각김밥으로 허기를 달래며, 알바 시간표와 강의 시간표를 맞추는 것이 곧 내 대학 생활의 시작이었다. 친구들은 대학 축제와 동아리 얘기로 들떠 있었지만, 나에겐 그것마저 멀게만 보였다. 하루하루가 흐르듯 스쳐 지나갔다. 그러던 어느 날, 간간히 인사만 하던 친구의 부탁으로 마지못해 나간 소개팅 자리에서 그녀를 만났다. 단정히 차려입을 겨를도 없이 나간 자리였으나, 그 만남은 내 대학 시절을 바꿔놓았다.

그녀는 아침 햇살에 피어나는 꽃처럼 은은한 빛을 지닌 사람이었다. 검은 머리카락은 바람에 흩날리며 순간마다 다른 색채의 분위기를 자아냈고, 눈동자 속에는 깊고 고요한 바다가 숨어 있었다. 차분하면서도 매혹적인 그 눈빛, 그리고 보는 이의 마음을 가을날의 햇빛처럼 따뜻하게 감싸는 미소 속에서 나는 오랫동안 잊고 있던 나의 청춘을 보았다. 그녀의 이름은 신유나였다. 그녀와 시간을 보내기 시작하자 마치 멈춰버린 시계의 바늘이 다시 움직이듯, 그녀 앞에서 내 자아는 시계처럼 다시 흘러가기 시작했다.

비록 소개팅을 하는데 너무 긴장해서 실수도 하고 순탄하게 흘러가진 않았지만 그걸 귀엽게 봐준 그녀는 그냥 웃고 넘겼다. 우리는 번호를 교환했고, 집으로 향하는 길 위에서 나는 처음으로 겨울밤이 차갑지 않다는 것을 느꼈다. 그날, 세상을 뒤덮은 눈송이들은 더 이상 쓸쓸함의 상징이 아니었다. 그것은 내 안에 다시 시작된 청춘의 서막을 알리는, 눈부신 축복 같았다. 그렇게 몇 번의 만남 끝에 용기를 내어 전한 고백은 기적처럼 받아들여졌고, 우리는 연인이 되었다. 비록 가난한 대학 생활 속에서 아르바이트와 돈 문제로 일주일에 한두 번 학교에서 잠깐 얼굴을 보는 것이 전부였지만, 그녀는 그 짧은 시간조차도 행복이라 말했다. 그 말에 내 마음은 늘 확신으로 가득 찼다. '이런 여인과 결혼해야 한다'는 다짐 말이다.

알바를 마치고 손에 쥔 120만 원의 봉투는 언제나 빠르게 비워졌다. 집에 50만 원을 부치고, 생활비로 60만 원을 쓰고 나면, 남은 건 데이트에 쓸 10만 원 남짓뿐이었다. 그러나 그마저도 우리에게는 부족함이 아니었다. 좁은 주머니 사정 속에서도 그녀의 미소는 세상에서 가장 값진 선물처럼 느껴졌고, 우리는 돈으로는 헤아릴 수 없는 시간을 함께 키워가고 있었다.

한 달에 한 번쯤은 서로의 자취방에 초대해, 얼마 안 되는 과자와 싸구려 양주로 작은 축제를 열었다. '사랑해', '내가 더 사랑해' 같은 말이 오가는 그 밤들은 대단한 것도 없었지만, 싸구려 양주보다 화려한 밤의 밤공기에 취해, 몇 개 안 되는 과자보다는 우리들의 사랑의 속삭임을 안주로 사범대의 현실이라는 압박과 부담을 이겨냈던 기억들은 내 대학 시절 중 가장 따뜻하고 생생한 기억으로 남았다. 그때 우리는 청춘의 시작점에 있었고, 그 시간이 영원히 이어질 거라 믿었다.

하지만 세월은 늘 우리가 준비되지 않았을 때 찾아왔다. 1년 뒤인 나이 스물둘, 입대 영장이 날아들었다. 가난하고 애틋하기만 했던 우리 연애에 또다시 이별의 그림자가 드리워졌다. 나는 끝내 그녀에게 군대를 기다려달라 말할 만큼 이기적이지 못했다.

백화점 한켠, 유리 진열대 안에 놓인 하얀 운동화 한 켤레를 집어 들었다. 요즘 유행이라던 그 신발. 옆에 한 가족이 아들이 사달라고 했다며 웃으며 별거 아니라는 듯이 산 15만원이라는 가격은 나에게는 다르게 다가왔다. 가격표의 '15만 원' 숫자를 보는 순간 손끝이 떨렸다.

알바비로 한 달을 버티는 나에게는 사치였지만, 그것이 마지막 선물이 될 거라 생각했다.그날 저녁, 유나의 집 앞에 서서 초인종을 눌렀다.

"무슨 일이야, 왜 연락이 안 돼?"

그녀의 말 속엔 서운함과 걱정이 뒤섞여 있었다. 나는 침묵 끝에 신발이 담긴 봉투를 내밀었다.

"우리 지금까지 1년동안 연애 너한테는 너무 힘들었잖아. 유나 너는 얼굴도 이쁘고 능력도 좋고. 나보다 더 멋진 남자 만날 수 있잖아. 내가 가장 좋아하는 여자를 떠나 보낼 수 있는 용기가 그게 나한테는 사랑이야."

순간, 공기가 멈춘 듯했다. 유나는 한동안 아무 말도 하지 않았다. 그녀의 눈동자에 비친 나는, 아마도 비겁하고 어리석은 남자였을 것이다. 잠시 후, 유나는 내 손에서 신발 상자를 거칠게 빼앗더니 그대로 바닥에 내던졌다.

"…그게 나한테 할 말이야? 이게 네가 말하는 사랑이야? 나쁜 새끼야 기다려달라고 하라고. 아니 미안하다고만 하지 말고…. 나 너 기다릴 거야. 그게 2년이 됐든… 3년이 됐든 평생이라도."

그녀의 목소리가 떨리고 있었다. 그리고 그 떨림 속에는 분노보다 더 깊은, 상처 입은 사랑의 온기가 남아 있었다. 그때 안아줬어야 했다. 아니, 그냥 미안하다고, 기다려달라고 말했어야 했다. 나는 늘 환경을 탓했지만 난 가난했던 게 아니라, 마음까지 초라한 놈이었다. 유나의 눈물이 떨어지는 걸 보면 나도 무너질 것 같아서, 결국 겁쟁이처럼 도망쳤다. 집으로 돌아오는 길엔 비가 내렸다. 모든 게 끝난 줄 알았다. 내 첫사랑은, 병신 같은 내 선택들 때문에 그렇게 흩어지는 줄 알았다. 그런데, 집에 도착하자 유나가 있었다. 비에 젖은 머리카락 사이로 상처 난 팔과 무릎이 보였다.마치 나를 향해 달려오다 넘어져버린 사람처럼.

"…내 말 아직 안 끝났어. 너 혼자 헤어지자고 하면 그게 끝이야? 우리 사이가… 겨우 이 정도였어?"

유나는 흰색 니트 원피스 위에 얇은 베이지 카디건을 걸치고 있었다. 그날, 나는 그녀에게 "감기 걸리겠다"며 내 겉옷이라도 덮어줬어야 했다. 나는 그녀에게 '춥지? 집에 들어가서 이야기할까?'라고 이야기 했어야 했다. 하지만 이상하게도 그 순간, 따뜻한 말보다 차가운 결심이 앞섰다. '이제는 놓아줘야 한다. 그래야 유나가 더 좋은 사람을 만날 수 있다.' 그 어리석은 착각이 나를 지배했다. 유나는 문을 두드리며 울었고, 나는 그 문 하나 열어주지 못한 채 방 안에 웅크렸다. 그때 들리던 두드림 소리는 아직도 내 머릿속에 남아 있다. 그 소리와 함께 내 청춘도, 유나 덕분에 흐르게 된 시간도 다시 멈춘 것 같았다.

군대에 가서도 별반 다르지 않았다. 사범대 출신이라고 하니깐 무시당하는 일은 없었지만, 그만큼 말없이 버텨야 하는 시간이 많았다. 주어진 시간은 많았고, 그 시간만큼 유나의 얼굴이 자주 떠올랐다. 그날, 유나 집 앞에서, 우리 집 문 앞에서 그 모든 기회를 스스로 밀어낸 게 얼마나 어리석은 짓이었는지, 이제야 뼈저리게 느꼈다.

어느 날 불침번을 서던 밤, 똑같은 학교에 사범대 출신이라는 후배에게 무심코 말을 꺼냈다.

"너 혹시… 유나라고 알아?"

후임은 피식 웃더니 말했다.

"신유나 선배님 말씀하시는 겁니까? 그분, 저희 사이에선 전설이십니다. 철벽녀로 유명합니다. 후배들 다 한 번씩 차였습니다. 근데… 남자친구 있는 걸로 알고 있습니다."

"남친 있는 거 확실해?"

"후배들이 다가갈 때 남친 있다고 거절해서. 확실합니다."

그 말이 끝나자 이상하게 가슴 한쪽이 허물어졌다. 후배는 웃으며 말했지만, 나는 웃을 수가 없었다. 그때 처음으로 알았다. '행복해 보여서 다행이다'라는 말이 이토록 가슴을 저미게 할 수도 있다는 걸.

그렇게 군대를 전역하고, 복학까지는 대략 세 달 정도의 여유가 있었다. 군대에서 유나 생각이 너무 자주 떠올랐다, 유나를 잊기 위해 무작정 집을 나섰다. 걸음을 옮길수록 발끝이 자연스레 그 시절의 길로 향했다. 유나와 함께 첫 키스를 나눴던 곳, 그녀의 손을 꼭 잡고 웃으며 지나던 거리. 지금 그 길 위를 걷는 커플들의 얼굴에 너와 나의 얼굴을 겹쳐본다. 은은한 밤공기 속, 빗방울이 흙냄새를 깨웠다. 비 때문일까, 마음 때문일까. 모든 것이 그대로인데, 나만 그때로 돌아갈 수 없었다.유나와 나의 관계만이 달라진거 같다.유나에게 좋은 남친이 생겼으니 한 번쯤은 친구로서 전화를 걸어보자고 마음먹었다. 하지만 막상 손이 전화기에 닿으니 용기가 나지 않았다. '그래도 친구로서 거는 거니까…'라는 혼잣말로 내 마음을 달래며 버튼을 눌렀다. 몇 번의 연결음 끝에, 걸려온 전화 속 목소리는 시간을 거꾸로 돌리는 것 같았다.

"여보세요? 유나 맞아?"

잠시 정적이 흘렀다. 그리고 떨리면서도 익숙한 그 목소리가 들려왔다. "…그때 그렇게 잔인하게 차놓고, 지금 와서 왜 전화하는 거야? 군대 다녀왔으니까, 사귈 수 있다고 생각하고? 넌 내가 그렇게 쉬운 여자로 보이니?"

유나의 목소리에는 당혹감과 슬픔이 뒤섞여 있었다. 나는 급히 변명을 이어갔다.

"유나야… 그런 게 아니야. 그냥… 친구로서 연락한 거야. 친구로서…."

"친구로서? 너 그게 말이 된다고 생각해? 우리, 친구로 지낼 수 있다고 생각하는 거야?"

나는 잠시 숨을 고르고, 작게 목소리를 떨며 말했다.

"…그게… 남친 생겼다고 들었어. 그냥 축하해 주려고… 그냥 그래서 전화 걸었어. 내 전화 받기 싫으면 끊어도 돼…."

하지만 그 말에는 단 하나의 진실도 없었다. 나는 단 한 번도 유나를 친구로 생각한 적이 없었다. 다시 만나고 싶어서, 마음이 터질 것 같아서 전화를 걸었지만, 그녀가 싫어할까 두려워 거짓말을 한 것이었다. 그러자 유나의 목소리는 더욱 떨렸고, 분노와 상처가 뒤섞인 톤으로 터져 나왔다.

"내가 남친이 생겼다고…? 너, 진짜 왜 그래? 나, 2년 동안 너 기다렸어! 남친 있다고 말하고 다니면서… 진짜 왜 이렇게 바보처럼 생각하는 거야…."

내가 유나를 위한다고 했던 모든 행동들이, 그녀에게는 어떤 상처로 남았을까. 적어도 기다려달라는 한마디를 다른 연인들처럼 했다면, 아니면 군대에 있을 때 사랑한단 말 한마디라도 했더라면, 군대에서 나오는 휴가마다 다른 연인들처럼 짧은 하루라도 함께 사랑을 속삭였더라면, 유나의 청춘이 조금은 덜 비참했을지도 모른다. 거의 나의 일방적인 통보와 함께 유나의 번호를 차단했었는데 유나랑 통화하려고 보니깐 유나는 하루하루 빼놓지 않고 매일 같이 메세지를 보내왔었다. 2년이라는 긴 시간 동안 하루도 빼놓지 않고 메세지를 보내왔다. 유나가 보낸 메세지들은 유나의 사랑이 얼마나 큰지 또 유나가 얼마나 고민하고 메세지를 써서 보냈는지 알게 되니깐 그 메시지 하나하나가 내 심장에 박혀있는지도 몰랐던 녹슨 정처럼 박혀왔다. 나는 왜 내가 가장 사랑하는 사람에게 언제나 상처만 남기는 걸까. 지금이라도 용서를 구할 수 있다면, 어둠 속에서 사는 나에게 따듯한 햇빛같은 그녀가 구원해 줬으면 하는 마음에 그녀의 눈을 마주 보며 말하고 싶었다.

"유나야… 우리 만나서 이야기하자. 내가 네 집 앞으로 갈게. 이기적으로 행동해서 미안해. 꼭 와줘."

유나는 조용히 "알겠어" 한마디만 남기고 전화를 끊었다. 짧은 그 말이 귀에 남아 오래도록 진동했다. 군대에서 돌아오며 나는 조금은 달라졌다고 믿었다. 누구보다 단단해졌다고, 군대에 들어간다는 걸 안 가족들이 내게 '이제는 어른 같다'고 이야기해 줄 때마다 조금은 자라난 어른의 그림자를 내 안에서 찾곤 했다. 하지만 아니었다. 그날, 유나의 목소리를 듣는 순간 내 안의 모든 성숙은 산산이 부서져 버렸다. 진정으로 그녀의 청춘을 위했다면 그녀가 내 빈 시간을 2년 동안 품에 안고 살아왔다는 말을 들었을 때 화를 냈어야 했다. 왜 그랬냐고, 왜 나 같은 사람을 위해 그 아름다운 시간을 낭비했냐고. 그런데 나는 그러지 못했다. 오히려 그 말이 기뻤다. 아직도 내 이름이 그녀의 청춘 어딘가에 남아있다는 사실이, 그녀의 마음 한켠이 여전히 나를 향하고 있다는 확신이 이기적이게도 따뜻했다. 그 순간 깨달았다. 나는 결코 어른이 아니었다. 누군가의 사랑 위에서 안도하는 사람, 그 사랑의 무게를 이해하지 못한 채 스스로 성숙하다고 착각한 사람. 결국 나는 그녀의 청춘을 지켜준 적 없었다. 다만 그 위에서, 한때 나를 사랑했던 유나의 온기로 아직도 따뜻함을 느끼고 있을 뿐이었다.

유나의 집으로 향하는 길은 이상할 만큼 따뜻했다. 가을 햇살은 유리창에 부서져 눈부셨고, 길가에 피어오르는 담배 연기는 오래된 추억의 냄새처럼 내 코끝을 스쳤다. 그 연기 사이로 웃던 유나의 얼굴이 아른거렸다. 발걸음이 점점 느려졌다. 2년이라는 시간 동안 유나는 얼마나 변했을까, 아니면 나만 그때의 추억 속에 멈춰 있는 걸까. 그 생각이 스스로를 조여왔다. 혹시 내가 또다시 과거의 기억만 꺼내 그녀에게 상처를 주진 않을까 그런 두려움이 바람처럼 스며들었다. 오래된 골목을 따라 들어가자, 유나의 집이 보였다. 좁은 벽돌길, 낡은 가로등, 그리고 그때와 똑같은 문 앞의 화분들. 모든 것이 2년 전, 내가 겁쟁이처럼 등을 돌리던 그날의 모습 그대로였다. 내 청춘의 시간이 이 골목에서만 멈춘 듯했고, 나는 그 멈춘 시간 속으로 다시 걸어 들어가고 있었다. 유나의 집은 단순한 집이 아니었다. 그곳엔 내가 버리고 온 사랑이 있었고, 유나의 집에 돌아올 수 없다고 믿었던 죄가 함께 숨 쉬고 있었다. 나는 지금, 사랑과 죄가 맞닿아 있는 그 문 앞에 서 있었다.

"유나야 있어?"

문을 약하게 두드렸다. 문이 열리고, 유나가 나왔다. 순간, 세상이 고요해졌다. 바람도, 햇살도, 내 숨결도 모두 멈춘 듯했다. 2년이라는 시간이 그녀의 얼굴 위를 천천히 흘러간 흔적이 있었다. 한때 가을의 햇살처럼 환히 웃던 미소는 사라지고, 대신 그 눈가엔 오래된 그늘이 드리워져 있었다. 길게 자란 머리카락이 바람에 흩날릴 때마다 내가 건드릴 수 없게 멀어진 시간들이 함께 흔들렸다. 그 얼굴을 마주보는 일이 반갑기보다 아팠다. 내가 만든 상처가 아직 그녀의 표정 속 어딘가에 살아 숨 쉬고 있는 것 같아서, 숨이 막혔다. 나는 아무 말도 하지 못한 채 유나를 끌어안았다. 그리움 때문이 아니었다. 내가 무너뜨린 시간 위헤서라도, 이렇게라도 안아줘야 할 것 같았다. 마치 그 품 속에서만 내 잘못이 조금은 용서받을 수 있을 것처럼 나는 그렇게 유나를 안고, 오랫동안 울었다.

"그만 울어, 바보야."

유나의 목소리는 떨리면서도 단단했다.

"나 살아 있잖아. 그럼 된 거야. 일어나."

"유… 유나야, 미안해. 정말 내가 다 잘못했어. 나 앞으로 잘할게. 한 번만, 단 한 번만 다시 기회를 줘."

내 얼굴이 지금 어떤 표정을 짓고 있는지, 나조차 알 수 없었다. 웃고 있는 건지, 울고 있는 건지, 그 경계가 흐릿했다. 유나는 그 표정을 잠시 바라보다가, 한숨처럼 말을 내뱉었다.

"아, 알겠으니까 그만 매달려. 알겠으면… 앞으로 잘하고. 알겠어?"

나는 고개를 격하게 끄덕였다.

"응! 진짜로 잘할게. 앞으로는 유나 너한테 부담스러울 만큼 매달릴 거야. 그 정도로, 정말로 잘할게."

유나는 대답하지 않았다. 다만 살짝 고개를 돌려 눈가를 닦았다. 그 움직임이 말보다 더 많은 걸 전하고 있었다.

이후의 학교 생활은 유나 덕분에 참 따뜻했다. 복학 후 달라진 시스템이 낯설어 헤매던 날들, 언제나 내 옆에는 유나가 있었다. 수업 신청을 도와주고, 새로운 친구들과 자연스럽게 어울릴 수 있도록 옆에서 웃어주던 사람. 그 덕분에 다시 학교라는 세상에 스며들 수 있었다. 여전히 돈은 없었고, 가난한 대학생이라 하루 세 끼를 채우기도 빠듯했지만 유나와 같은 길을 걷는다는 사실 하나만으로 마음이 부유했다. 유나의 웃음은 내 마음의 계절을 바꾸는 햇살 같았다. 그 눈가에 오래 머물던 그늘이 서서히 지워지고, 이제는 우리가 처음 만났던 그날처럼, 가을의 햇살 아래 환하게 웃는 여자가 되어 있었다. 나는 그 웃음을 볼 때마다 확신했다. 이 사람이라면, 내 평생을 함께해도 괜찮겠다고. 유나는 언제나 현실적이었고, 무언가를 결정할 때면 한 번 더 생각하는 분석적인 사람이었다. 그런 유나가 내 곁에 있다는 건, 내 가난한 청춘이 세상에 받은 가장 큰 축복이었다. 복학을 한 뒤 유나에 대해서 여러 가지 알게 된 사실이 있는데 유나가 가장 좋아하는 말이 있다. 복학하고 나서는 두 학년 더 앞서나간 그녀가 조금은 먼 존재가 된거 같았지만, 내가 "선배님!" 하고 부르면 유나의 볼은 금세 부드럽게 붉어졌다. 그 작은 홍조 하나에도, 나는 마음속 깊이 설렘을 느꼈다. 선배라는 단어가 그녀에게 어떤 작은 기쁨이, 설렘이 되는지, 그 미묘한 반응 하나하나가 내게는 세상에서 가장 아름다운 순간처럼 다가왔다.

"유나, 선배님~."

"아니, 그렇게 부르지 말라니까! 하… 아무튼, 왜 그래, 자기야?"

유나는 얼굴에 붉은 홍조를 띄우며 말했지만, 그 목소리에는 어쩔 수 없는 장난기가 묻어 있었다.

"아, 그게… 내일 우리 학교 축제 있잖아. 자기 보러 갈 거야?"

"우리 학교 축제야? 재미없기로 유명하긴 한데… 그래도 너 가면 가야지 뭐."

그녀의 목소리에는 기대와 설렘이 섞여 있었고, 나는 그 떨림에 마음이 저렸다.

"그래? 그럼 같이 가자!"

"근데 자기는… 나 군대 가 있는 동안에 MT도 안 갔어?"

"MT? 무슨 MT… 그게… 너 생각만 나서 나한테 그렇게까지 상처를 줬는데, 계속 생각났다니까…."

말끝을 흐리며 나는 눈길을 피했지만, 유나는 여전히 내 말을 믿기 어려운 듯 살짝 눈을 가늘게 뜨며 나를 바라보았다. 그 순간, 말보다 서로의 감정을 읽는 긴장감이 공간을 채웠다.

"아, 그거 말하지 말라니까… 내 흑역사라고. 자기가 다른 동기들한테도 이야기했으면, 나 진짜 학교에서 얼굴을 어떻게 들고 다니겠어…" 유나는 말하면서도 살짝 눈을 내리깔고, 볼이 붉게 달아올랐다.

"나였으니까 말 안 한 거야, 바보야. 그러니까 앞으로든 언제든 평생이라도 나한테 잘해."

나는 장난기 섞인 미소를 띠며 그녀를 바라보았다.

"ㅎㅎ 역시 우리 자기 최고야, 정말…."

유나는 작은 웃음을 터뜨리며, 그 웃음 속에 나만 아는 설렘과 안도감이 섞여 있었다.

그 순간, 말보다 마음이 더 가까워지는 느낌이 들었다.

그렇게 축제 당일이 되었다. 나는 약속 시간보다 열 분이나 더 일찍 도착했다. 괜히 미리 와서 거울을 몇 번이나 들여다봤지만, 머리 모양도 옷차림도 마음에 들지 않았다. 그러다 유나가 나타났다. 흰색 크롭 블라우스에 연한 하늘색 청치마, 그리고 새하얀 운동화. 햇빛이 유나의 어깨 위에 부서지며, 그 모습은 그저 '아름답다'라는 말로는 부족했다. 그 순간 내 옷차림이 유난히 초라하게 느껴졌다.

"유나야, 엄청 꾸미고 왔네… 나 완전 평범하게 입고 왔잖아. 유나 너 앞에 서면 나 되게 초라해 보인다니까."

유나는 내 말을 듣고는 가볍게 웃었다. 그 웃음은 바람에 흩날리는 벚꽃잎처럼 여유롭고 따뜻했다.

"아니야, 너도 괜찮게 입었어. 그냥 네가 원래 그런 스타일이잖아. 나야 뭐, 오랜만에 축제라 좀 신경 쓴 거지."

"그래도 너무 차이나잖아. 나 혼자 그냥 축제 놀러온 아저씨 같잖아. 삐질 거야, 진짜."

내가 괜히 입술을 내밀자, 유나는 피식 웃으며 내 머리를 쓱 쓰다듬었다. 손끝이 머리에 닿는 순간, 바람이 멈춘 듯 가슴이 철렁 내려앉았다.

"아니, 이런 건 남자가 여자한테 하는 거라니까… 왜 자꾸 나를 애처럼 대해."

"애라니, 귀여워서 그런 건데. 됐고, 우리 들어가자. 늦겠다."

"응… 알겠어. 근데 귀엽다는 말 취소해 나 안 귀엽고 멋져."

"멋진건 모르겠고 그냥 귀엽기만 하다니깐."

유나는 그렇게 말하며 앞서 걸었고, 나는 그 뒤를 따라 걸었다. 캠퍼스 안은 온통 웃음소리와 음악으로 가득했다. 각 학과마다 꾸며놓은 부스에서는 튀김 냄새와 달콤한 솜사탕 향이 뒤섞여 흘러나왔고, 사람들의 웃음이 봄바람처럼 가볍게 흩어졌다. 우리가 처음 향한 곳은 사격 부스였다. 군필에다 총쏘기엔 나름 자신이 있었지만, 막상 장난감 총을 손에 쥐니 이상하게 손끝이 어색했다. "잘 맞겠지" 싶었는데, 결과는 초라했다. 4000원을 내고 얻은 건 손바닥만 한 작은 인형 하나.

"유나야, 이거 가져가."

나는 민망함을 숨기려는 듯 툭 내밀었다.그러자 유나는 눈을 반짝이며 인형을 받아 들었다.

"이거 진짜 귀엽다! 근데 왠지 너 닮은 것 같아."

그녀는 그렇게 말하며 깔깔 웃었다. 그리고는 매고 있던 크로스백에 인형을 달았다. 그 조그만 인형이 흔들릴 때마다 햇빛이 반짝였다.

"내가 이거 평생 간직할 거야.

자기가 군대 갔다 와서 처음 준 선물이라, 뭔가 되게 소중해 보여." 유나는 그 말을 하며 인형을 한참 동안 만지작거렸다. 나는 괜히 웃음이 새어 나왔다. 4000원짜리 인형이 이렇게 빛날 수도 있다는 걸, 그 때 처음 알았다.

"자기야, 이제 다음 부스로 가자~."

"어디로 갈 건데?"

"음… 네가 또 못할 만한 곳으로?"

유나의 장난스러운 눈빛에, 나는 괜히 또 긴장이 됐다. 여러 부스를 함께 돌아다니던 중, 우연히 같은 학과에 여후배를 마주쳤다. 그녀는 반가운 얼굴로 내 이름을 부르며 웃었다. 잠시 대화를 나누는 동안, 유나의 손끝에서 미묘하게 힘이 빠져나가는 게 느껴졌다. 후배가 떠나고 나자, 그 부드럽던 공기가 갑자기 찬바람으로 식었다.

"야, 좋았냐?"

유나의 목소리는 억눌러온 감정이 새어 나오는 듯 떨렸다.

"그게 무슨 소리야, 유나야….";

"아니, 여후배가 '오빠, 오빠' 부르니까 기분 좋았냐고. 그년은 왜 오빠라고 하는 거야? 선배라고 해야 하는 거 아니야? 아니면 내가 여친인 거 모르고 저러는 거야?"

그녀의 눈동자엔 분노보다 더 깊은 무언가, 불안이 깃들어 있었다.

"후배한테 '그년'이 뭐야, 자기야….";

"됐고, 걔 이름 뭐야? 그년이 너 좋아하는 티 다 내잖아. 나 질투하라고 일부러 그러는 건가? 진짜 어이없다."

그 말을 하고 난 후 유나는 어이가 없다는 듯 죄 없는 머리카락을 여러 번 쓸어내렸다. 그 말에 내 안쪽에서 뭔가 터졌다. 그동안 꾹꾹 눌러온 열등감과 피로, 그리고 유나에게 느끼던 작고 비겁한 감정들이 한꺼번에 쏟아져 나왔다.

"신유나, 너 좋아하는 남자애들이 더 많겠지. 나 좋아하는 여자애들보다 훨씬. 그럼 그 애들 하나하나 다 확인해봐야 해? 나는 널 믿으니까 아무 말도 안 하잖아. 그런데 넌 왜 나를 믿지 못하냐고."

유나는 나를 똑바로 바라봤다. 그 눈빛은 흔들리지 않았다.

"난 너처럼 웃어주지 않았잖아. 누가 다가오면, 딱 잘라서 말해. 근데 넌… 네가 방금 어떤 표정으로 그 후배를 보고 있었는지도 모르지?"

그녀의 말끝이 떨어지는 순간, 공기 속에 싸늘한 정적이 흘렀다. 서로를 향한 마음이 여전히 크다는 걸 알면서도, 우린 그 사랑을 가장 서툰 방식으로 확인하고 있었다.

"됐고, 걔 이름 뭐냐고 묻잖아."

"…유나야, 나 한 번만 믿어주면 안 돼? 그냥 진짜 후배라고 생각하고 웃어준 거야. 별다른 뜻은 없었어…."

나는 더는 말을 잇지 못하고 유나를 끌어안았다. 그녀의 몸은 한겨울 바깥 공기처럼 차가웠다.

살결에 닿은 냉기가 마치 내 잘못을 꾸짖는 듯했다. 그녀의 눈동자조차 눈처럼 맑고, 또 눈처럼 차가웠다.

"넌 맨날 이렇게 해결하려고 해 여기서 화내면 내가 나쁜 사람 되는 거 같잖아…."

내 간절한 말에 유나의 얼어붙었던 눈이 천천히 녹았다. 유나의 무너질 듯한 목소리에 날 아직 사랑한다는 마음이 숨겨있었던 거 같았다. 하지만 그 사랑이 내가 유나를 방치하고 나서 얼마나 다른 의미로 변질되었는지 또 너무 차가워져서 닿기만 해도 아픈 사랑이 되어버린 거 같았다.

"자기야, 기분 풀고 우리 공연 보러 갈까? 오늘 유명한 밴드 온다던데, 보러 가야지."

"…아, 알겠어. 가자."

유나의 표정에는 아직 조금의 서운함이 남아 있었지만, 나는 그 미묘한 그림자 속에서 안도의 숨을 내쉬었다. 공연장으로 향하는 길은 생각보다 멀고, 또 길었다. 유나의 기분을 풀어주느라 진이 빠진 몸이었지만, 저 멀리서 들려오는 음악 소리가 서서히 두 사람의 마음을 덮어주는 듯했다.

"유나야, 이 노래 좋아해?"

"응. 내가 제일 좋아하는 노래야. 그 밴드 왔나 봐, 빨리 가보자!"

"ㅋㅋ 그럼 나중에 내가 불러줄까?"

"아, 노래 망치지 마. 바보야."

유나의 입꼬리가 살짝 올라갔다. 그 미소 하나에 공연장 불빛보다 더 환한 온기가 번졌다. 간신히 풀린 마음이었지만, 그날의 유나는 축제의 한가운데서 세상 누구보다 눈부셨다. 밴드의 마지막 곡이 흐를 때, 유나는 가사를 따라 부르기 시작했다. 그 목소리는 사람들의 함성 속에서도 또렷이 들렸다. 조명 아래에서 웃으며 노래를 부르는 그녀의 모습은 마치 한 편의 아름다운 시를 읊는 듯 보이기도 했고 어느 유명한 미술가의 명화 같기도 했다. 재미없는 우리 학교의 축제에도 자랑은 있었다. 그건 축제가 끝날 때마다 하는 불꽃놀이였다. 불꽃놀이를 할 때 커플이 키스를 하면 영원히 사랑이 이루어진다는 속설은 우리 학교에서 이미 유명하다. 불꽃이 터지기 전, 축제의 거리는 여전히 사람들의 열기로 가득 차 있었다. 그러나 유나는 조용히 내 손을 끌며 말했다.

"우리… 불꽃놀이는 다음에 보자. 너무 늦을 거 같아."

유나는 그 속설을 모르나보다. 그 말에 우리는 사람들 사이를 빠져나와 축제장을 벗어났다. 멀어지는 음악소리와 함께, 뒤에서 들려오는 환호성은 점점 작아졌다. 대신 우리 사이엔 조용한 밤공기와 서로의 숨결만이 남았다. 집으로 향하는 길, 유나의 손이 내 손을 꼭 잡았다. 그 온기가 믿기지 않을 만큼 따뜻했다. 그 손끝에서부터 마음속 깊은 곳까지 무언가가 천천히 녹아내렸다. 유나에 대한 열등감과 불안이라는 커다란 얼음조각이, 그녀의 온기로 인해 사랑이라는 물로 변해가는 걸 느꼈다. 잠시 후, 하늘이 반짝였다. 축제장에서는 마지막 불꽃놀이가 막 시작된 모양이었다. 우리가 걷던 골목길에는 아무도 없었지만, 하늘은 마치 우리 둘만을 위해 열려 있었다. 파란 불꽃이 하늘을 가르고,

붉은 불꽃이 그 뒤를 따랐다. 노란 불꽃이 천천히 터지며 밤하늘을 물들였다. 유나는 그 빛을 바라보며 어린아이처럼 웃었다.

"유나야, 화는 풀렸어?"

"음… 모르겠는데, 아직 조금은 화난 거 같아."

"아이구… 그럼 내가 어떻게 하면 풀릴까?"

"그건… 네가 더 잘 알 거 같은데?"

그 순간, 유나는 나를 바라봤다. 불꽃의 빛이 그녀의 눈동자에 일렁였고, 그 안엔 나를 향한 수많은 감정이 뒤섞여 있었다. 서운함, 그리움, 그리고 사랑. 나는 숨을 삼켰다. 시간이 느리게 흘렀다. 그리고 유나가 천천히 다가와 내 입술에 입을 맞췄다. 불꽃이 다시 하늘을 가르며 터졌다. 하늘이 붉게 물들었고, 그 빛이 우리를 감쌌다. 세상이 소리를 잃은 듯, 모든 것이 멈춰 있었다. 남은 건 유나의 입술, 그녀의 따뜻한 손, 그리고 내 가슴 속 뛰는 소리뿐이었다.

그날 밤, 불꽃 아래에서의 그 순간은 내 마음속에 한 장의 사진처럼 남았다. 시간이 아무리 지나도 바래지 않을, 영원히 빛나는 우리의 한 장의 사진으로 내 청춘이라는 사진집에 가장 좋은 자리에 위치해 있을 것이 분명했다.

그렇게 하루하루가 숨 가쁘게 흘러갔다. 캠퍼스의 계절이 몇 번을 바뀌는 동안, 유나와 함께한 대학 생활은 설렘과 웃음으로 가득했다. 도서관의 불빛 아래서 함께 졸던 밤들, 비 오는 날 우산을 함께 쓰고 걸었던 그 좁은 인도, 그리고 사소한 농담 하나에도 깔깔대던 시간들. 그 모든 순간이 마치 영화의 장면처럼 흘러갔다. 하지만 시간이 흐르자, 그 따뜻했던 시간의 끝에 어느새 '현실'이라는 단어가 조용히 걸려 있었다. 유나는 4학년이 되자마자 임용고시 준비에 매달렸다. 우리 사범대생에게 있어서 그 시험은 단순한 '시험'이 아니라, 인생을 가르는 문이자, 자신을 증명하는 마지막 관문이었다. 모두가 교단 위의 자신을 그리며 살아왔기에 그 문턱에서 넘어지면 모든 것이 무너지는 기분이 들

것이다. 유나도 예외가 아니었다. 평소엔 누구보다 밝고 단단했던 그녀였지만, 시험이 다가올수록 눈빛 속에서 빛이 조금씩 사라졌다. 밤마다 독서실로 향하는 뒷모습은 점점 멀어지고, 우리의 대화는 짧아지고, 웃음 대신 한숨이 늘어갔다.

나는 점점 불안해졌다. 혹시 내가 그녀의 곁에 있는 것이 공부의 방해가 되는 건 아닐까. 내가 주는 위로가 오히려 그녀의 집중을 흐트러뜨리는 건 아닐까. 그렇게 나는 조심스레, 그리고 점점 멀게 그녀를 바라보았다. 그러나 결과는 냉정했다. 그토록 노력했던 첫 번째 임용은 냉정하게도 그녀의 이름을 외면했다. 유나는 아무 말도 하지 않았다. 그저 책상 위에 놓인 펜을 오래도록 쥐고 있었다. 그 손끝의 미세한 떨림이, 말보다 더 큰 절망이었다.

"괜찮아. 다음엔 잘될 거야."

그렇게밖에 할 수 없었다. 다시 한 번의 도전이 이어졌지만, 이번에도 아름답던 세상은 햇살과도 같은 그녀의 손을 잡아주지 않았다. 시험장 앞에서 흐릿하게 웃던 그녀의 얼굴이 지금도 내 기억 속 어딘가에서 천천히 무너진다. 사범대의 교정은 언제나와 다를 바 없이 조용했지만, 그날따라 유난히 바람이 차가웠다. 그녀의 이름이 불리지 않은 그 순간, 내 마음속에서도 무언가가 서서히 내려앉았다.

유나는 교문 앞 계단에 앉아 있었다. 늦은 오후의 햇살이 교정을 스치고 있었지만, 그 빛은 유나의 얼굴까지 닿지 못했다. 그녀는 고개를 숙인 채, 조용히 손끝을 비비고 있었다. 나는 무슨 말부터 꺼내야 할지 몰라 한참을 서 있었다가, 결국 아무 말 없이 다가가 그녀를 꼭 안았다. 난 내 무력함을 깨달았다. 가장 사랑하는 여자가 가장 힘들때 할 수 있는게 단지 안는 것밖에 없다는 사실이 내 자신이 너무나 충격적으로 다가왔다. 난 내 무력함에 분노했다. 그녀의 어깨는 너무나도 가벼웠다. 마치 긴 시간 동안 버텨온 무게가 이제야 무너져 내리는 듯, 그녀의 몸이 내 품 속에서 서서히 흔들렸다. 유나의 표정은 더 이상 계절을 바꾸는 햇살 같지 않았다. 그 미소는 사라지고, 남은 건 묵직한 고요와 끝없이 쏟아지는 눈물뿐이었다. 나는 그저 그녀의 머리칼을 쓸어내리며 낮게 속삭였다.

"유나야, 괜찮아… 응? 다시 하면 돼. 너라면, 진짜로 할 수 있어. 이번엔 나도 같이 하잖아. 우리 둘이서, 다시 시작하자. 응?"

하지만 그 말이 끝나기도 전에 유나의 목소리가 흔들리며 내 품 속에서 새어 나왔다.

"그러다가… 너만 붙고 내가 또 떨어지면? 그럼 우리 사이는 어떻게 되는 건데? 그럼 나는 대학생 때 추억만 이야기하고 넌 학생들이랑 있었던 일 이야기하겠네? 그럼 어떻게 되는 거야? 너는 '선생님'이 되고, 난 그냥 '강사'면… 그럼… 우리, 예전처럼 웃을 수 있을까?"

그녀의 말은 날카롭지 않았다. 그저 절망의 끝자락에서, 스스로를 지키려는 속삭임 같았다. 세상을 탓하지 않고 자기 탓을 하는 그런 유나가 미치도록 안쓰러웠다. 최선을 다했는데도 닿지 않는 현실 앞에서, 내 앞에서 한 인간이 무너지려고 한다. 그런 유나를 나는 최대한 밝은 표정을 지으며, 한없이 공허하고 넓은 어두운 바다와 같은 유나의 눈을 마주봤다.

"아니야, 유나야. 넌 진짜로 할 수 있어. 다음에는 꼭 붙을 거야. 내가 옆에 있을 거고, 너는 고생길 없이 살 수 있을 거야. 정말이야. 내가 확신해."

그 말에 유나는 고개를 들었다. 눈물로 번진 눈동자 속엔 불안이 소용돌이쳤다.

"…진짜? 나… 너무 무서워. 임용고시에서 떨어지는 게 무서운게 아니라, 떨어지면서 변해가는 내가 무섭다고… 그때마다 너한테 상처 주고, 나도 상처받고, 그게 너무 두렵다, 진짜로…."

그녀의 떨리는 목소리가 마치 오래된 바이올린 처음 잡은 아이가 서툴게 줄을 긁는 듯, 애처로운 여운을 남기며 공기를 흔들었다. 나는 대답 대신 그녀의 뺨을 손끝으로 닦아주었다. 그 눈물의 온기는, 겨울 끝의 마지막 온기처럼 따뜻했다. 그리고 그날, 우리는 아무 말 없이 오래도록 서로를 안고 있었다. 세상은 어둠으로 스며들고 있었지만, 그 품 안에서는 단 한 줄기 빛이 남아 있었다.

나도 유나와 함께 임용고시 준비를 시작했다. 책상 앞에 앉아 새벽까지 책장을 넘기던 날들이 반복될수록 유나가 무엇을 그토록 두려워했는지, 그녀의 떨림과 불안이 어떤 무게였는지 조금씩 알 것 같았다. 같이 공부한다는 건 함께 걷는다는 말이 아니었다. 각자의 길 위에서 서로의 그림자를 바라보는 일이었다. 하루하루가 경쟁이었고, 그 경쟁 속에서 사랑을 지킨다는 건 생각보다 훨씬 고된 일이었다. 언젠가는 지나가겠지. 그렇게 스스로를 다독이며, 묵묵히 책을 폈다. "난 유나보다 뛰어나지 않으니까, 그냥 버티자. 붙자. 나란히 붙는 것만이 살 길이다." 그게 내 좌우명이었다. 나는 그때 처음으로 깨달았다. 성장은 스스로의 부족함을 인정하는 데서 시작된다는 걸. 그걸 인정한 순간, 이상하게 마음이 가벼워졌다. 유나와 나, 그 벽을 함께 넘으면 우리의 관계는 더 단단해질 거라 믿었다. 서로를 이해하고, 인정하고, 평생의 동반자로 살게 될 거라는 그 믿음 하나로 나는 또 하루를 버텼다.

그리고 어느 날, 유나와 나, 우리는 같은 날 시험장을 나왔다. 모든 게 끝났다는 안도감이 우리 얼굴에 번졌다. 유나는 숨을 고르며 내게 말했다.

"나… 진짜 잘 본 것 같아. 실력발휘 제대로 했어. 자기는 어땠어?"

나는 피식 웃으며 대답했다.

"나도 잘 본 것 같아. 우리 나란히 붙는 거 아니야? 같은 고등학교 들어가서 같이 일하면… 얼마나 좋을까?"

그때 유나는 소리 내 웃었다. 그 웃음은 오랜 시간 시험지와 불안 속에 묻혀 있던 봄빛 같았다. 그리고 정말로, 임용고시의 결과는 우리의 노력을 배신하지 않았다. 우린 나란히 합격했다. 결과를 확인하던 그날 밤, 유나의 눈동자는 마치 오랜 겨울 끝의 별처럼 반짝였다. 나는 그 빛을 평생 잊을 수 없을 것 같다. 발령이 나기까지는 짧게는 6개월, 길면 1년하고 6개월이 넘게 걸리기도 한다. 짧다면 짧고 길다면 긴 시간이었다. 그 시간 동안 우리는 매일 미래를 그렸다.

"유나야, 우리 이제 발령도 났고… 이제 교사 되고 안정적으로 월급도 받으면 결혼하자. 평생 같이 살자."

그 말을 들은 유나는 한참을 바라보다 천천히, 너무도 환하게 웃었다. 그 미소에는 봄의 햇살과 여름의 바람, 그리고 우리가 견뎌온 모든 겨울이 녹아 있었다.

"당연한 거 아니야?"

유나는 웃으며 말했다.

"너, 나 아니면 누구랑 결혼할 건데?"

그 말에 나는 웃었다. 아무 대답도 할 수 없었다. 그저 그 순간, 모든 불안과 노력과 시간이 한 장의 사진처럼 내 마음속에 멈춰 있었다. 그리고 그 사진 속엔 내가 사랑한 사람, 내가 버티게 한 이유, 그리고 내가 살아가는 이유인 유나가 있었다.

우리들의 미소는 영원할 거 같은 사랑을 속삭이는 거 같았다. 희망하는 학교는 유나와 같은 학교로 똑같이 적었고 2지망이랑 3지망도 유나와 최대한 자주 마주칠 수 있는 곳으로 썼다,

하지만 우리의 사랑을 시험하는 것처럼 유나와 나는 같은 학교로 가지 못하고 갈렸다. 그래도 유나는 괜찮다며 웃었다

"서로 더 많이 사랑해주면 되지. 남들은 다 권태기 권태기 그러는데 우리는 뭐 권태기도 없고 임용고시라는 가장 힘든 산도 넘어왔고 그냥 이대로만 쭉 갔으면 좋겠다. 그치?"

유나는 가볍게 웃으며 말했다.

"그러게 난 이렇게만 쭉 갔으면 좋겠네, 정말로."

그렇게 임용 대기 기간 동안, 유나와 나는 서로의 부모님께 인사를

드리러 다녔다.

그날, 나는 과일 한 보따리를 들고 유나의 집 앞에 서 있었다. 이름 있는 정장집에서 유나가 사준 새 정장이 어쩐지 내 어깨를 더 무겁게 눌렀다. 손바닥은 식은땀으로 젖었고, 가슴속에서는 심장이 규칙을 잃은 듯 덜컥거렸다.

"자기야, 나 너무 긴장되는데… 어떡해?"

"괜찮아. 내가 있잖아. 우리 부모님께 인사드리고, 우리 관계도 솔직히 이야기하자. 그래야 우리 엄마 우리 아빠도 우리를 진심으로 봐주실 거야."

유나의 말은 따뜻했지만, 그 따뜻함조차 내 속을 더 조이게 했다. 현관문을 열고 들어가자, 집 안엔 오래된 가구의 나무 냄새와 삶의 흔적이 섞인 공기가 감돌았다. 우리 집과 닮은 공간이었다. 묵직한 공기 속에 가난의 냄새가 은은히 배어 있었지만, 이상하게도 그 냄새가 나를 조금은 안심시켰다. 거실 소파에 앉아 있던 유나의 부모님은 말없이 우리를 바라봤다. 나는 허리를 깊게 숙였다.

"안녕하세요, 어머님. 유나와 진지하게 만나고 있는-"

내 말이 끝나기도 전에, 어머니의 말이 날 잘랐다.

"그래서, 직업이 뭔데?"

그 순간, 목에 걸린 말들이 모두 돌처럼 굳어버렸다.

"저… 그… 지금 유나랑 같이 임용고시에 합격해서, 발령을 기다리고 있습니다."

"허…."

짧은 한숨과 함께 어머니는 눈을 피했다.

"내 딸을, 월급 얼마 안 되는 선생한테 시집보내려고 그 고생을 시킨 게 아닐 텐데."

그 말은, 단칼처럼 마음을 베어냈다. 어머니는 자리를 박차고 일어나 안쪽 방으로 사라졌다. 거실엔 유나의 숨소리만 남았다. 그녀는 잠시 아무 말도 못하다가, 이를 악물고 어머니의 뒤를 쫓았다. 문 너머에서 날카로운 말들이 몇 번 오가더니, 금세 유나가 울먹이는 얼굴로 나왔다.

"자기야, 가자. 엄마가 지금 예민해서 그래."

나는 말없이 고개를 끄덕였다. 신발을 신으며 문틈으로 흘러나온 집 안의 온기가 발끝을 스쳤다. 문이 닫히는 순간, 그 온기는 바깥의 찬 공기 속으로 흩어졌다. 사실 생각해보면, 유나 어머님의 마음도 이해가 갔다. 예쁘고 총명한 외동딸을 밤낮없이 일해가며 키워온 사람의 마음이 얼마나 단단하고, 또 얼마나 불안했을까. 그런 딸이 데려온 남자가, 나같은 사람이라면 나였어도 화냈을 것 같다. 문득 그런 생각이 들었다. 사랑은 용기만으로는 버틸 수 없다는 걸, 내가 많이 노력을 해야겠는 걸.

한 달쯤 뒤, 이번엔 유나가 우리 집으로 왔다. 그녀는 밝게 웃으며 어머니의 잔소리에도 공손하게 대답했고, 아버지의 농담에도 웃음을 터뜨렸다. 그날 저녁, 식탁 위엔 김이 모락모락 나는 찌개와 웃음이 함께 올랐다. 유나가 오고 나서의 우리 집은 마치 오래된 난로가 다시 켜진 듯했다. 겨울 속에서도 한기가 아닌, 사람 냄새가 피어올랐다. 식사가 끝나고, 어머니가 나를 부르셨다.

"그 여자, 참 괜찮다. 결혼하기에 저런 사람 또 없다. 절대 놓치지 마라."

그 말에 괜히 가슴이 뜨거워졌다. 아이러니하게도, 유나와 내가 서로의 집에 들어갈 때의 표정은 비슷했지만 나올 때의 표정은 완전히 반대였다.

며칠 후, 유나와 함께 집에서 영화를 보다가 그녀가 문득 내 쪽으로 몸을 기울이며 말했다.

"우리 그냥… 동거하자. 나 월세도 아깝고, 너랑 더 많이 보고 싶어."

"그래도 유나야, 너희 부모님이 아시면-"

"아니, 그러니까 몰래 하자는 거잖아, 바보야."

그녀는 웃으며 이미 결정을 내린 얼굴이었다. 결국, 내가 허락하기도 전에 그녀의 짐들이 하나둘 내 방에 들어왔다. 화장실엔 칫솔이 두 개가 되었고, 수건은 서랍에서 넘쳤다. 이불은 두 겹으로 포개졌고, 침대는 언제부턴가 작게 느껴졌다. 동거를 시작하고 달라진 건 그런거 밖에 없었지만 공기의 밀도는 달라졌다. 서로의 체온이 한데 섞여, 새벽 공기가 조금 더 부드러워진 것 같았다.

그 무렵, 유나는 나보다 먼저 발령 소식을 받았다. 그녀가 가게 된 곳은, 이름만 들어도 사람들이 감탄하는 명문 여고였다. 합격 소식을 듣던 날, 그녀는 평소보다 말이 적었다. 아마도 기쁨과 두려움이 한데 얽혀 있었을 것이다. 발령 첫날, 나는 유나를 학교 앞까지 데려다주었다. 버스 창밖으로 스쳐가는 봄빛이 유난히 밝았다. 유나는 가방을 꼭 쥐고 앉아 있었다.

"유나야, 우리 집에 인사드리러 갔을 때보다 지금이 더 긴장돼?"

"아니, 그땐 진짜… 심장 터질 것 같았어.

근데 지금은 그냥… 내가 어른이 되는 느낌이야." 그녀의 말에 잠시 아무 말도 하지 못했다. 버스가 멈추고, 그녀가 내렸다. 정문 앞에서 돌아본 그녀는, 조금 달라져 있었다. 두려움보다는 책임감이, 설렘보다는 단단함이 서려 있었다. 나는 그 모습을 오래 바라봤다. 그 뒤에 나는 버스를 타고 다시 우리 집으로 향했다. 유나가 없는 집은 뭔가 괴리감이 느껴졌다. 점심 시간이 되고 혼자서 점심을 해결하고 양치를 할 때 오랜만에 거울을 봤다. 얼굴은 오후 다섯 시 햇빛 같았다. 눈부시지 않지만, 방 안 구석까지 따뜻하게 물들이는 그런 빛같다 햇빛 같은 유나의 얼굴을 받쳐주는 그런 얼굴이였다.

이후 몇 달이 지나고, 나 또한 발령이 났다.

교사로서의 첫 출근날, 내가 배정된 곳은 지역에서 꼴통 고등학교라 불리는 학교였다. 그 이름이 말해주듯, 이곳의 공기는 아침부터 묘하게 눅눅했다. 학교로 향하는 길은 분명 설레였다. 유나와 함께 꿈꾸던 '교사로서의 첫 발걸음'을 드디어 내딛는 날이었으니까. 하지만 학교 앞 인도에 흩어진 담배꽁초며 벽에 희미하게 남은 낙서를 보는 순간, 내 가슴 한쪽에서 설렘은 조금씩 무게를 잃어갔다. 정문을 지나 교무실 문을 열 때까지만 해도 괜찮았다. 그러나 교실 문을 열자마자, 나는 숨을 고를 수밖에 없었다. 내가 생각한 교사의 생활과는 생각보다 많이 달랐다. 창가 쪽에 기대앉아 귀걸이를 만지작거리던 아이, 책상 위에 다리를 올리고 하품을 하던 아이, 그리고 내 시선을 피하듯 고개를 숙인 아이들. 모두가 제각각의 세상에 머물러 있었다. 나는 잠시 숨을 고르고, 유나가 선생님이 된 걸 축하하며 맞춰준 새 양복의 단추를 한 번 만졌다. 그 단단한 감촉이, 내게 지금 내가 '교사'라는 걸 알려주는 유일한 증거였다.

그렇게 첫 출근을 마치고, 퇴근 시간이 되었다. 낡은 복도를 걸어 나오는 동안 내 머릿속에는 하루 종일 학생들의 무표정한 얼굴이 맴돌았다 '내가 저 아이들을 어떻게 이끌 수 있을까. 어떻게 해야, 진짜 마음을 열게 만들 수 있을까.' 아무리 생각해도 뚜렷한 답은 떠오르지 않았다.그래도 이상하게, 아이들의 눈빛 속엔 완전히 닫혀 있지 않은 구석이 있었다. "그래도, 나쁜 애들은 아닌 것 같아." 스스로를 위로하듯 그렇게 중얼거리며 집으로 향했다. 문을 열자 익숙한 향이 코끝을 간질였다. 주방 쪽에서 들려오는 유나의 콧노래는 하루의 피로를 녹여주는 음악 같았다. 유나에게 고민을 상담하듯 이야기를 꺼낸다.

"유나야… 나 오늘 처음으로 고등학교에 출근했는데, 애들이 수업도 안 듣고, 내 말에도 반응이 없더라. 진짜 어떻게 해야 할지 모르겠어."

투정을 부리듯 내뱉은 말에 유나는 피식 웃더니 내 앞으로 다가와 두 손으로 내 볼을 꼬집었다.

"투정부리는 거 너무 귀엽다, 그래, 계속 그렇게 투정 부려줘. 나만 들을 수 있게."

"아, 그러지 말고… 나 지금 진지하게 말하는 거라구….”

하지만 유나는 멈추지 않았다. 마치 하루 종일 차가운 교실 공기를 마신 나에게, 다시 숨을 불어넣어 주듯 웃으며 내 볼을 살짝 더 잡아당겼다. 세상에는 분명 해결되지 않는 일들이 많지만, 이렇게 나를 위해서 이렇게나 밝게 웃어줄 수 있는 사람 하나 있으면 그 모든 게 잠시 멈춘다는 걸. 유나라는 존재 하나만으로도 학교에서의 좌절도, 유나의 부모님과의 거리도, 다 별로 두렵지 않았다.

"유나 너는 학교 처음에 갔을 때 어땠어? 이렇게 어색했어?”

"음… 나는 ㅎㅎ.”

유나가 갑자기 장난기 어린 목소리로 말을 꺼냈다.

"나 처음 갔을 때는 애들이 첫사랑 썰 풀어달라고 해서 여고에서 자기 썰 좀 풀어줬는데, 애들 다 귀 쫑긋 세우고 들었다? 완전 반응 폭발이었어.”

"썰? 썰이라니, 어떤 거 말했는데…?”

나는 불길한 예감에 몸을 살짝 굳혔다.

"그거 있잖아. 너 군대 가기 전에 한 짓~ 다 이야기했지.”

"아 진짜, 그건 내 흑역사 중에서도 최고 흑역사잖아!

그걸 왜 얘기해… 나도 애들한테 유나 너 흑역사 다 말할 거야.” 그러자 유나는 웃으며 내 팔을 툭 쳤다.

"해 봐, 해 봐~ 너희 학교 애들도 내 편일걸?”

우리의 웃음소리가 방 안을 채웠다. 낮 동안 내 안에 쌓였던 교실의 공기, 그 답답하고 무거운 침묵들이 그 웃음소리 한 줄기에 조금씩 흩어져 사라졌다. 그날 밤, 내 내면의 세상을 바꿀 순 있는건 이야기를 들어주며 웃어주는 이 여자라고 생각했다.

학교에서 아이들과의 관계가 조금씩 풀려간다고 느껴질 즈음, 드디어 첫 월급이 들어왔다. 200만 원이 채 안 되는 금액이었지만, 숫자보다 마음이 컸다. 어딘가에 의미 있게 쓰고 싶었다. 부모님께 선물을 드리고, 그리고 유나가 한 번 지나가듯 "이거 너무 예쁘다"고 했던 40만 원짜리 목걸이를 사기로 했다. 매일 학교를 오가며 쇼윈도 속 그 목걸이를 바라볼 때마다, 유나의 웃는 얼굴이 떠올랐다. 오늘은 그 미소를 직접 보게 될 거라는 생각에, 쇼핑백이 손에 들렸다는 사실만으로도 발걸음이 한결 가벼웠다. 집 문을 열자 구수한 냄새가 퍼졌다. 평소 잘 하지 않던 요리를 하는 걸 보니, 오늘은 유나가 나를 위해 밥을 차린 모양이었다. 부엌에서 분주히 움직이는 유나를 향해 조심스레 불렀다.

"유나야, 이리 와봐."

그 말이 떨어지자마자, 유나는 토끼처럼 폴짝폴짝 뛰어왔다.

"왜? 자기 무슨 일 있어?"

나는 잠시 웃으며, 쇼핑백에서 작은 상자를 꺼냈다. 그리고 그 안의 목걸이를 조심스레 들어, 유나의 목 뒤로 손을 뻗었다. 유나는 순간 놀란 듯 눈을 크게 떴지만, 이내 내 품으로 파고들며 나를 꼭 안았다.

"아니야, 안으려던 게 아니라… 이거, 선물이야. 목걸이."

유나는 내 손끝에 닿은 차가운 금속보다 더 따뜻한 눈빛으로 나를 바라봤다.

"…이거, 나 그때 예쁘다고 했던 그거잖아."

"응. 어제 첫 월급 받았거든. 의미 있게 쓰고 싶었어."

그 말이 끝나자 유나는 고개를 숙였다가, 금세 눈가가 붉어졌다.

"나 첫 월급 받았을 땐, 자기가 괜찮다고 해서 선물 안 했는데… 자기만…."

그 말을 잇지 못하고, 유나는 그 자리에서 울음을 터뜨렸다. 내가 생각한 건 유나의 밝은 미소였는데 미소가 흘러넘쳤나보다 유나의 얼굴에서 미소가 흘러내렸다. 아침 햇살처럼 늘 밝던 유나가, 이렇게 울고 있는 건 처음이었다. 그 울음이 벅찬 기쁨이라는 걸 알기에, 나도 모르게 미소가 번졌다.

"유나야, 그만 울어. 응?"

나는 그녀를 가만히 안았다. 유나의 어깨 위로 내 손이 닿자, 눈물이 닿은 따뜻한 온기가 전해졌다. 유나는 그렇게 한참을 울다가 웃으며 말했다.

"자기야, 잘 봐봐. 잘 어울려?"

그러곤 모델이라도 된 마냥 유나는 새 목걸이를 목에 건 채 이리저리 자세를 바꾸며 방 안을 걸었다. 빛이 닿을 때마다 목선이 반짝였고, 나는 그 모습이 너무 사랑스러워 웃음을 참지 못했다.

"진짜 모델 같다~ 우리 자기 최고야, 최고."

칭찬이 이어지자 유나는 방방 뛰며 손끝으로 머리카락을 넘겼다. 그 순간, 어딘가에서 타는 냄새가 희미하게 풍겨왔다.

"…잠깐만, 자기 요리하던 거!"

부엌 쪽을 향해 고개를 돌리자, 냄비에서 얇은 연기가 피어오르고 있었다.

"아, 다행이다 석우야… ㅎㅎ 우리 밥은 어떡해? 그냥 버리고 배달 시킬까?"

"아니야 자기야, 그냥 먹자. 오랜만에 자기가 한 음식이라 그런지 너무 기대돼."

나는 장난스럽게 웃으며 젓가락을 들었다.

"와… 아니 진짜 맛있는데? 파는 거 같아. 자기 요리사 해야 하는 거 아니야?"

유나는 잠시 멈칫하더니 얼굴을 붉혔다.

"…그거 반찬가게에서 산 거야."

"아…."

둘 다 웃음을 터뜨렸다. 그 웃음 속엔 작은 허탈함보다 서로가 존재

한다는 안도감이 더 컸다.그날 따라 유나는 유난히 눈부셨다. 모든 게 평화로웠고, 나는 그 평화가 오래 가리라 믿었다.

하지만 행복은 생각보다 짧았다. 문이 거칠게 열리고, 낯선 공기가 들어섰다.

"야, 신유나!"

낯익지만 차가운 목소리. 유나의 어머님이었다.

"너 무슨 말도 없이 남자랑 동거를 시작하니? 세상에, 네가 이제 부모한테 말도 안 하고 이런 짓을 해? 인연 끊고 살자는 거야?"

말들이 유리조각처럼 쏟아졌다. 나는 허둥지둥 고개를 숙이며 설명하려 했지만, 그분의 시선은 나를 통과해 공기 속으로 흩어졌다. 나는 그 순간, 한 사람의 '존재'로조차 인정받지 못하는 기분이었다. 유나는 끝내 울지 않았다. 오히려 단단히 굳은 얼굴로 어머니를 마주했다.

"엄마, 나 이제 사회인이야. 내 선택은 내가 할 수 있어. 언제까지 엄마 허락받고 살아야 돼?"

짧은 침묵이 흘렀다. 어머니는 긴 한숨을 내쉬며 말했다.

"좋아. 그럼 맞선 몇 번만 보자. 진짜 정이 안 간다 싶으면, 그땐 저 남자랑 결혼해. 그걸로 됐지?"

그 말이 남긴 무게가 방 안을 짓눌렀다. 유나는 오랫동안 아무 말이 없었다가, 나를 바라봤다.

"자기는… 어때? 난 솔직히, 말도 안 되는 소리 같아."

나는 순간 심장이 덜컥 내려앉는 걸 느꼈지만, 애써 웃어 보였다.

"자기야, 하자. 우리 사랑 얼마나 큰지 알잖아. 난 괜찮아."

그 말과 함께 나는 마치 모든 걸 이겨낸 사람처럼 미소 지었다. 우리의 사랑은 크고, 단단하고, 세상의 어떤 시선에도 꺾이지 않을 거라 믿었다. 나에게는 그런 확신이 있었다. 사랑을 의심하지 않았다.

그렇게 몇 주 후 유나가 맞선에서 돌아와 그 남자에 대해 무심하게 말했을 때, 내 확신은 점점 굳어졌다.

"그 남자 별로더라. 자기에 비하면 한참 떨어져."

그 말 한마디가 세상의 모든 위로보다 따뜻했다.

"봐봐 내가 최고지? ㅎㅎ 나 밖에 없지?"

유나는 웃으며 젓가락을 돌렸다.

"그 남자는 돈만 많고 뭐 없던데. ㅎㅎ 우리 자기는 돈만 없고 다 있지 ㅎㅎ"

"아 자기 나 까는 거야? ㅋㅋ"

우리는 서로를 바라보다가 동시에 웃음을 터뜨렸다. 그 순간만큼은 세상의 소음이 멀리 사라진 것 같았다.

그리고 문득 떠올랐다. 우리의 기념일이 얼마 남지 않았다는 걸. 작년에는 임용이라는 이름의 긴 터널 때문에 제대로 챙기지도 못했다. 이번만큼은 그 터널을 지나온 우리에게 축복 같은 밤이 되길 바랐다. 유나가 대학생 때 어른이 되면 가고 싶다고 노래를 불렀던 식당을 예약했고. 그리고 사랑을 의미하는 하얀 장미 꽃다발, 반짝이는 케이크, 손으로 꾹꾹 눌러 쓴 편지. 목걸이를 줬던 그날처럼, 아니 그보다 더 벅찬 눈물을 유나의 눈에서 다시 보고 싶었다.

기념일은 그렇게 다가왔다.

"자기야 우리 여기 레스토랑 가자."

"…ㅎㅎ 여기? 분위기 좋다~."

유나는 그렇게 말했지만, 어딘가 낯선 공기가 감돌았다. 조명이 낮게 깔리고 잔잔한 재즈가 흘렀다. 테이블 위의 촛불이 유나의 눈동자를 조용히 흔들었다. 그녀가 식사를 마칠 즈음, 나는 천천히 가방에서 준비해 온 것들을 꺼냈다. 꽃과 케이크, 그리고 편지. 심장이 작게 떨렸고, 이 순간만큼은 세상이 우리 둘만을 위해 멈춘 것 같았다.

"유나야, 사랑해." 나는 조심스럽게 꽃을 건넸다. 유나의 눈동자가 흔들렸다. 기쁨이 먼저 스쳤다. 그러나 그 뒤를 따라온 건 어딘가 낯선 당혹감이었다. 유나가 그러곤 화장실에 간다고 말하고 자리를 벗어났다. 마음에 들지 않는 걸까? 꽃은 분명 유나가 제일 좋아하는 종류였고, 케이크도 늘 지나가다 눈길을 주던 그 가게에서 산 것이었다. 나는 이유를 몰라 천천히 유나의 표정을 더듬었다. 웃고는 있었지만, 웃음의 끝이 어딘가 어두웠다. 데이트를 끝내고 집으로 들어갈 때까지 곰곰히 생각해봐도 뭐가 잘못된 건지 몰랐다.

그날 이후, 우리 사이에는 설명할 수 없는 미세한 공기가 흘렀다. 같은 집에 있지만, 서로의 숨결이 닿지 않는 거리. 우리의 사이는 지평선을 달리는 것만 같았다. 가까운 거리지만 만날 수는 없는….

어느 밤, 식탁 위의 불빛이 유나의 얼굴을 반쯤 비추고 있었다. 그녀의 표정은 겨울날의 햇살 같았다. 그녀가 젓가락을 내려놓더니 내게 조용히 말했다.

"나…할 말 있는데. 우리, 같이 이야기하자."

나는 아무 말 없이 고개를 끄덕였다. 그녀는 한참을 침묵했다. 입술을 달싹이면서도, 아무 말도 꺼내지 못했다. 그리고 결국, 낮게 떨어지는 목소리.

"…어디서부터 이야기해야 할지는 모르겠는데… 미안해, 우석아. 우리 결혼은 힘들거 같아…."

가슴이 쿵 내려앉았다. 나는 애써 웃으며 물었다.

"이유가 뭔데? 도대체…."

유나는 내 눈을 피하며 고개를 숙였다.

"그냥… 너무 미안해. 정말로 미안해. 근데… 내 감정을 솔직하게 말해야 할 것 같아."

그녀는 조용히 숨을 내쉬었다. 그 숨결 속에는 울음도, 후회도, 그리고 아직 사라지지 않은 사랑도 섞여 있었다.

"처음 맞선 봤을 때, 진짜 별생각 없었어. 근데… 식당에 들어서니까, 뭔가 이상했어. 분위기 좋은 레스토랑이었고, 그 사람은 깔끔한 양복에 반짝이는 시계를 차고 있었어. 거울 같은 그 시계에 내 얼굴이 비치는데… 이상하게, 나 자신이 너무 초라해 보이더라."

그녀의 눈가가 조금 흔들렸다.

"그 사람 앞에서 내가 매던 가방이 너무 촌스러워 보였어. 자기가 사준 인형이 달려 있었는데, 갑자기…, 그게 너무 부끄러워서. 그래서 몰래 인형을 떼어 넣었어. 그리고… 자기가 준 목걸이 있잖아. 그거, 그 사람한테 별거 아닌 걸로 보일거 같아서… 손으로 가렸어."

말이 끝나자, 공기가 멈춘 듯했다. 유나는 떨리는 손으로 머리카락을 귀 뒤로 넘기며 계속 말했다.

"그래도 난 자기가 좋아서 그 자릴 박차고 나왔어. 추웠거든. 그날따라 유난히. 그 남자보다 자기가 더 그리웠어. 근데… 집으로 돌아오는 길에 문득 그런 생각이 들더라. '이게 사랑일까? 아니면 그저 정일까?' 나 자신이 너무 불쌍했어. 그런 마음을 가지는 내가 너무 미웠고…."

그녀는 눈을 감았다.

"우리 기념일 날, 식당에 앉아 있는데… 이상하게 그 식당이 너무 초라하게 느껴졌어. 그날 맞선 본 레스토랑보다… 너무, 너무 작고 싸 보였어. '이 사람이랑 결혼하면, 평생 이런 식당만 오게 되겠구나.' 그 생각이 스쳤을 때… 내가 얼마나 잔인한 사람인지 깨달았어. 그래서, 그래서 화장실 가서 울었어. 자기를 사랑하면서도 그런 생각을 하는 내가… 너무 싫어서."

그녀의 목소리는 점점 낮아졌고, 나는 숨조차 쉴 수 없었다. 그녀가 마지막으로 말했다.

"이제는 모르겠어. 왜 내가 이런 남자랑… 아니, 왜 내가 이런 마음으로 살아야 하는지 모르겠어. 나, 너무 미안해. 우석아."

그 말을 듣는 동안, 내 안에서 뭔가 무너졌다. 분노도 아니고, 슬픔도 아니었다. 그냥, 조용히 바스러지는 소리. 마치 오래된 사진이 햇빛에 타들어가듯이, 우리의 시간들이 천천히 사라지는 소리였다.

입을 열고 싶었다. 붙잡고 싶었다. "나, 너 절대 안 놓을 거야." 그 한

마디만이라도, 그 어떤 비명처럼이라도 내뱉고 싶었다. 그런데 목이 막혔다. 입술이 떨렸고, 혀는 혀는 무겁게 젖은 종이처럼 붙어 있었다. 말이 나오지 않았다. 나는 그저 고개를 떨군 채, 천천히 눈을 감았다. 이 시간이, 이 모든 장면이 꿈이었으면 했다. 아니면 유나가, 웃으면서 "장난이야"라고 말해주길 바랐다. 하지만 그 바람은 너무 늦게 왔다. 유나의 목소리는 이미 겨울로 닫혀 있었다.

"나… 다음 주까지 짐 빼서 나갈게. 미안해."

그 한 문장이 내 귓속에서 천천히 무너져내렸다. 그래도, 그래도 이대로 끝낼 수는 없을 것 같았다. 후회할 게 뻔했으니까.

"우리… 7년이야, 유나야. 권태기도 없었고, 싸워도 다시 웃었잖아. 난 아직 너 못 놔. 진짜 못 놔…."

유나는 대답하지 않았다. 침묵이 길게 흘렀다. 그 침묵이 무겁게 바닥에 깔릴 즈음, 유나가 입을 열었다.

"정말 사랑해줘서 고마워. 내 인생을 설명하려면, 너라는 사람이 꼭 있어야 할 거야. …우리 앞으로는 친구로서…."

나는 그 말을 끝까지 듣지 못했다. 그녀를 안았다. 유나의 어깨에서, 익숙한 향이 났다. 은은한 달빛이 옷깃에 내려앉은 듯한, 그녀의 향수 냄새였다.

"우리 사이에… 어떻게 친구가 가능하겠어. 제발, 다시 생각해주면 안 돼? 나 진짜… 더 잘할게."

그 말을 하자, 유나의 눈동자가 흔들렸다. 마치 잔잔한 호수 위에 돌이 떨어진 듯, 그 작은 파문이 곧 눈물로 번졌다. 그 울음은 미안함 때문이었을지도 모른다. 하지만 어쩌면, 그것은 오랫동안 자신을 묶어두던 나에게서 드디어 벗어났다는 해방의 눈물이었을지도 몰랐다. 그 생각이 너무 아파서, 나는 끝내 아무 말도 할 수 없었다. 그날 이후의 일주일은 잔잔한 파도처럼 흘러갔다. 우리는 여전히 함께 밥을 먹었고, 웃었고, 예전의 우리처럼 이야기했다. 마치 이별이 예정된 연극의 마지막 장면을 연기하듯이.

유나가 짐을 싸 들고 집을 나간 지 이틀째 되던 날, 설렘으로 가득 차야 할 겨울방학이 시작되었다. 하지만 그날, 나는 비로소 깨달았다. 그녀는 더 이상 이 집에 없다는 사실을. 욕실의 칫솔은 이제 하나뿐이었다. 세면대 위에 덩그러니 놓인 그 하얀 막대는 마치 '함께'라는 단어가 사라진 자리를 증명이라도 하듯 서 있었다. 유나의 향기가 배어 있던 베개에서는 이제 차가운 공기만이 희미하게 스며 나왔다. 잠을 자던 침대는 이상하리만큼 넓어 보였다. 그 넓음 속에서 나는 점점 작아져 갔다. 빈자리가 점점 커질수록, 나는 그 자리를 메우기 위해 더 깊이 웅크렸다. 왜 나를 이렇게 버려두고 떠났을까. 처음엔 유나를 원망했다. 하지만 그 화살은 곧 내게로 되돌아왔다. 더 잘해줄 수 있었는데, 더 사랑해줄 수 있었는데. 매일같이 "사랑해" 한마디를 아끼지 않았다면, 그녀는 떠나지 않았을까. 끝없이 밀려드는 후회는 서리처럼 내 마음을 천천히 갉아먹었다. 그리고 나는 그 추위를 온몸으로 견디며, 비로소 '이별'이라는 단어의 무게를 실감했다.

세간에서 사람들은 말한다. 결혼은 현실이라고. 나는 그 말의 의미를 몰랐다. 아니, 알고 싶지 않았다. 이렇게 가진 게 없어도 유나와 함께라면 충분히 행복할 거라고 믿었다. 그러나 이제야 안다. 나에게는 사랑이 전부였지만, 유나에게는 사랑만으로는 버틸 수 없는 세상이 있었다는 걸. 유나는 나에게 과분한 사람이었다. 그녀처럼 예쁘고, 다정하고, 안정적인 직업을 가진 사람은 세상 어디에 내놔도 손가락질받지 않을 여자였다. 어쩌면 유나는 나를 사랑해서가 아니라, 정 때문에, 습관처럼 7년을 함께했던 걸지도 모른다.

아직 유나에게 미련이 남아 있지 않을까, 혹은 나를 그리워하고 있지 않을까. 그 희미한 가능성에 기대어, 나는 수십 번이나 휴대폰을 들었다 놓았다. 숫자 몇 개만 누르면 다시 들을 수 있을 목소리인데, 그마저도 누를 용기가 나지 않았다. 그러다 문득, 현관문이 열리고 엄마가 들어왔다. 엄마는 아무 말 없이 내 앞에 와서, 내가 유나에게 마지막으로 해줬던 것처럼 나를 꼭 안아주었다.

"우석아, 돌아간 여자는 붙잡는 게 아니야. 유나도 많이 생각하고 떠난 걸 거야. 그러니까… 놔주자."

그 말을 듣자, 나는 아무 대답도 하지 못한 채 울었다. 유나라는 사람은 내게 어떤 존재였을까. 사랑이었을까, 습관이었을까, 아니면 내가 품고 있던 삶의 전부였을까. 눈물이 그친 뒤에도, 방 안에는 여전히 유나의 온기가 남아 있었다. 그것이 사라질 때쯤이면, 나도 조금은 자유로워질 수 있을까.

유나도 내가 이런 모습으로 남아 있는 걸 바라지 않을 것이다. 이런 상태로 다시 유나를 만난다면, 아마도 그녀는 '잘 헤어졌구나' 하고 생각하겠지. 그래서 나는 늦게나마 이별을 시작하기로 했다. 쓰레기장처럼 엉망이었던 방을 하나둘 정리하고, 유나와 함께한 흔적들을 천천히 치워 나갔다. 같이 찍은 사진들, 내가 선물했던 목걸이, 그 모든 것들이 여전히 내 안의 유나였다. 버릴 때마다 마치 몸속 한 조각을 떼어내는 듯 눈물이 흘렀지만, 나는 꾹 참고 버렸다. 그동안 나는 몇 달 동안이나 '나' 없이 살았다. 아침에 눈을 뜨면 이유도 없이 눈물이 쏟아졌고, 그제야 비로소 내가 아직 유나를 놓지 못했다는 걸 깨달았다. 언젠가는, 정말로 언젠가는 진정한 친구로서 유나에게 웃으며 인사할 수 있기를 바랐다. 그런데 이별을 시작한 지 몇 달 되지 않아 유나의 부모님으로부터 문자가 왔다. 유나가 결혼한다고. 상대는 의사라고 했다.

그 말을 듣고 수많은 생각이 스쳤지만, 결국 나는 짧게 답했다. '축하드립니다. 일이 있어서 결혼식에는 참석하지 못할 것 같습니다.' 그리고 유나에게 축하의 마음을 담은 돈과 함께 '우리가 비록 헤어졌지만 너의 행복을 언제나 빌겠다'는 메시지를 보냈다. 유나는 읽었지만, 답장은 없었다. 그녀에게 나는 이제 부담스러운 존재일지도 모른다. 다른 사람이라면 결혼식에 참석해 멋진 모습으로 축하했겠지만, 나는 그러지 못했다. 아마 나는 유나를 너무 오래, 너무 깊게 사랑했기 때문일 것이다.

그러다 문득, 이상한 평온함이 찾아왔다. 만약 유나가 아무 말 없이 떠났다면 나는 평생 그녀를 미워했을 것이다. 하지만 유나는 끝까지 진심을 전해주었다. 그게 얼마나 잔인하면서도, 동시에 고마운 일인지 그제서야 알았다. 그리고 그제서야, 유나가 얼마나 좋은 사람이었는지도 알았다. 고등학교 1학기도 이제 끝을 향해 가고 있다. 곧 방학이 시작된다. 나는 아직 이별을 받아들이는 중이지만, 이번 방학 동안은 고향으로 내려가 조용히 생각을 정리해보려 한다. 1개월 10일, 그건 어쩌면 내 인생의 새로운 장이 시작되는 시간일지도 모른다.

우리 부모님은 몇 해 동안 돈을 조금씩 모아 시골에서 작은 식당을 열었다.

고향에 내려온 이유는 내 생각을 정리하기 위함도 있었지만, 사실은 부모님의 식당 일을 돕기 위해서가 컸다.

"엄마, 여기가 엄마네 식당이야?"

문을 여는 순간, 볕에 그을린 나무 냄새와 갓 지은 밥의 향이 한꺼번에 스며들었다. 작고 소박한 공간이었지만, 그 안에는 묘한 따뜻함이 있었다. 테이블마다 남은 밥그릇과 웃음소리가 어우러져, 시골의 하루가 천천히 익어가는 듯했다. 손님도 제법 많았다. 그 짠돌이 엄마가 알바를 둘 정도라니, 겉보기보다 훨씬 잘 되는 가게 같았다. 엄마는 늘 "입에 풀칠이나 하지"라며 손사래를 쳤지만, 나는 그 말이 겸손이라는 걸 알고 있었다.

"오늘은 월요일이라 알바는 안 나와."

"아, 엄마가 그렇게 칭찬을 하길래 얼굴 한 번 보고 싶었는데."

내 말에 엄마는 웃으며 이마의 땀을 닦았다. 그 웃음 속에는 세월이 만든 주름이 있었고, 그 주름마저도 밥 냄새처럼 따뜻하게 느껴졌다.

"아, 엄마. 아들 너무 부려먹는 거 아니야? 교사는 투잡 못 하는데?"

"우석아, 돈 안 받고 비영리 목적이면 괜찮다는 거 알고 있지."

역시 우리 엄마였다. 학교 다닐 땐 배울 틈도 없었지만, 세상살이에 관한 한 누구보다 똑똑했다. 초등학교 졸업장이 전부인 엄마는 누구보다 현실을 잘 알고, 그 속에서도 품위를 잃지 않는 사람이었다. 내가 아는 가장 강하고 멋진 여자였다. 그렇게 하루 종일 부모님의 식당을 돕다 보니 어느새 저녁이 되었다. 불판 위에서는 고기 굽는 소리가 자글자글하고, 사람들의 웃음소리가 가게를 채웠다.

"엄마, 사람 너무 많은 거 아니야? 이걸 엄마 아빠, 알바 셋이서 다 해?"

"그 알바가 웬만한 셋보다 일 잘하니까, 내가 칭찬을 안 할 수가 있겠냐."

"와… 알바가 진짜 대단한 사람인가 보네."

"근데 좀… 많이 차가워. 얼굴은 이쁘장한데 말이야."

엄마의 그 말이 이상하게 오래 맴돌았다. 시골의 저녁 공기 속에서 밥 짓는 냄새, 사람들의 웃음소리, 그리고 '차갑다'는 한마디가 묘하게 섞였다. 그 순간부터였다. 나는 아직 얼굴 한 번 보지 못한 그 알바가 어떤 사람일지, 괜히 궁금해졌다. 어딘가 낯설지만 이상하게 마음이 끌렸다. 내일이면 볼 수 있다는 생각에 잠을 설쳤다. 눈을 감아도 설렘이 머릿속을 떠나지 않아, 어느새 해가 밝아오고 닭이 우는 소리에 잠이 깨었다.

"아니, 엄마! 저 닭 좀 어떻게 해봐요. 맨날 아침 6시에 깨워… 너무 일찍 깨우잖아요."

"저 놈이 이 집에서 두 남자보다 일을 더 잘한다니까…."

엄마의 농담에 살짝 미소 지으며, 나는 집을 나섰다. 시골길을 따라 걸으니, 도시에서는 볼 수 없던 풍경이 눈앞에 펼쳐졌다. 환하게 펼쳐진 산, 끝없이 이어진 벼 농가, 그리고 곳곳에서 피어난 이름 모를 꽃들이 향긋한 냄새를 흩뿌렸다. 도시의 콘크리트 숲과 시끄러운 자동

차 소음 속에서는 느낄 수 없던, 자연 그대로의 숨결이 내 폐 속 깊이 스며들었다.

걸음을 멈추고 숨을 들이켰다. 맑은 공기와 따스한 햇살, 바람에 흔들리는 나뭇잎 소리-이 모든 것이 마음을 정화하는 듯했다. '역시 나는 도시보다 이런 곳에 맞는 사람이 아닌가….' 속으로 그렇게 중얼거리며, 나는 천천히 시골의 아침을 만끽했다.

그렇게 식당 문을 열고 몇 분 뒤 알바생이 왔다. 알바생이 움직일 때, 공간이 잠시 숨을 죽이는 것 같았다. 그녀는 달빛처럼 고요하고 은은했다.

눈은 차가운 호수의 물빛처럼 맑고 투명했다. 아무 말 없이도 사람의 마음을 꿰뚫는 듯한 깊이가 있었고, 속눈썹은 길고 곡선져서 눈매 전체를 감싸며 은밀하게 빛을 반사했다. 바라보는 것만으로도 숨이 잠시 멎는 느낌이 들었다. 코는 정교하게 다듬어진 듯 오똑했고, 날카롭지만 차갑지 않았다. 얼굴 전체를 균형 있게 잡아주는 중심축 같았고, 조용히 빛나는 피부 위에서 은은하게 반짝였다. 입술은 연한 장미빛이 돌면서도, 유난히 차분하고 담담한 선을 이루었다. 웃음은 희미하게만 번지며, 마치 달빛이 구름 사이로 스며드는 순간처럼 잠깐 머물렀다. 말 한마디 없이도 존재 자체가 눈길을 사로잡았다. 머리카락은 밤하늘을 흩어놓은 잔잔한 은빛 같았다. 움직일 때마다 빛을 머금은 듯 부드럽게 흘러, 마치 시간이 천천히 흐르는 공간 속에서 한 줄기 달빛이 내려앉은 듯한 착각을 주었다. 그녀를 바라보는 순간, 유나의 햇살 같은 따뜻함과는 달리, 차갑지만 끌리는 신비로운 아름다움이 마음속 깊이 스며들었다. 분위기에 순식간에 압도되었다. 공기의 흐름조차 느리게 흘렀다. 나는 조심스레, 거의 숨을 내쉬듯 인사를 건넸다.

"안녕하세요. 저는—"

"너 나랑 친해? 꺼져."

"…네."

짧은 대답 끝에, 정적이 길게 드리워졌다. 그녀는 얼굴뿐 아니라 성격까지도 밤공기의 결처럼 차가운 여자였다. 그 차가움 속에서 묘한 고독이 느껴졌고, 나는 그걸 이해할 수 있을 것 같았다. '친해지긴 힘들겠지….' 그렇게 생각하며 묵묵히 일을 이어갔다. 며칠이 흘렀다. 같은 공간을 오가며 마주한 건 수십 번이었지만, 그로부터 얻은 정보는 손에 꼽았다. 이름은 김가연, 나보다 한 살 어리고, 같은 고등학교를 나왔다는 것. 그게 전부였다. 그러던 어느 날이었다. 엄마는 병원에, 아버지도 그 곁을 지키러 가 계셨다. 가게엔 나와 가연, 둘뿐이었다. 조용하던 점심시간, 불쑥 소란이 터졌다.

"이거 공기밥에 머리카락 나온 거 뭐야?!"

진상 손님의 목소리는 유난히 높았다.

"죄송하지만… 그 머리카락 보시면 짧은데, 저희 주방장은 머리가 길어서…."

"아니 됐고, 주방장 나오라고 그래!"

그때, 가연이 천천히 주방 문을 열고 나왔다. 그녀의 얼굴에는 놀람도, 두려움도 없었다. 다만 무겁게 가라앉은 달빛 같은 침착함이 있었다.

"제 잘못입니다. 죄송합니다, 손님."

그러나 사과로는 멈추지 않았다.

"이거 다 돈 안 낼 거야! 그리고 머리카락 나온 밥, 네가 직접 먹어!"

가연의 눈이 순간 흔들렸다. 금방이라도 울 것만 같았다. 그 순간, 이상하게도 내 안이 먼저 뜨거워졌다. 나는 아무 말 없이 공기밥을 들고, 숟가락으로 퍼먹기 시작했다. 식은 밥이 목에 걸릴 듯했지만, 그보다 더 삼키기 어려운 건 그 남자의 비웃음이었다. 잠시 후, 진상은 당황한 얼굴로 식당을 나갔다.

"…고, 고마워요."

가연의 목소리는 그제야 떨렸다. 가연이… 너, 고맙다는 말도 할 줄 아는 사람이었구나?”

“……..”

그녀의 얼굴이 서서히 붉어졌다. 처음으로, 달빛이 아닌 인간의 온기가 그 얼굴 위에 스쳤다. 가게 문을 닫기엔 아직 이른 시간이었다. 서로의 지난 시간을 조심스레 꺼내놓기 시작했다.

“오빠가… 백우석 선배에요?”

“응? 근데 왜?”

“그 사범대 간 백우석… 맞죠? 오빠, 저 기억 안 나요? 그때 오빠가 부장이었던 동아리에서, 저 차장이었는데….”

그 순간, 잊고 있던 기억의 조각이 하나, 천천히 떠올랐다. 낡은 동아리방, 오후의 햇살, 그리고 언제나 조용히 내 옆을 지키던 소녀.

“…그래. 이제서야 기억이 난다. 그때 그 차장이었구나, 김가연.
아니, 왜 이렇게 변했어? 몰라봤잖아. 안경은 버렸어?”

“오빠, 왜 이렇게 질문이 많아요. 천천히 말해요.”

"와… 대학 가고 나니까 분위기가 진짜 달라졌네."

내가 기억하던 김가연은, 늘 덥수룩한 앞머리 사이로 세상을 엿보던 아이였다. 두꺼운 안경 너머의 눈빛은 작고 흔들렸지만, 그 속엔 이상하게 단단한 빛이 있었다. 항상 내 뒤를 졸졸 따라다니던, 작지만 존재감이 뚜렷한 후배였다.

“대학교 갔는데도… 제가 너무 차가워서 아무도 다가오지를 않더라고요 제 외모가 이상한가? 생각하고 1학년 지나고 나서 좀 꾸몄는데도, 사람들이 다가오질 않더라구요. 그래서 그냥 식당 알바 하면서 지내요.”

“그래도… 잘 자랐네. 진짜.”

시간이 흘러도, 이상하게 그녀의 눈빛은 그대로였다. 조용하지만 깊은, 한 번 바라보면 오래 남는 그런 눈빛. 그날은 가게 문을 닫고 가연과 술 약속을 잡았다. 낡은 간판 불빛이 꺼진 식당 앞에서 두 사람의 그림자가 길게 늘어졌다. 소주잔이 몇 번쯤 부딪히고 나서야 서로의 말투가 풀리기 시작했다. 시골의 여름밤은 고요했고, 벌레 소리와 술 냄새, 그리고 미묘한 과거에 대한 그리움이 공기 속에 뒤섞여 있었다.

"오빠는… 대학교는 어땠어요? 임용고시는 붙었어요?"

"응, 붙었어. 지금은 방학이라… 그냥 생각할 게 있어서 내려왔어."

"생각할 거요? 어떤 생각요?"

잠시 잔을 내려놓았다. 그리고, 오래 묵힌 듯한 이야기를 꺼냈다. 유나. 그 이름 하나가 공기 속을 천천히 가르며 흘러나왔다. 어떻게 만나고, 어떤 사랑을 했는지. 군대에 가기 전, 내가 얼마나 어리석었는지. 그리고… 어떻게 헤어졌는지를. 가연의 표정이 점점 굳어갔다. 내 말이 끝나갈 무렵, 그녀의 눈빛엔 분노가, 내 눈엔 슬픔이 깃들었다.

"무슨 그런 여자가 다 있어요? 말이 돼요? 오빠 같은 남자가… 세상에 어디 있다고요."

그 말을 들으니 참을 수가 없었다. 술 때문인지, 아니면 유나의 이름 때문인지, 눈물이 저절로 흘러내렸다. 가연은 당황한 듯 내 앞에 손수건을 내밀었다. 달빛이 스며든 듯 은은한 향이 났다.

"고마워, 가연아. 그래도… 너랑 있으니까 기분이 좀 풀리는 것 같다."

"…제가 오빠한테 위로 드리는 건 진짜 아무것도 아니에요. 내가 오빠한테 얼마나 구원받았는지 알아요? 학생 때 치한한테 당했을 때도 오빠가 구해줬고, 오늘도 진상한테 당할 뻔했는데… 또 오빠가 날 구했잖아요. 오빠는… 날 수십 번, 수백 번 구원했어요."

그 말을 듣자 오래된 기억이 되살아났다. 2학년 봄, 버스 안의 복잡한 공기 속에서 가연은 불편한 표정을 하고 있었고 나는 그 장면을 봤다. 처음엔 모른 척했다. 귀찮게 얽히기 싫었다. 그때 가연이 소리쳤다. 그 한마디가 공기를 찢어놓았다.

"아저씨 뭐 하는 거예요!"

모든 시선이 가연에게 향했고, 아무런 증거도 없던 상황에서 치한이였던 아저씨는 가연을 역으로 몰아서 가연이 오히려 사람들에게 비난받았다. '없는 일 만들어내는 이상한 애'가 될 뻔했다.그때, 그냥 나서서 그 상황을 증언하고, 가연을 지켜냈던 사람은 나였다. 그때의 나는 그저 옳다고 생각했을 뿐인데, 지금 돌이켜보면, 그날부터 누군가의 인생이 내 쪽으로 천천히 기울고 있었던 것 같다. 가연은 그날 이후 지금으로부터 거의 9년전에서 지금까지 그녀는 날 늘 빛으로 봤던 것 같다. 나는 처음으로 그 빛이 나에게로 되돌아오는 걸 느꼈다. 하지만 이상하게도, 그 빛이 따뜻할수록 가슴 어딘가가 서늘하게 식어갔다.

술잔을 부딪히던 그날 이후, 가연과의 대화는 점점 길어졌다. 그녀는 하루가 다르게 변해갔다. 식당에서 일하던 무표정한 얼굴 대신, 이제는 자주 웃었고, 가끔은 나에게 장난을 걸었다. 그 웃음에는 묘하게 사람을 끌어당기는 힘이 있었다. 엄마도 그런 가연을 신기하다는 듯 바라보았다.

"가연이가 저렇게 웃는 거 처음 본다. 저 애가 알바 시작하고 저렇게 변한 건 네 덕이야, 우석아."

단골손님들도 수군거렸다.

"저 아가씨 요즘 얼굴이 환해졌어."

그 말들이 내 귓가에 남았다. 나도 모르게, 그녀의 미소를 기다리는 날이 늘어갔다. 가연의 말투 하나, 눈길 하나가 달빛처럼 잔잔하게 마음에 내려앉았다. 주말이면 우리는 자주 밖으로 나갔다. 들판의 푸른 숨결을 따라 걸으며 바람 냄새를 맡고, 산 깊은 곳에서 서로의 숨소리를 들었다. 엄마는 "다른 지역 맛집 좀 알아보고 오라"며 웃었고, 그 말에 힘입어 우리는 먼 마을까지 차를 몰았다. 식당의 불빛, 낯선 거리의 냄새, 가연의 웃음이 함께 섞이며 여름의 끝자락을 채워갔다.

그러다 어느새 방학이 끝나 있었다.

"아… 다음 주면 나 다시 복귀해야 해, 가연아."

"이렇게 빨리요? 나 오빠한테 얻어먹기만 했잖아요. 내가 산 적은 한 번도 없는데?"

"괜찮아. 다음엔 가연이 네가 도시로 와. 그땐 내가 제대로 가이드 해줄게."

"약속이에요. 진짜."

가연과 함께한 시간들이 쌓일수록, 유나의 이름은 내 마음에서 점점 지워졌다. 그녀의 웃음에, 말투에, 그때의 설렘이 다시 피어나는 걸 느꼈다. 식당 문을 닫고 가연과 함께 걸었다. 우리 집과 가연의 집을 가르는 길엔 단 하나의 가로등이 있었다. 그 빛 아래에서 나는 멈춰 섰다.

"가연아, 나… 너 정말 많이 좋아해. 나랑 사귀어 줘."

남들이 다하는 흔하디 흔한 멘트였지만 내 진심이 담겨 있었고, 가로등은 나를 비추고 있지 않았다. 내 마음을 비추고 있었다. 그 말이 끝나기도 전에 가연은 내 품으로 뛰어들었다. 작고 따뜻한 온기가 내 가슴을 파고들었다. 그녀는 강아지처럼 방방 뛰며 웃었고, 그 웃음 속엔 세상 모든 설렘이 녹아 있었다.

그날 밤 여친인 가연을 집까지 데려다주고 오는 길에 나는 문득 생각했다. 다시 만났던 그날, "꺼져"라며 찬 공기처럼 나를 밀어내던 그 여자가 지금은 이렇게 내 품에 안겨 있다는 게 믿기지 않았다. 그녀의 눈동자는 여전히 밤의 색을 품고 있었지만, 그 안엔 이젠 냉기가 아니라 달콤한 달빛 같은 온기가 흘렀다.

가연을 고향에 남겨두고 도시로 향하는 길, 마음은 납덩이처럼 무거웠다. 차창 밖으로 스치는 들판은 점점 회색빛으로 바뀌었고, 하늘은 묘하게 낮아져 있었다. 가연의 눈 속에 맺혔던 그 투명한 물기 그건 마치 내가 군대에 들어가던 날, 울던 유나의 눈과 겹쳐보였다. 고향에서 내가 근무하는 도시까지는 멀지 않았다. 게다가 가연이네 집은 돈이 많았으니, 그녀가 자주 나를 보러 올 거라는 건 알았다. 그럼에도 불구하고, '떠나보낸다'는 그 표정 하나가 이상하게 마음을 붙잡았다.

며칠 뒤, 금방 주말이 찾아왔다.

"우석이 오빠아~!"

낯선 도시의 아스팔트 위로, 가연의 목소리가 봄바람처럼 흘러왔다. 그녀의 웃음은 시골의 햇살과 달랐지만, 여전히 따뜻했다. 시골처럼 자연과 정이 없는 도시에서의 데이트는 낯설고 또 묘한 설렘이 있었다. 가연과 함께 찾은 영화관의 공기에는 기다림이 배어 있었다. 버터 향이 천천히 퍼지고, 오래된 커튼 냄새와 젖은 필름의 냄새가 섞여, 막 시작될 이야기의 첫 장처럼 느껴졌다. 그때, 옆자리에서 누군가 내 이름을 불렀다.

"백우석 선생님…!"

고개를 돌리니 우리 반의 반장이었다. 그 뒤로 반 친구들이 줄지어 앉아 있었다. 풋풋한 표정들, 웃음을 숨기려는 어색한 기운이 공기 속에 섞여 있었다.

"옆자리에 있는 분은…?"

"아, 내 여친이야. 이쁘지?"

내가 장난스럽게 말하자, 가연은 곧바로 웃으며 받아쳤다.

"안녕하세요~ 우석이 선생님 여자친구예요. 곧 아내 될 사람입니다."

순간, 공기가 잠시 멎었다. 나는 웃음을 지었지만, 그 말의 무게가 마음 어딘가를 스쳤다. 결혼이라니 가연은 이미 그렇게 생각하고 있었을까? 그녀를 바라보며 '그럴 수도 있겠지'라는 생각이 스며들었다. 솔직히 말해, 가연이라면 그 이상 바랄 게 없었다. 영화가 끝난 후, 가연은 내 손을 꼭 잡았다. 길게 뻗은 네온사인의 불빛 아래, 그녀의 얼굴은 익숙한 달빛처럼 빛났다. 피부 관리를 하는 법을 모른다는 가연에게 나는 장난스럽게 "피부 관리 좀 하라"며 화장품을 사주었다. 그녀는 웃으며 내 팔에 매달렸다. 근데 가연이 정도의 피부면 진짜 아이돌 수준이라서 화장품을 써도 별로 차이점을 모를 것 같았다. 우리는 여러 곳을 돌아다녔지만, 가연이 가장 좋아했던 곳은 내 자취방이었다.

"자기야, 침대도 이렇게 넓고 집도 괜찮은데… 나 여기서 살면 안 돼?"

"나는 괜찮은데… 너희 부모님은?"

"허락하셨어."

그 짧은 대답이 이상하게 오래 맴돌았다. 그날 밤, 그녀의 물건이 하나둘 내 방 안으로 들어왔고, 그렇게 우리의 동거는 시작되었다.

다음 날, 학교엔 금세 소문이 돌았다.

"백우석 선생님 여자친구가 연예인급이라던데?"

"아니, 얼마나 예쁘길래 그래?"

"…너도 보면 말 안 나올 거야. 그냥… 연예인이야."

그 소문은 1학년 복도에서 시작해, 3학년 교무실까지 번져 있었다. 솔직히 반장을 혼내고 싶었지만, 그럴 수 없었다. 이상하게도, 나의 여자를 누군가 '예쁘다'고 말해주는 그 순간이 나쁜 기분만은 아니었다.

점심 무렵부터 비가 내리기 시작했다. 학교와 집은 멀지 않았지만, 퇴근길의 비는 묘하게 차가웠다. 그런데 교문 앞, 가연이 우산을 들고 서 있었다.

"자기야~ 비 와서 우산 가져왔어! 잘 했지? 머리 쓰다듬어줘. 늘 하던 것처럼."

그 순간, 그녀는 한 장의 그림이었다. 비와 바람, 회색 하늘 아래 그녀의 미소만이 유일한 색이었다. 함께 나오던 학생들이 모두 멈춰 섰다. 누구도 말을 하지 않았다. 그 정적 속에는 감탄과, 약간의 질투, 그리고 내게 향한 묘한 존경이 섞여 있었다.

"자기야, 추운데 왜 이렇게 왔어."

고마움과 짜증이 동시에 밀려왔다. 비를 맞지 않게 하려 온 마음이 따뜻했지만, 그녀가 떨고 있는 모습이 괜히 속상했다.

"우리 집으로 빨리 가자, 자기야."

그녀가 내 팔을 잡아끌자, 지나가던 학생들의 시선이 우리에게 쏠렸다. 부러움과 놀라움이 뒤섞인 시선이었지만, 가연에게는 아무 의미 없었다.

집으로 돌아가는 길, 한 남자가 길을 묻듯 우리 앞으로 다가왔다. 나는 순간, 늘 나 말고 다른 남자들에게 적대적이던 가연이가 이번에는 조금은 부드럽게 반응해주길 기대하며 조심스레 숨을 죽였다. 그러나 가연이는 변함없이, 마치 공기처럼 그를 스쳐 지나가며 나와 함께 걸음을 옮겼다.

나는 그녀를 바라보며 묻지 않을 수 없었다.

"자기야… 왜 항상 남자들에게 그렇게 단호한 거야?"

그 질문에 가연이는 잠시 나를 쏘아보듯 응시하다, 살짝 비스듬히 고개를 돌리며 한숨을 내쉬었다. 그 한숨 속에는 화도, 귀찮음도, 그리고 나만을 향한 은밀한 마음도 섞여 있었다.

그 순간, 가연의 눈빛에 살짝 실망과 당황이 섞인 표정이 스쳤다. 그녀는 잠시 나를 바라보다, 낮게 숨을 내쉬며 말했다.

"자기야… 내가 이렇게까지 하는 건, 그냥… 너 말고는 남자는 필요 없으니까. 이해해 줘."

그 말 속에는 단호함 뒤에 숨은 마음, 나만을 향한 애정과 미묘한 상처가 함께 녹아 있었다. 나는 그 감정을 느끼며, 그녀의 손을 꼭 잡았다.

그 말에는 단호함과 동시에, 나만을 향한 확신이 담겨 있었다.

나는 잠시 머뭇거렸다. 그녀의 고개를 바라보며, 마음속 깊이 느껴지는 따뜻함과 냉기가 동시에 스며들었다.

"알았어… 미안, 자기야. 내 마음이 조금 세게 나왔네."

그녀는 그렇게 철저했다. 사랑에서조차 예외는 없었다. 나는 그게 무섭기도 하고, 동시에 안심되기도 했다. 그녀의 사랑은 나를 옭아매지만, 그 안에서만큼은 절대적인 평화가 있었다. 겨울이 되자 우리는 함께 고향으로 내려갔다. 두 집안은 이미 '사돈'이라 부르며 웃었고, 결혼 이야기는 자연스레 오갔다. 그 말을 들은 가연이의 눈빛은 어린아이처럼 반짝였다. 그 미소를 본 나는 그저 고개를 끄덕였다. 겨울밤, 우리는 자주 서로에게 기대어 있었다.

"오빠, 나 추워. 오빠는 더위 잘 타잖아. 그럼 난 오빠한테 붙을래. 내 몸은 차갑고, 오빠는 따뜻하니까."

"평생 붙어 있어도 돼, 자기야."

"진짜야? 평생이야?"

그녀가 사랑한다고 속삭일 때마다, 그 말끝에 스치는 숨결이 내 귓가를 스치면 내 세상은 잠시 숨을 멈추는 듯했다. 우린 너무 달랐다. 성격도, 취향도, 생각도. 싸우기도 자주 싸웠다. 하지만 그 싸움조차 서로에 대한 기대와 애정에서 비롯된다는 걸 우린 알고 있었다. 그래서 싸우다 웃고, 웃다 울고, 울다 다시 껴안았다. 아마도 우린, 맞지 않아서 맞는 사람들이었다. 그럼에도 가연에게는 두 가지 단점이 있었다. 하나는, 유나와 자기를 자꾸 비교하는 습관이었다.

"유나 걔보다 내가 더 예쁘지? 객관적으로 말해봐."

"자기야, 그 얘긴 이제 그만 하자."

"그냥 장난이잖아~ 말해봐."

"…자기가 훨씬 더 예뻐."

그제야 그녀의 입가에 장난스러운 미소가 번졌다. 또 하나는, 그녀는 나를 위해서라면 앞뒤를 가리지 않고 행동한다는 점이었다. 기념일날, 내가 준비한 건 조그마한 케이크와 손편지, 커플링이었다. 그녀는 감동한 눈빛으로 나를 안아주더니, 갑자기 차키를 내밀었다.

"우리 차 해. 기념일 선물이야."

"이거… 어디서 났어?"

"엄마한테 천만 원 빌렸어."

"…자기야, 그건 좀…."

"자기~ 우리 차 없어서 불편했잖아."

"그래도… 환불하자. 우리 형편에 맞게 살자."

결국 우리는 매번 환불을 하러 갔다. 그녀의 사랑은 늘 앞섰고, 나는 그 속도를 따라잡기 바빴다. 하지만 그런 그녀였기에, 매일이 새로웠다. 예측할 수 없는 사람, 나만이 감당할 수 있을 것 같은 여자. 어느 날, 나는 진심으로 말했다.

"가연아, 우리… 이제 조금 우리 관계에 대해서 진지하게 생각해볼까."

그녀는 내 어깨에 얼굴을 묻고, 숨결만으로 동의했다. 마치 지금이라도 시작할 수 있을 것처럼, 마음은 이미 앞서 달려간 듯했다.

"하지만 조금 천천히, 우린 준비가 필요하잖아."

그녀의 눈빛은 단순한 진심을 넘어선, 말로는 설명할 수 없는 온도를 품고 있었다. 늘 그랬다. 내가 마음의 문을 한 걸음 열면, 그녀는 전력으로 내게 달려왔다. 이번엔 내가 달리는 쪽이라 믿었지만, 결국엔 또 그녀의 속도를 따라잡지 못한 채 숨이 가빠왔다.

고등학교 시절 선후배였던 우리는, 시골 식당에서 알바생과 사장 아들의 관계로 처음 마주했다. 허름한 식당 안에서 시작된 인연은 예상보다 깊게 스며들었고, 어느새 연인이 되어 있었다. 그리고 그 연애는 생각보다 빠르게, 평생을 함께할 약속으로 이어졌다.

어제 저녁, 충동처럼 내뱉은 결혼 이야기는 어느새 현실이 되어 내 앞에 쌓였다. 부모님께 인사를 드리고, 예식장과 드레스, 예물을 고르는 동안에도 우리는 묵묵히 마음속 서약을 되새겼다. 결혼식장은 누군가에게 보여주기 위한 무대가 아니라, 우리의 사랑을 증명하는 공간이어야 했다. 그래서 우리는 화려함 대신 단정함을 택했고, 신혼여행은 제주도의 푸른 하늘과 바다 아래에서 조용히 서로를 확인하는 시간으로 대신했다.

남들이 말하는 '한 번뿐인 결혼식'이라는 틀보다, 우리 둘만의 '한 번

뿐인 사랑'을 믿고 싶었다. 가연과 결혼한 후의 일상은 크게 달라지지 않았다. 아기 이야기를 나누고, 결혼 앨범 한 켠을 채운 것 외에는 모든 것이 그대로였다. 하지만 그 '그대로'라는 평온이 오히려 나를 행복하게 했다. 따뜻한 밥 냄새, 서로의 퇴근을 기다리는 일상, 가끔 겹치는 웃음소리. 모든 게 완벽했다.그날 밤, 가연이 먼저 잠들고 나서 나는 혼자 천장을 바라보았다. 새벽이 가까웠지만 좀처럼 잠이 오지 않았다. 내일이 토요일이라서였을까. 아니면 창밖으로 들려오는 술 취한 학생들의 웃음소리가, 오래전에 흘려보낸 나의 청춘을 끌어올려서였을까.

얼마 전, 젊은 학생들과 소통하기 위해 SNS를 시작했다. 처음엔 그저 직업적인 이유였다. 학생들의 생각을 알고 싶었고, 세대의 감각을 배우고 싶었다. 하지만 어느 순간부터 나도 그 세계의 리듬에 익숙해졌다. 사진 한 장, 문장 하나, 짧은 '좋아요' 하나가 누군가의 하루를 바꾸는 세상. 그 안에서 나도 조금씩, 잊고 살았던 감정들을 꺼내기 시작했다. 요즘엔 취미처럼 짧은 글을 써서 올린다. 비록 서툴지만, 누군가의 공감과 반응이 달릴 때면 내가 여전히 살아 있음을 느낀다. 그러던 어느 날, 내 글을 칭찬하며 만나고 싶다는 메시지가 도착했다. 단순한 관심이라 생각했지만, 그 일을 알게 된 가연은 처음 보는 얼굴로 화를 냈다. 불같이 타오른 분노 속에서 나는 비로소 결혼이 '서로의 신뢰 위에 쌓이는 불안한 균형'임을 배웠다.

그 후로 한동안 SNS를 멀리했지만, 우연히 눈에 띈 이름 하나가 나를 멈춰 세웠다. 신유나. 내 청춘의 전부이자, 가장 오래된 후회였다. 손끝이 먼저 움직였다. 의식보다 빨리, 나는 친구 요청 버튼을 눌렀다. 그리고 얼마 지나지 않아, 전화가 걸려왔다.

"백우석, 너 맞지? 아직도 글 잘 쓰네."

낯선 듯 익숙한 목소리였다.

"누구시죠?"

"너 알면서 친구요청 건 거 아니야? 나야, 신유나."

순간, 머리가 하얘졌다. 아무 생각 없이 눌렀던 버튼이, 내 지난 시간을 통째로 끌어올렸다. 그녀는 여전히 직설적이었다.

"너 얼마 전에 카페 갔지? 그 감성 있는 곳. 커플들 많은 데."

"…네가 그걸 어떻게 알아?"

"봤어. 너 아내랑 웃으면서 들어가더라. 그 장면이 너무 열받더라."

목소리의 끝이 조금 떨렸다.

"남편은 맨날 바쁘고, 나를 봐주지도 않아. 그럴 때마다 네가 생각났어. 아무 이유 없이 날 사랑하던, 그때의 너."

그녀는 말했다.

"우리 예전에 좋아하던 그 싸구려 양주 있지? 그거 사서 혼자 마셨어. 근데 이상하게 그 맛이 안 나더라. 내가 찾던 건 술 맛이 아니라… 너랑 같이 있는 시간, 분위기, 네 말들이였던 거 같다."

나는 한참을 말이 없었다. 그리고 겨우 내뱉었다.

"…미안해. 나 지금 너무 평범하게, 너무 만족스럽게 살고 있어. 가끔 고급 레스토랑에 가는 정도의 여유밖에 없지만, 나 지금 아내랑 같이 지내는 이 평온이 너무 좋아…."

그때 통화를 듣고 나온 아내가 얼음장처럼 차가운 표정으로 날 바라봤다. 수화기 너머로 새어나온 여자 목소리가 공기 속에 오래 남아, 우리 사이의 온도를 서서히 식히고 있었다. 나는 급히 전화를 끊고 저번에 다른 여자가 보낸 메세지를 본 아내의 얼굴을 하고 있는 아내에게 모든 걸 설명했다.

"여보, 진짜 그게 아니라니까… 그냥 전 여자친구가…."

"됐어. 무슨 얘기했는지만 말해."

"한 번만 만나달래. 내 생각이 난다고…."

가연은 한참을 말없이 나를 바라보다가, 짧게 한숨을 내쉬었다.

"…그래, 다녀와. 안 그러면 그 여자가 계속 달라붙을 거야. 내가 당신 믿으니까 이렇게 말하는 거야. 대신, 그 사이에 남은 미련까지 다

정리하고 와."

그 말은 물 위에 선 불빛 같았다. 차갑고도 따뜻한, 믿음과 경계가 한 줄로 맞닿은 온도였다.그날 밤, 창밖에서는 봄비가 내리고 있었다. 창문에 닿은 빗방울은 마치 우리의 대화처럼 흩어졌다가 다시 합쳐졌다. 나는 그 소리를 들으며, 오래된 기억과 현재의 사랑이 섞인 회색의 마음을 천천히 삼켜내렸다.

유나가 만나자고 했던 카페는, 우리가 대학생 때 자주 가던 그곳이었다. 시끄럽고 붐비던 공간이었지만, 유나는 그 혼잡한 공기 속에서도 늘 편안해했다. 갓 볶은 원두의 고소한 냄새는 막 구운 빵의 따스함과 흙냄새처럼 푸근했고, 오후 햇살에 익은 과일 향처럼 달콤하게 코끝을 간질였다. 그날도 그 향기 속에 그녀가 있었다.

유나는 먼저 와 있었다. 햇살 같던 예전의 얼굴이 겹쳐 보였지만, 명품 가방과 반짝이는 반지,고급 향수의 냄새는 낯설었다. 예전의 유나는 이런 사람이 아니었다.

"…유나야, 잘 지냈어?"

"몇 년만에 만난 전 여친한테 하는 말이 그거야? 참, 너답다."

유나는 웃었다. 그 웃음은 오래된 필름 속 한 장면처럼 빛났고, 나는 잠시 그 시절로 돌아간 듯했다. 서로의 근황을 주고받았다. 유나는 남편 이야기를 거의 하지 않았다. 하지만 '날 안 봐준다'는 한마디가, 그들의 관계가 얼마나 멀어졌는지를 말해주고 있었다.

"와, 넌 진짜 그대로다. 나이를 거꾸로 먹는 것도 아니고."

"아니야. 나도 늙었지. 아내가 맨날 놀려. 예전 같지 않다고."

그렇게 대화를 이어가다 보니, 카페 안의 불빛이 점점 노랗게 번져 있었다. 창가를 두드리던 햇살은 이미 사라졌고, 테이블 위 커피잔은 몇 번이나 식어 있었다. 시계 초침이 소리 없이 흘러가고, 두 사람의 말은 어느새 추억과 후회, 그리고 미련의 결로 번져 있었다.

유나는 잠시 침묵하더니, 조용히 잔을 내려놓았다. 그녀의 목소리는 낮고 떨렸지만, 그 안엔 오래된 그리움이 섞여 있었다.

"우석아… 나 너랑 진짜 마지막으로 양주 한 잔만 하고 싶어.

내 마지막 부탁이야."

나는 한동안 아무 말도 하지 못했다. 그녀의 눈빛엔 작별과 미련, 그리고 아직 끝나지 않은 시간들이 뒤섞여 있었다.

"…알겠어. 너도 많이 고민했을 테니까. 이번 한 번만이야."

그렇게 우리는 늘 그랬듯, 편의점에서 가장 저렴한 양주를 샀다. 좁은 벽돌길, 낡은 가로등, 그리고 문 앞의 작은 화분들 모든 게 그때 그대로였다. 마치 내 청춘의 시간이 이 골목에만 남아 있는 듯했다.

"집 아직도 못 팔았어. 너랑 있던 시간들이 너무 소중했거든. 가끔 청소하긴 하는데, 예전만 못하지?"

"아니야. 똑같아. 모든 게 그대로야."

유나는 잔을 들고 해맑게 웃었다.

"그때 그 맛이네. 내가 제일 좋아했던 그 맛."

그 말과 함께, 그녀의 눈빛이 부서졌다. 유나는 조용히 울기 시작했다. 소리 없는 빗방울처럼, 그 눈물은 말 대신 진심이 되어 내 어깨 위로 떨어졌다. 나는 울 수 없었다. 울면 안 된다는 걸 알고 있었다. 이 자리에서 눈물을 흘리는 순간, 우리 둘 모두 다시 돌아갈 수 없다는 걸 어렴풋이 느꼈다. 손수건을 건네자, 유나는 더 크게 울었다. 사랑과 후회, 두려움이 한꺼번에 터져 나오는 울음이었다. 방 안의 공기마저 미세하게 떨렸다.

"손수건 주는 건, 그때랑 똑같네. 근데 왜 같이 안 울어줘…?"

"유나야… 너랑 나를 위해서 안 우는 거야."

"그럼, 날 위해서 울어줘. 그냥… 그때처럼 안고 울어줘."

나는 한참을 침묵했다가, 조용히 말했다.

"유나야, 미안해. 나 널 너무 사랑했어서… 이제는 그렇게는 못 하겠어."

  그녀의 울음이 잦아든 뒤에도, 방 안에는 오래된 향수 냄새와 다 사라지지 못한 청춘의 그림자만이 남아 있었다. 나는 조심스레 술에 취한 그녀를 침대에 눕히고, 문을 닫았다. 그 순간, 방문이 닫히는 소리가 한 계절의 끝처럼 들렸다.

  밖은 이미 밤이었다. 골목 끝의 가로등이 희미하게 흔들리고, 차가운 공기 속에서 내 숨이 하얗게 피어올랐다. 나는 몇 해 전 유나를 다 잊었다고, 이제는 괜찮다고 믿어왔다. 하지만 그건 착각이었다. 이제야 진짜 이별을 한 거였다.

  집으로 돌아오는 길, 발자국마다 눈이 스며들 듯 고요했다. 어딘가에서 누군가의 웃음소리가 들리는 듯했지만, 금세 바람에 흩어졌다. 나는 천천히 고개를 들어 하늘을 보았다. 아직 눈은 내리지 않았지만, 그 하늘 어딘가엔 유나의 이름 같은 흰 조각이 떠 있는 것만 같았다.

해서

우리의 대부분은 아주 작더라도 각자의 감정과 마음을 가지고 살아갑니다. 때로는 그 감정에 휘둘려 돌이킬 수 없는 선택을 하기도 하지만 우리는 감정 덕분에 사람을 이해하고 앞으로 나아갈 수 있다고 생각합니다. 저는 제 글을 통해서 진솔한 감정에 대한 생각을 전하고자 합니다. 자신이 알아차리지 못했더라도  알게 모르게 행동과 스쳐지나 갔더라도 분명 그 자리에 흔적을 남겼을 감정에 대해 말하고자 합니다.

여름날 우리 (1부)

상실감을 느껴본 경험이 있는가?

상실감은 흔히 무언가를 잃었을 때 느끼는 감정을 일컫는 말이다. 그 무언가는 개개인마다 다를 것이고 느끼게 되는 감정의 크기와 방법 또한 다를 것이다.

풀잎의 이슬이 아직 마르지 않고 맺혀 있을 이른 아침. 물안개가 사라지지도 않았을 시간, 어느 작은 시골 고등학교의 아침이 밝아온다. 학생들의 수다소리와 웃음소리, 아직 아침 훈련 중인 야구부의 소리가 울려 퍼졌다.

"너네 그거 들었어? 오늘 우리 학교에 전학생 온대."

"응? 전학생? 전학생이 여기에 왜 와."

"설마 지금 전학생이 오겠어?"

그 순간, 학교의 시작을 알리는 종소리가 울려퍼졌고 곧이어, 나이가 지긋해보이는 교사가 들어왔다.

"자, 다들 자리에 앉아라. 여기 빈자리들은 누구고."

"쌤, 야구부요."

그 교사는 고개를 끄덕였고, 이내 교탁을 두어번 내리쳤다.

"중요한 전달사항이 하나 있다. 오늘부로 너희와 같이 생활하게 된 전학생이 있다. 들어 와."

교사는 문 너머로 손짓했고 한 여학생이 천천히 교실로 들어왔다.

웅성거렸던 교실은 전학생의 등장으로 금방 사그라들었다.

여학생은 교사의 옆에 섰고 교실을 한번 둘러보고는 말했다.

"…한서아야, 잘 부탁해."

몇 초간의 정적이 일었고 학생들은 눈치를 보며 하나둘씩 박수를 쳤다. 한서아는 창가의 두 번째 자리로 정해졌다. 자리로 가는 길, 학생들의 시선이 지독하게 따라왔고 또 다시 정적이 찾아왔다.

*

새로운 시작은 항상 사람을 긴장시키기 마련이다.

또한 그것은 누구에게나 공통적이다.

밤의 어둠이 가시기 전, 저절로 눈이 뜨였다. 이상하리 만치 적막한 집안은 어느새 나에게 익숙한 일상이 되었다. 불이 꺼진 거실, 커튼이 아직 내려와있는 창문. 삭막한 집안을 채우는 것은 아직 덜 마른 물기가 싱크대에 떨어지는 소리밖에 없었다.

"…다녀오겠습니다."

산을 뒤로 보이는 구름은 내가 뛰면 손에 닿을 정도로 가깝게 보였다. 한여름의 하늘은 종잡을 수 없는 연과 같았다. 날 것 같다가도 금방 무너져 버리니 전혀 예측할 수 없다.

'하늘 참 더럽게도 밝네.'

등교길을 걷는 동안, 주변은 온통 처음 보는 것들 투성이었다. 1층, 2층인 단층의 건물들, 아직 문을 열기 전인 시장. 산길을 지나자 낮은 건물들 사이에 혼자 우뚝 서 있는 학교 건물이 보인다. 이솔고등학교…. 정문을 넘는 순간, 이젠 돌이킬 수 없어진다. 이게 정말 맞는 선택이겠지, 이미 결정했잖아. 돌덩이가 발을 짓누르듯 발이 무거웠다. 원래 발걸음 한 번 옮기는 게 이렇게 힘들었나…. 걸어온 길을 뒤돌아보니, 참 많이도 걸어왔구나 생각이 들었다. 이미 이렇게 멀리까지 걸어왔으니

돌아가는 것은 쉽지 않을 것이다. 걸어오며 봤던 작은 상가는 이제 보이지 않을 만큼 멀리 있었다.

'…어쨌든 가긴 가야겠지.'

마음을 다잡은 후, 앞으로 발을 내딛었다. 다행히 계단을 오르는 것은 그리 어렵지 않았다.

전에 학교에 왔었을 때, 어떤 선생님께 입학서류를 제출하니 나에게 등교일과 다음엔 2학년 교무실로 오라고 알려주셨었다. 2학년 교무실을 3층이었고, 노크를 한 후 문을 열었다. 가방을 막 내려놓는 사람. 급하게 전화기를 붙잡고 통화하는 사람 그리고 선반에서 커피를 타고있는 사람.

"저, 저기… 혹시 정영식 선생님 계시나요?"

몇몇 선생님들이 나를 바라보곤 일제히 어딘가를 바라보았다. 그때, 선반에서 커피를 타고있던 사람이 뒤를 돌아봤다.

"어? 누구니?"

"저… 전학생인데요. 한서아요."

그 사람은 급히 믹스커피의 봉지를 털더니 나에게 다가왔다.

"아, 너가 한서아구나. 나는 네 담임선생님인 정영식이야."

담임선생님은 나에게 학교의 교칙이나 대략적인 위치들을 알려주었다.

"아직 애들이 등교하기 전이니까 종치면 같이 들어가자."

몇 분의 기다림 끝에 종이 치고, 나와 담임선생님은 교실의 앞으로 향했다.

'…2학년 3반. 여기가 앞으로 내 교실이구나.'

선생님께서 나에게 조금 있다가 들어오라는 당부를 하시곤 먼저 교실로 들어가셨다. 선생님께선 능숙하게 아침 조회를 이어가셨고 나를 돌아보시며 들어오라는 듯이 손짓하셨다. 떨리는 마음을 가다듬고 교단으로 한 걸음씩 올라갔다. 시선에 나에게로 쏠리는 게 느껴졌다.

"오늘부로 너희와 같이 지내게 된 친구다. 자, 인사해볼까?"

혹시 주목받기를 좋아하는 사람 있나? 일단 난 아니다. 시선이 쏠리고, 분위기가 무겁게 가라앉는다. 손이 떨리는 것을 꾹 참고, 최대한 차분한 목소리로 가다듬었다.

"…한서아야, 잘 부탁해."

아이들은 저마다 주위의 눈치를 보았고, 하나둘씩 박수를 쳤다. 자리에 앉으니 선생님은 마저 공지사항을 말씀하셨고, 고개를 돌리니 옆은 야구부가 아침 연습을 하고 있었다. 2이닝으로 달리는 사람, 코치의 소리치는 모습이 눈에 들어왔다. …연습 열심히 하네, 뭐 다음 대회 때문인가.

아침 조회가 끝나고 선생님께서 나가시고 얼마 지나지 않아 누군가 뒷문을 열고 들어왔다.

"야, 이지한. 전학생 왔다."

"응? 뭔 전학생이야."

그 아이는 나에게 손짓하며 말하는 것이 들렸다.

"쟤야, 한서아래."

고개를 돌리니 머리에서 물이 떨어지고, 목에 수건이 감겨있었다.

"아…. 야구부인가?"

서너 명이 이지한의 뒤로 따라들어 왔다. 그때, 미약하게 남아있는 열기와 풋풋한 청춘의 향기가 코 끝을 간지럽혔다. 나와 눈이 마주치고 서글서글한 웃음을 지으며 나에게로 다가왔다.

"저기… 내 이름은 이지한이야, 너가 한서아라고?"

"…응, 한서아야."

순식간에 주위가 시끌벅적해졌다. 그러던 중, 뒷문이 다시 열리고 키가 큰 학생이 들어왔다.

"채연호! 여기 전학생 있다!"

머리를 털던 학생이 고개를 들며 이지한을 바라보았다.

"뭐? 전학생이 왔다고?"

채연호가 발걸음을 옮기려던 그 순간, 교실의 미닫이 문이 열리며 선생님께서 들어오셨다.

"자리에 앉아라-."

*

아침 연습을 끝내고 샤워실에서 대충 몸을 씻고 나왔다. 평소처럼 교실로 올라가는 길이었지만 내내 오늘따라 새로운 느낌을 받았다.

'뭔가 다르게 이슬어린 듯한 느낌이.'

그저 기분 탓이겠지. 생각하며 교실 문을 열고 들어섰다. 수건으로 머리를 툭툭 털고, 수업시간에 안 들키게 자는 법을 생각하며 문을 열었다.

'머리를 싸매고 자? 아니면 글 쓰는 척?'

그때, 이지한이 갑작스럽게 말을 걸어왔다.

"채연호 전학생이 왔대!"

'전학생이라고? 갑자기 무슨 소리야.'

순간, 이지한의 뒤로 웬 작은 여자애가 나타났다.

'…이게 뭐야.'

푸른 빛의 여자 아이가 날 바라본다. 사랑에 빠지면 바로 느낄 수 있다고 했던가. 전혀 느낀 적이 없는 혼란, 설렘, 기대…. 주위는 온통 흐릿해지고 오직 너의 얼굴만이 선명하게 보였다.

계속해서 너의 이름은 반추하고 있으면 너의 얼굴이 자연스럽게 떠올랐다.

수업시간 내내 집중이 되지 않았다. 칠판에 집중하다가도 정신을 차려보면 어느새 내 시선은 너를 향해 있었다. 꼭 한 떨기의 은방울 꽃을 닮은 것이 자꾸만 눈에 걸렸다.

"채연호, 집중 안 하나!"

"네, 네!"

아이들이 나를 보며 피식피식 웃는다. 순식간에 모여진 시선에 귀가 붉어졌지만…. 그때, 나와 너의 눈이 마주쳤다.

'…미쳤다.'

너를 보자마자 귀뿐만 아니라, 얼굴에 열꽃이 피어오르는 것 같았다. 급하게 시선을 돌렸지만…. 봤겠지? 봤을 거야….

…감기인가, 너무 더운데. 또한, 아마도 이게 첫눈에 반했다는 말이겠지.

*

계속해서 시선이 느껴졌다. 그러다 선생님께서 채연호를 불렀다. …아, 시선의 주인이 너였구나. 뒤를 돌아봤을 때, 너와 눈이 마주쳤다. 너는 나와 눈이 마주치곤 급하게 시선을 돌렸다.

'왜 저렇게 바라보는 거지?'

채연호가 먼저 시선을 돌렸고, 나 또한 시선을 돌렸다. 그렇게 지루한 수업시간이 지났고, 선생님께서 나가시자 마자 채연호가 내게 다가왔다.

"아까… 이지한이 널 그렇게 불렀잖아. 그때 얼굴 익혔어."

채연호의 얼굴에 선홍빛의 불빛이 머문다.

"그, 그렇구나.. 아. 그러니까, 아무튼. 친하게 지내자고."

그는 나에게 손을 내밀었고, 나는 잠시의 고민 끝에 그의 손을 마주 잡았다.

"…응, 나도 잘 부탁해."

채연호와 그저 서로 질문을 주고받는 게 다였다. 채연호는 어릴 때부터 야구를 해왔다고 말했다.

"그냥… 아마 첫 시작은 유치원 때.. 였나? 그때 아버지와 함께 시작했었어. 어릴 때 되게 재밌어하기도 했고, 잘하기도 했었다고 알려주셨어."

채연호는 앞으로도 야구를 하며 꿈을 키울 것이라고 하였다.

야구… 꿈…. 참 예쁜 이야기지. 꿈은 불확실하면서도 가장 밝은 빛을 내는 희망이다. 즉, 꿈을 가지고 있다는 것은 가장 빛나고 깊은 희망을 가지고 다는 것이다. 그리고 가장 빛나고 있는 사람이 바로 내 앞에 있다. 내 빛은 다 꺼지고 차가워진 지 오래. 찬란하게 빛나던 꿈은 생각보다 쉽고 일찍이 차갑게 식어버린다.

'…어차피 한 여름밤의 꿈처럼 금방 사라질 것을.'

"응, 열심히 해. 내가 응원할게."

살며시 미소를 지어 보이자, 채연호는 내 앞에서 티 없이 맑게 웃어 보였다. …사실 그렇게 순수한 웃음은 오랜만이었다. 아무런 가식 없는 웃음은.

다시 수업종이 울리고 채연호는 자리로 돌아갔다. 칠판에 시선을 고정했지만 머릿속은 다른 생각으로 가득했다.

나도 어릴적 큰 꿈을 가지고 있었다. 하지만 그 꿈은 결국 더 큰 벽을 마주하여 그만 처참히 무너지고 말았다. 힘들게 쌓았던 내 소중한 모래성이 너무나도 냉혹한 파도를 만나 차분히 무너져내렸다.

'너는 어떨까. 너도 무섭고, 어두운 파도를 만났을까.'

현실은 꿈을 이루기에 너무나도 잔인했다. 세상은 우리에게 꿈을 가지라고 희망적인 목소리를 보냈지만, 정작 우리가 마주하는 건 꿈을 타고 올라가기엔 너무나도 큰 벽이었다. 시간은 속절없이 흐르고 점심시간이 되었다. 아이들은 저마다 삼삼오오 모여 급식실로 향하는 것 같았다. 급식실의 위치는 대강 선생님께 들어서 알고 있었다.

…뭐 어쩔 수 없이 혼자 먹겠구나.

자리에서 일어나려던 참이었는데, 누군가 나의 어깨를 툭툭 두드렸다.

"저, 저기….."

고개를 돌려보니 왠 갈색 머리의 여자 아이가 있었다.

"혹시 나랑 같이 밥… 먹을래?"

손짓으로 밥을 먹는 것을 표현하며 나를 바라보고 있었다.

'얘는 같이 먹을 애가 없나?'

그 아이는 내 눈치를 보는 듯하더니 곧장 입을 열었다.

"내 이름은 선유빈이고, 저기… 너랑 대각선 자리야."

"어… 그래."

선유빈은 내 팔을 잡고, 급식실로 이동했다. 선유빈은 가는 길 동안 병아리처럼 내내 쫑알쫑알거렸다.

"있잖아, 나 원래 친했던 애들이 있었거든? 근데 갑자기 나 빼고 자기네들끼리 얘기를 하는 거야. 처음에는 별 신경을 안 썼는데…. 아 몰라, 아무튼 나 걔네들 손절하려고. 아, 그리고 우리 다음 달에 체육대회하는 거 알아? 그때 진짜 기대되지 않아? 또, 우리 학교 10월에 축제하는데….."

'말이 진짜 많구나….'

선유빈의 말을 대충 들으면서 걸어가니 급식실은 금세 도착했다.

"그러니까… 나 너랑 같이 다녀도 돼? 어…. 친구, 하자고."

나는 쉽사리 말을 꺼내지 못했다. 친구. 얼마나 좋은 존재인가. 서로 도우며 상호 존중을 이어가는 것. 하지만 그만큼 위험하니까. 서로 하나가 맞지 않는다면, 잘 쌓아둔 공든 도미노는 순간 무너져 버린다. 과연 우리는 또다시 새로운 도미노를 쌓을 수 있을까.

"…응, 그래."

어차피 짧은 시간일 테니까. 나도 새로운 학교에 다니게 된 참이니,

학교에 다닐 동안 같이 지낼 사람이 필요하다. …당분간만 잘 부탁해, 유빈아.

급식 시간 내내 별 중요한 얘기를 나눈 것은 아니다. 선유빈은 시내인 노을동에 산다며 알려주었다. 그러면서 어릴 때 놀았던 이야기들을 해주며 잠시 추억에 잠긴 듯한 느낌을 받았다.

"어때? 너는 어릴 때 뭐하고 놀았어?"

"어… 나도 뭐, 너랑 똑같지."

"나랑 똑같다니.. 네 이야기도 해줘. 너 서울에서 온 거 아니냐며 얘기 엄청 많았던 거 알아? 뭐.. 사고쳐서 내려왔다느니, 부모님이 엄청 부잔데 폭싹 망해버려서 내려온 거라느니 엄청 말이 많았어."

"서울에서 온 건 사실이야. 근데 부자도 아니고, 폭싹 망한 것도 아니고."

선유빈은 갑자기 반짝이는 눈빛으로 나를 바라보았다.

"서울? 서울 나 한 번밖에는 안 가봤는데… 그때, 홍대? 나 홍대 가봤어. 너는 원래 어디에 살았어?"

"어… 잠실 쪽에."

"잠실? 롯데월드?"

뭐… 롯데월드가 유명하긴 하지.

"어, 그 주변에 살았어."

"미쳤다…. 나랑 놀러가자, 우리 롯데월드도 가고, 같이 한복 입고 경복궁도 놀러가자."

나는 대충 고개를 끄덕이고, 웃어넘겼다.

학교가 끝나고, 집으로 돌아가는 길. 학교 너머로 보이는 하늘은 마치 한 폭의 그림처럼 너무 아름다웠다. 날씨가 조금 더운 감이 있었다. 목 뒤로 땀이 송글송글 맺혔지만 이런 게 낭만이라고 하는지…. 얼굴을 찌푸리며 보내기에는 조금 아까운 감이 있었다. 그렇게 이어폰을 통해 청량한 노래를 들으며 길을 걷는데, 아침과는 다르게 푸릇한 청춘의 풍경을 눈에 깊게 담아두고 싶었다. 산길을 걷고, 시장을 지나가는 길이 생각보다 금방 지나갔다. 하얀 대문 앞의 집 앞에 섰다. 뒤꿈치를 들어 담장 너머로 집 안을 들여다보았다.

'…아, 아직도 안 왔구나.'

결국, 문을 열고 들어섰다. …오늘도 혼자서 보내겠구나. 마당엔 들장미와 작은 꽃들이 무성하게 자라있었다. 두꺼운 철문을 열고 들어가니 어두운 집 안의 풍경이 눈에 들어왔다. 아무도 내가 학교에 간 사이, 집에 들어오지 않은 것이다. 반쯤 열어둔 커튼을 거치고 방으로 들어갔다.

"하…."

의자에 거의 눕듯이 앉아 멍하니 천장을 올려다보았다. 어느새 아까의 좋았던 감정들은 씻은 듯이 사라지고 공허한 느낌만이 나를 가득 채웠다. 시간은 속절없이 흐르고 흘러 저녁 시간에 다다랐다. 결국 이렇게 시간을 버릴 순 없다는 생각을 하고 마음을 다잡은 채 문제집을 펼쳤지만 어쩌면 당연하게도 문제들은 눈에 들어오지 않았다.

'하… 머리가 너무 복잡해.'

…배가 좀 고픈가. 공부가 아닌 다른 일을 찾으려 밖을 나갔다. 부엌에 다다르니 조금 허기진 느낌이 들긴 했다. …뭐 좀 먹을 게 있나. 냉장고엔 달걀과 반찬 몇 개, 찬장에는 통조림들이 들어있었다.

'음… 뭘 먹지….'

열심히 고민을 했지만 생각보다 간단한 결론에 도달하였다. 계란찜이랑.. 통조림 구워 먹어야지. 대충 식사를 때우니 조금씩 졸음이 몰려왔다.

'오늘 긴장을 많이 하긴 했어, 그 오랜 시간을 몸과 정신이 긴장한 상태로 보냈으니.'

잠시 앉아서 눈을 꿈뻑거리다가 잘 준비를 위해 화장실로 들어갔다.

물이 머리를 타고 내려와 발바닥에 닿는다. 동시에 오늘의 일들이 머릿속에 주마등처럼 지나간다. 첫 등교길은 긴장됐고, 아이들 앞에 섰을 땐 무서웠어. 하교하는 길은 즐거웠고, 집에 왔을 때는… 음.

머리를 툭툭 털며 방 창문 너머로 보이는 밤하늘을 보았다. 흑빛이 가미된 남색의 하늘은 하얀색의 작은 빛들이 새어나오고 있었다. 그중 가장 눈에 띄는 빛들을 이어보면 별자리의 모양을 엿볼 수 있다.

'…새? 십자가인가?'

휴대폰을 들어 별자리 모양들을 찾아보았다. 아…. 백조자리구나. 찾아보니 백조자리는 여름철에 잘 보이는 별자리들 중 하나라고 한다. 별자리에 관해 찾아보며 시간을 보내니 어느새 잠에 빠져 있었다. 어두운 세상을 밝혀주는 달빛과 별빛들의 안내를 받으며 다행히 꿈속을 헤매지 않고 편안한 잠을 이뤘다.

어느덧 학교에 다닌지 사흘째 되었다. 학교의 구조는 어느 정도 외웠고, 선유빈과도 꽤 친해진 느낌이 들었다.

"서아야, 우리 매점 가자!"

"어? 지금 5분도-"

내 말이 끝나기도 전에 손을 잡고 나를 이끌었다.

"지금 수업 시간까지 5분도 안 남았는데 어쩌려고 그래."

"괜찮아, 어차피 수학이라 늦게 들어와~."

매점으로 향하는 길에 선유빈은 계속 말을 이어가고 있지만 그러던 중, 갑자기 말이 끊겼고, 발걸음도 멈추었다.

"유빈-."

옆을 지나가던 한 여학생과 눈이 마주쳤다. 분홍색 머리띠를 한 장발의 여학생이었다.

나와 눈이 마주치고 입꼬리를 올리며 미소를 지어 보이곤 옆에 있던 학생들과 이야기하며 나와 선유빈의 지나쳤다.

"…쟤야."

"응? 쟤가 누군데?"

"…걔, 말했잖아. 나 버린 애들. 중간에 있던 분홍색 머리띠가 주동자야, 정채원."

아… 아마도 나와의 첫 만남에서 말했던 것 같다.

"어쩜, 저렇게 뻔뻔하게 다니는지 모르겠어. 나는 얼마나 불안했는데…."

선유빈의 손이 덜덜 떨리는 것이 보인다. 주먹을 쥔 손은 얼마나 세게 쥐었는지 하얗게 질려있었다.

"괜히 깊게 생각하지 마, 생각할수록 너만 더 스트레스받고 피곤해져."

선유빈은 나를 조금 촉촉해진 눈가로 바라보았다.

"응… 알겠어, 아 맞다. 얼른 매점이나 가자."

앞서가는 선유빈을 뒤에서 천천히 따라갔다. 매점에 다다랐을 때, 멀리서 친구들과 이야기를 나누는 채연호가 보였다. 단 세 걸음을 사이에 둔 거리.

"어, 저기.. 서아야!"

뒤를 돌아보니 어느새 바로 내 앞에 서 있는 채연호가 눈에 보였다. 나를 알아보고, 부를 줄은 꿈에도 몰랐다. 당황해서 그런지 그를 바라보는 눈이 흔들렸고, 입꼬리는 애매하게 올라갔다.

"어, 어어…. 왜?"

"그냥, 보이길래 불러봤어."

멋쩍게 뒷머리를 긁적이던 채연호는 손에 들려있던 이온음료를 내쪽으로 내밀었다.

"이거… 너 먹을래?"

"이거 너 먹으려고 산 거 아니야?"

"아냐, 너 주고 싶어서 그래."

…얼떨결에 받아버렸다. 채연호는 정말로 나에게 음료수를 쥐여주곤 자기 친구들과 함께 사라져버렸다. 손에 쥐어진 이온음료를 바라보다가 매점 안으로 선유빈을 찾으러 들어갔다. 선유빈은 과자 코너에 있었고 내 인기척을 느꼈는지 금방 나를 바라보았다.

“뭐야, 그거 사려고?”

“어? 어….”

선유빈은 나를 특이하다는 듯이 바라보곤 여러 가지 과자들을 품에 안고 계산대로 향했다.

‘저걸 다 먹을 수 있으려나, 몇 시간 뒤면 점심시간인데.’

선유빈은 행복한 듯, 발그레한 웃음을 지으며 걸음을 재촉하였다. 그 모습을 보고 있자니 꼭 어린아이가 장난감을 선물 받은 것처럼 보였다.

‘저렇게 신이 나나….’

다행히 수업 시간에 늦지 않고 교실에 도착할 수 있었다. 선유빈은 반에 도착하자마자 사온 과자를 몽땅 책상 위에 올려두었다. 그리고는 그중 작은 과자봉지를 들고 나에게로 왔다.

“…지금 먹으려고?”

“응, 조금 출출하지 않아?”

곰곰이 생각해보았지만.. 꽤 적당한 것 같은데. 선유빈은 망설임 없이 과자봉지를 열었다.

하나씩 과자를 먹으며 나에게 먹었다.

“너도 먹을래?”

“어? 어… 응.”

나는 과자봉지에서 작은 과자 한 개를 꺼내 들었다.

“고마워. 잘 먹을게.”

달콤한 맛이 입안에 맴돌았다. 과자는 사르르 녹아 입 안에서 금방 사라졌고 그 여운은 꽤나 오래 나에게 남아 있었다.

점심시간이 되고 뜨거운 태양 빛이 학교를 내리쬐고 있었다. 급식실을 이어주는 통로는 옆으로 운동장이 보이는 구조였다.

"이야… 야구부 애들은 어떻게 이 날씨에 운동을 하냐."

"그니까 나였으면 이미 탈출함 ㅋㅋ"

"저기 코치가 빡세잖아, 애들 엄청 굴릴걸?"

주변에서 이야기하는 말소리가 귀에 선명하게 들렸다.

"그나저나 너는 안 더워?"

"응?"

"이 더운 여름날에 어떻게 가디건을 입고 다녀. 머리도 막 풀어헤치고."

그 말에 주위를 둘러보며 다른 아이들과 나를 비교해 보았다. 다들 높게 질끈 묶은 머리나 짧은 단발. 반팔의 하복차림에 하나둘씩 손부채 질을 하고 있었다.

'…그냥 가디건이 편한데, 똑같이 하복도 입었고.'

"머리가 긴 건, 너도 똑같지 않아?"

"엄…."

나를 앞서 가던 선유빈은 해사하게 웃으며 나를 돌아보았다. 갈색 빛 머리가 바람에 휘날리며 민들레 홀씨가 바람에 흩날리듯 싱그러운 여름의 향기를 보내줬다.

아이들의 함성 소리 때문일까 고개가 돌아가며 시선이 자꾸만 맴돈다. 운동장으로.

공을 던지고, 달리고, 배트로 공을 친다. 그때, 눈에 들어오는 한 아이.

…너는 어디서든 해맑게 웃는구나.

더운 날이라 누구나 짜증을 내고 싫은 티를 낼 수 있는 상황이지만 너는 그런데도 불구하고 계속 밝은 웃음을 보이네.

"유빈아, 나 매점 한 번만 들려도 돼?"

네가 좋아하는지는 모르겠다. 그냥 이건 너에게 받은 호의를 돌려주는 것뿐이니까…. 그에게 뭘 줄지 고민하고 고민해 봤지만 결국 돌고 돌아 똑같은 음료를 고르고 계산대로 가는 길. 계산대 앞에 있는 눈에 초콜릿이 들어왔다.

'…적절한 당분 섭취는 중요하다고 했어.'

사실 내 사심이 절반 이상을 차지했지만….

…괜찮겠지?

사실 채연호의 책상이 어딘지를 잘 모른다. 주위를 둘러보는데 눈에 들어오는 한 책상. 책상 옆에 있는 가방에 압박 붕대나 보호대 같은 것들이 보이는 걸 보니 채연호의 책상 같다. 다른 야구부들은 아니겠지?

'아냐, 아까 돌아봤을 때, 책상이 여기였으니까.'

작은 메시지를 남겨 놓을까도 고민을 했지만, 결론은 그냥 두기로 결정했다.

*

친구들이 교실로 올라가기 전에 음료수를 사가자고 했지만 들고 온 짐들이 있었어서 두고 가자고 말했다. 시시콜콜한 이야기를 나누며 계단을 오를 때였다.

"야, 채연호. 너 혹시 한서아한테 관심 있어?"

…뭐?

이지한은 정말 이상한 곳에서 눈치가 빨랐다.

"아, 아니거든?"

나는 마음을 숨기려 얼굴을 돌렸다. 이지한은 그럴 일 없다는 듯, 오묘한 눈빛을 보내왔지만 나는 그만하라는 눈치로 그의 어깨를 툭- 쳤다. 시시덕거리며 아이들과 반으로 돌아왔을 때, 내 책상에 없던 물건이 올라와 있는 것을 알 수 있었다. 다가가서 자세히 보니 이온음료와 초콜릿이 올려져 있었다.

"응?"

주위를 둘러보는데 눈에 걸리는 한 아이가 보였다.

…한서아?

설마 너일까 하는 마음 반, 너였으면 하는 마음 반. 나는 살며시 너에게 다가갔다. 한 걸음.. 두 걸음…. 내가 네 책상의 옆에 다가섰다.

"…응?"

너는 아무것도 모른다는 눈치였다. 동그랗게 눈이 커지고, 나를 올려다보는 눈이 빛에 반짝였다. 나는 손에 든 것들을 조금 흔들며 너에게 물음표를 던졌다.

"혹시 이것들 너가 올려둔 거야?"

…혹시 너일까? 개인적으로 난 네가 해둔 거였으면 좋겠는데. 너는 눈을 살짝 굴리며 여러 번 입을 열었다가 다물었다. 살며시 입꼬리를 올리다가도 금세 또 눈을 또르르 굴렸다.

'왜 대답을 안 해줄까? 이러면 정말 내가 너라고 생각하게 만드는데?'

허리를 살짝 숙여 너를 바라보았다.

"아… 그냥 아침에 너한테 받은 것도 있고, 아까 연습하던 거 봐서…."

너의 말 마디마디에 자꾸만 미소가 짙어진다.

"고마워, 잘 마실게."

너는 또 입을 가리고 고개를 마구 끄덕였다.

"야, 채연호. 매점 안 가?"

"어, 너네끼리 가!"

손을 휘휘 젓다가 고개를 돌려 다시 서아를 바라보았다. 아직도 나를 올려다보고 있는 너와 눈을 맞추었고, 나는 밝게 웃으며 손을 흔들었다. 시원한 음료수의 감촉이 손을 감쌌고 자꾸만 미소는 내려갈 생각을 하지 않았다. 이지한과 다른 애들은 그런 나를 보고 왜 자꾸 웃는지 나를 이상하게 바라봤지만 나는 고개를 흔들 뿐이었다. 이 행복은 나만 갖고 나만 알고 싶었으니까.

수업이 막바지에 다다른 어느 요일의 7교시였다. 담임선생님께서는 우리 반에 짝꿍을 만들어주셨다. 어쩌면 당연하게도 내 옆의 짝꿍은 선유빈. 그리고 뒷자리는…, 채연호였다. 때마침 자습인지라 거의 새 거인 문제집을 붙들고 하나씩 풀이를 해나가고 있었다. 옆에서 제 팔을 툭툭 건들고 쪽지를 슬쩍 내미는 유빈이에게 간간이 답해주고, 문제를 푸는 데에 중점을 두었다. 한 10분쯤이 지났을까, 뒤에서 누가 쿡쿡 등을 찔렀다.

"하, 너는 또 왜."

뒤를 돌아보니 장난스런 미소를 지으며 고개를 돌린 너가 보였다. 나는 책상 위를 두어 번 두드렸고, 조용한 목소리로 말했다.

"저기요, 왜 불렀냐니까?"

너는 서서히 웃음기를 그치고 나를 똑바로 보며 말했다.

"그냥, 부르고 싶었어."

나는 그의 말에 조금 눈이 커지며 놀랐지만, 곧 표정을 숨기고 장난스레 그를 노려보았다.

"그래도, 안 돼."

고개를 다시 돌리고 문제집을 바라봤을 때, 뒤에서 작게 낮은 웃음소리가 들렸다.

태양 빛이 뜨겁게 우리를 휘감는 한여름날의 체육 시간. 체육복 자켓을 다 열어둔 채로 유빈이와 함께 손부채 질을 하고 있었다.

"쌤, 저희 할 거 다 끝났는데요. 앉아있으면 안 돼요?"

체육 선생님께서는 주위를 둘러보더니 손짓을 했고, 하나둘씩 운동장 스탠드로 올라갔다. 그렇게 아이들을 따라서 올라가려 발걸음을 옮기는데….

"서아야, 잠시만 이리 와 봐."

내 손목을 잡고는 갑자기 어디론가 들어갔다.

체육창고.

"여름에는 여기만큼 시원한 곳이 없거든."

작은 창문을 통해 들어오는 밝은 태양 빛은 공중에 날아다니는 먼지는 나에게 엿보여주었다. 유빈이는 뭔가는 뒤적거리더니 작은 피구공을 나에게 살며시 날렸다. 다행히 눈치를 챈 탓에 공을 잡았고

"갑자기 던지면 어떡해."

"ㅎㅎ 여기 재밌는 거 많아, 너도 찾아봐봐."

먼지가 쌓인 상자들을 바라보며 한 발자국씩 다가갔다.

'…안 쓴지 꽤 됐나 보네.'

상자들을 조금씩 꺼내어 엿보는데, 그만 한 상자가 내 발걸음을 멈추었다.

…리본 끈.

먼지가 쌓이고, 색이 바란 탓에 얼룩덜룩한 리본 끈들이 내 발걸음을 멈추게 만들었다. 언제 다가온 것인지 모를 선유빈은 내 어깨를 너머로 나와 같이 리본 끈을 보고 있었다.

"아~ 우리 학교가 몇 년 전? 십 몇 년까지만 해도 체조부가 있었대. 지금은 사라졌지만."

선유빈은 손을 뻗어 한 리본 끈을 잡았고, 살며시 흔들어보았다.

"으… 먼지!"

상자 속에 있던 리본 끈을 하나 더 꺼냈다. 먼지가 쌓인 탓에 손에 닿는 느낌이 그다지 좋지는 않았다. 몇 번 손에 쥐었다가….

〈창작반 부원 모집〉

소설, 시, 시나리오, 가요 작사에 관심 있는
예비 작가님들을 기다립니다.

창작반 가입을 원하시는 분은
아래 이메일로 본인의 창작 작품을
보내 주시면 심사 후 연락드립니다.

yoonsamforever@gmail.com

채석강아지씨

빛은 어둠 속에 있었으나,
사람들은 그 빛을 구원이라 부르지 않았다.

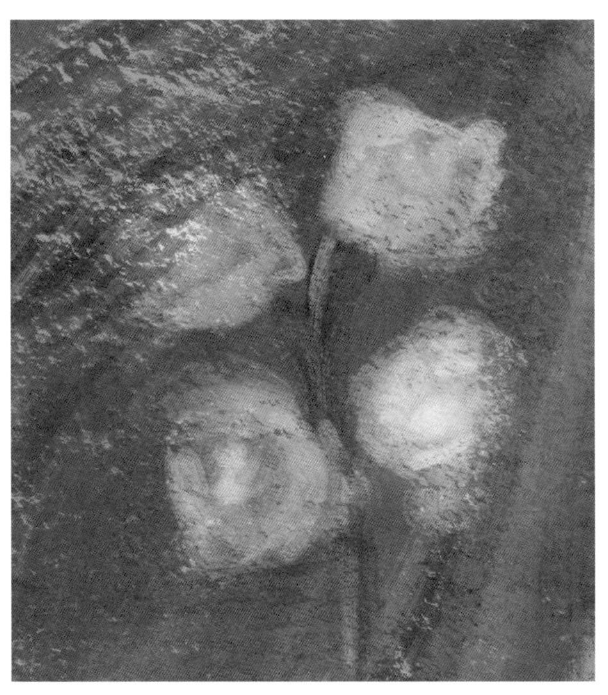

맑음의 바다

때때로 구처럼 시시각각 모습을 바꾸는 악은 우리 삶 가까이에 있다. 그러나 우리는 그것을 망각한 채 그 악에서 벗어나기 위해 구원이 있다고 믿는다. 그것이 마치 보편적인 진리라도 되는 양 신을 믿고 누군가를 칭송하며 갈망한다. 그러나 멀리 있다 생각한 구원이라는 선은 사실 가까이에 있다. 당신조차 알지 못할 만큼 가까이에.

"삼아, 너는 어떻게 살고 싶어?"

예전부터 물어보고 싶은 말이었다. 하지만 요즘 같은 세상에서는 이런 질문조차 사치였다. 세상이 바이러스로 뒤덮이고 나라라는 경계가 모호해진 지금은 그저 살아남는 것만이 최우선이었기 때문이었다. 처음에는 내일 먹을 식량만을 걱정해야 했지만, 어느덧 1년 반이 지나니 어느 정도 익숙해졌다. 매일 들려오는 사이렌 소리와 비명이 난무하는 가운데 아침을 먹고 있다는 것은 상상하지도 못할 일이었다.

"저, 저어는 바다에 가서 살고 싶어요.

전에 같이 있던 백이 아저씨가 바닷가에 가면 움직이는 물고기도 있고 매일 배도 실컷 구경할 수 있대요."

삼이는 눈을 반짝이며 자신의 꿈을 늘어놓았다. 백이 아저씨는 삼이에게 희망을 심어준 것 같았다. 앞날을 알지 못하고 하루하루 팔려 갈 날만 기다리는 삼이가 그 희망만을 바라보며 하루를 보내왔을 걸 생각하니 마음이 찌르르하게 아려왔다.

하지만 삼이가 기다린 바다는 이제 없다. 물고기는 오염된 바다에서 죽은 지 오래됐고, 바다에 나간 이들은 극히 드물었다. 이루어질 수 없는 꿈을 꾸고 있었지만 나는 삼이의 꿈을 꺾고 싶지 않았다. 쑥대밭이 된 곳에서 마지막 남은 동아줄이라도 붙잡고 싶은 심정은 누구보다도 잘 알았기 때문이다. 그 동아줄이 썩은 것인지는 중요하지 않았다. 그것을 잡고 있다는 것만이 중요할 뿐이었다.

"흠… 지금은 힘들 것 같고 여름이 되면 같이 바다나 갈까?

바닷가에서 튜브를 타고 수영하거나 맛있는 회도 먹어보는 거야. 다 처음 먹어보는 맛일걸."

삼이는 자신이 회를 먹는 모습을 상상하며 입맛을 다셨다. 나는 이런 평화로운 순간이 지나가지 않길 기도하며 하루를 마무리했다. 아직 희망이 있다. 나에게는 아직 삼이가 있다. 그렇게 스스로에게 최면을 걸었다. 길지도 짧지도 않던 하루가 흘러가고 있었다.

"정부에서는 도심 근처 진입을 금지한다는 규정을 발표했습니다. 또한 ○○병원에서 잇따라 사망자 수가…."

콜록—

아침부터 목에서 핏덩이가 떨어져나올 듯이 기침을 토해냈다. 요즘 날씨가 쌀쌀해졌더니 결국 감기에 걸린 모양이다.

"아, 아저씨 여기 물이요. 아, 아프지 마요."

삼이가 내민 컵을 받아들며 터져 나오는 기침을 억누르려 노력했다. 예전엔 아무리 고생해도 끄떡없던 몸이 요즘은 조금만 무리해도 금세 망가지는 것 같았다. 밖을 나가는 것이 아니었다. 요즘같이 식량이 부족할 때는 특히 더더욱, 이렇게 아플 때마다 부모님이 생각나곤 했다. 나의 머리를 쓰다듬어 준 그 손길. 따듯하게 나를 바라보던 눈빛. '근데 왜 죽였어?' 생각이 그곳에 닿자마자 나는 고개를 저었다. 그만 생각해야 했다. 더 생각할수록 수렁 속으로 가라앉는 기분이니까.

"조금, 피곤해서 그래. 내일 아침쯤이면 괜찮아질 거야."

지끈거리는 머리를 붙잡으며 삼이를 달랬다. 예전부터 삼이는 내가 아픈 것을 유난히 걱정했다. 가끔은 그 걱정이 집착처럼 느껴질 만큼 심했지만, 나는 이해할 수 있었다. 그런 마음이라도 없으면 살아남을 수 없는 세상이었으니까. 삼이를 처음 만났던 건, 오래전 그 창고였다. "마지막 상품입니다! 20대 성인 남성으로…" 그날, 경매가 열린다는 소문을 알음알음 들었지만 직접 가볼 생각은 없었다. 이런 세상에서 법을 지킨다는 정의가 무슨 의미가 있냐는 생각이 들기도 했고, 나는 그 멍청이들과는 다르다고 생각했었다. 하지만 결국, 가장 멍청한 건 나였다. '가지 말자….' 마지막 남은 판단력이 가지 말아야 한다고 나를 붙잡았지만, 나는 무언가의 홀린 듯 발걸음을 옮기고 있었다. 그리고 그곳에서 무서움에 몸을 덜덜 떨고 있던 삼이를 만났다. 그게 우리의 첫 만남이었다.

그 이후로 삼이는 내가 아플 때마다 안절부절못하며 시골 강아지처럼 낑낑댔다. 그것이 어찌나 귀여운지 아픈 와중에도 삼이를 쓰다듬기 위해 손을 뻗곤 했다.

그날도 삼이는 작은 손으로 내 손을 꼭 잡았다. 아픈 나를 지켜야 한다는 듯. 그런 조그마한 시골 강아지가 앞에서 나를 지켜준다고 생각하니 기특해 웃음이 나왔다. 이럴 때마다 나는 삼이와 함께 있다는 것이 행복했고 내가 이런 호사를 누려도 되나라는 생각이 들었다.

"아, 아저씨, 힘들면 잠깐 누워 있어도 돼요. 제, 제가 지켜줄게요."

말없이 삼이는 내 옆에 조용히 앉아 상태를 살폈다. 고르게 울려 퍼지는 숨소리에 안심이라도 된 듯 나를 꼭 끌어안았다. 밖에서는 여전히 사이렌이 울리고 멀리서는 사람들의 찢어지게 울부짖는 소리가 들려왔지만 이 순간만큼은 바닷속을 유영하듯 편안했다. 그때 나는 한 가지 생각이 머릿속을 스쳤다. 이 아이를 꼭 지켜서 바다를 보여주겠다고 무슨 일이 있어도 삼이에게만큼은 희망을 남겨주겠다고 생각했다.

나처럼 살지 않기를 바라면서.

그날 이후 나는 조금 달라졌다. 처음에는 단순히 피로 때문이라 생각했다. 하지만 기침이 잦아들지 않았다. 목구멍 깊숙이 긁히는 듯한 통증과 함께 이상하리만치 손이 덜덜 떨려왔다. 피가 식는 기분이었다.

밤이 되면 몸속에서 뭔가 기어다니는 듯한 감각이 일었다. 피부 밑에 작은 벌레들이 꿈틀거리는 것같이. 그럴 때마다 무의식적으로 몸을 계속 긁어댔다. 더러운 무언가를 떨어트리기 위해. "아…." 또 피가 맺혔다.

라디오에서는 끊임없이 감염자에 관한 내용이 흘러나왔다.

"─감염자는 초기엔 단순한 피로와 체온 저하로 시작되며, 점차 감각이 둔화하고…."

기계음 같은 목소리가 오늘따라 유난히 크게 들렸다. 매일 듣던 소리였지만 어째서인가 나와 비슷한 것 같다는 생각이 들었다. 나는 손등의 피를 바라보다가 문득 생각했다. '혹시 내가…?' 아니, 아니 그럴 리 없다. 그럴 리가. 그렇게 스스로에게 최면을 걸었다.

"아, 아저씨 괜찮아요? 아직 새벽인데…."

삼이는 졸린 눈을 비비며 나를 바라보았다.

"괜찮아, 그냥 잠이 안 와서 그래."

나는 억지로 웃어 보이며 삼이를 안심시키려고 노력했다. 하지만 삼이는 내 손을 유심히 바라봤다. 피가 굳은 자국이 손등에 까만 재처럼 검게 남아 있었다.

"아저씨 또 왜 긁었어요…."

"별거 아냐. 요즘에 벌레가 좀 있어서 그래."

되도 않는 거짓말을 내뱉으며 손을 소매 사이로 가두었다. 그런 모습을 빤히 바라보다가 삼이는 조용히 다가와 팔로 몸을 감싸안았다. 따듯한 체온이 닿는 순간, 오히려 심장이 쿵 내려앉았다. 그 아이가 내 체온을 느끼는 것이 두려웠다. 마치 단단한 밧줄에 묶인 것처럼 꼼짝없이 삼이의 품에 몸이 파묻혔다.

그때 라디오가 갑자기 잡음 섞인 소리를 냈다.

"-현재 감염자 중 일부는 자기 인지 능력을 유지한 채, 감염을 부정하는 경향이 높은 것으로…."

툭-

머리가 지끈지끈거리고 정신이 혼미했다. 나는 괴상한 소리가 끊임없이 나는 라디오를 황급히 옆으로 던져버렸다. 몸을 급히 움직인 탓인지 머리가 어지러웠다. 옆으로 쓰러지려는 순간 암전이었다.

"아저씨…?"

삼이의 떨리는 목소리가 들려왔다. 나는 고개를 들 수도 없이 온몸이 쑤시고 숨이 턱끝까지 차올라, 심장이 터질 듯이 두근거렸다.

"괜찮아… 삼이야, 이건 그냥 감기 같은 거야. 아주 독한 감기."

나는 무겁게 내려앉은 눈꺼풀을 들어 삼이를 바라봤다. 그 순간 내 눈에 비친 삼이의 얼굴이 희미하게 흔들렸다. 세상이 물속에 갇힌 것처럼 귓속에서는 웅웅-울리는 소리만 가득했다.

'이건 감기 따위가 아니야…'

어느 정도 예상했지만 나는 끝내 입을 다물었다. 삼이가 울먹이는 눈으로 나를 붙잡고 있었으니까. 그 작은 손을 떼어내는 게 그 어떤 고통보다도 두려웠다. 여름이 오기 전에 바다를 가야겠다. 바다를 보러 가야겠다.

똑똑—

그 순간 낯선 소리가 들려왔다. 최악이었다. 몸 상태가 안 좋을 때 누구인지도 모르는 이가 앞에 있다니.

삼이는 놀란 강아지처럼 몸을 웅크렸다. 긴장한 탓인지 심장박동 소리가 더 크게 들려왔다 쿵, 쿵, 쿵.

"…생존자 진영에서 왔습니다. 안에 사람 있습니까?"

낯선 목소리였다. 숨 막히는 듯한 긴장감 속에서도 그 말만은 또렷하게 들렸다.

'생존자 진영…' 어쩌면 이 아이를 살릴 마지막 기회일지도 모른다.

나는 충동적인 희망을 억누르며 최대한 침착하게 행동했다.

"안에 있긴 합니다만 어떻게 당신을 믿을 수 있죠?"

잠시 침묵이 흘렀다. 낯선 이는 숨을 고르며 말을 이었다.

"저희는 북부 진영 소속으로 생존자 수색 중입니다. 이제 이 구역도 이제 위험해질 겁니다."

그 말이 끝나자 삼이가 내 손을 꼭 붙잡았다. 손끝이 떨려 내 손까지 전해지는 것 같았다.

"증거를 보여주세요."

"신분 코드입니다."

문 밑으로 낡은 명함 하나가 밀려 들어왔다. 'SUBSIDIUM 01-CODE J-2' 번호가 새겨져 있었지만 위조일 수도 있었다. 지금같은 세상에서 믿음이라는 것은 가장 멍청한 이들이나 믿는 것이니. 하지만 나는 삼이를 지키기 위해서라면 무엇이라도 할 수 있었다. 또 누군가 를 잃고 싶지 않았으니까.

문밖의 목소리가 다시 들려왔다.

"안에 몇 명입니까?"

"둘입니다."

"…둘이라."

문밖의 목소리가 잠시 멈췄다. 그 짧은 정적이 이상하리만치 길게 느 껴졌다. 마치 사형선고를 기다리는 이처럼 삼이를 지키지 못할 수도 있다는 생각에 숨이 턱 막혔다. 낯선 이가 낮게 숨을 내쉬었다. 마침내 무언가를 결심한 듯한 목소리로 말했다.

"조용히 들으세요. 말씀드리자면 규정상 현재 생존자 진영에 수용할 수 있는 인원은 한 명뿐입니다."

그 말을 듣는 순간 이상하게도 나는 안도의 한숨을 내쉬었다. 삼이만 이라도 살릴 수 있을 것 같다는 희망이 들었기 때문이다.

"…한 명만이라도 괜찮습니다. 잠시만… 기다려주세요."

그때, 뒤에서 삼이가 조용히 물었다.

"무, 무슨 일이에요?"

나는 고개를 돌려 삼이를 바라봤다. 불안과 의심이 뒤섞인 눈. 삼이가 그 내용을 듣지 못해서 다행이었다. 나는 억지로 미소를 지으며 말했다.

"생존자를 찾으러 왔대, 이제 우리 괜찮을지도 몰라."

나는 삼이의 머리를 헝클며 진정시켰다. 이제 이 집을 정리하고 새로운 출발을 준비할 때였다. 이 문을 열면 다시 돌아올 수 없을지도 모르지만, 나는 그 희망을 믿어보려고 한다.

문을 잡은 손에 힘을 주었다. 찬 바람이 밀려들었다. 먼지 냄새와 씁쓸한 화약 냄새가 코를 스치고 지나 갔다. 삼이는 내 손을 꼭 잡고 눈을 크게 뜨고 있었다. '정말 괜찮은 걸까..?' 스스로에게 물었지만 대답은 없었다. 항상 그랬듯이.

문틈 밖 낯선 이의 모습의 희미하게 보였다. 방독면 속 눈동자가 날카롭게 우리를 쳐다보고 있었다. 그는 한 발짝 앞으로 나섰다가 다시 멈추었다.

"시간이 많지 않습니다. 빨리 가시죠."

그의 목소리는 낮고 단호했다. 마치 우리를 생명체 그 이상 이하로도 보지 않는 듯했다. 나는 삼이의 손을 더 세게 잡았다.

"괜찮아, 삼이야. 이제 안전할 거야."

저 끝에서 기다리는 것이 희망인지 아니면 또 다른 절망인지 알 수 없었다. 나는 삼이에게 방독면을 씌워주며 떨리는 손을 꼭 잡은 채 그의 뒤를 뒤따랐다. 심장은 쿵쾅거리고 목에서 피가 올라오는 듯한 통증을 억누르며 겨우 발걸음을 내디뎠다. 삼이의 희망을 향한 마지막 도박이었다.

진영으로 가는 길은 생각보다 조용했다. 차창 밖으로는 불탄 건물의 잔해가 이어졌고, 하늘은 잿빛으로 눌려 앉아 섬뜩한 분위기를 자아냈

다. 삼이는 내 어깨의 기대 잠든 듯 눈을 감고 있었다. 트럭의 흔들림에
맞춰 숨을 내쉬고 있을 때마다 나는 그 아이가 여전히 살아 있음을 확
인하려는 듯 시선을 거두지 못했다. '…다행이야. 이제 괜찮을 거야.'
그렇게 속으로 되뇌었지만 숨은 점점 더 가빠졌다. 마치 목 안에 큰 가
시를 집어넣은 느낌이었다. 엔진의 진동이 소리 속에서 문득 이상한 말
이 섞여 들려왔다. '너도 결국 똑같이 될 거야.' 처음엔 착각인 줄 알았
지만 그 목소리는 점점 더 또렷하게 들려왔다. '삼이도 널 보고 무서워
하게 될 거야. 너처럼 무서워 벌벌 떨며 너를 죽이려 달려들겠지.' 나
는 고개를 숙였다. 피가 들끓어 오르듯 머리가 울렸다. 목뒤가 뜨겁게
타오르는 느낌과 함께 입안에는 비린 쇠냄새가 번졌다.

"괜찮아… 조금만 더 가면 괜찮아질거야."

스스로를 달래듯 중얼거렸다. 그런데 그 말이 내 목소리인지, 머릿속
의 그것인지 구분 되지 않았다.

무전기에서 지직거리는 소리가 들려왔다.

"J-2, 응답하라. 북서 도로 차단선 붕괴로 감염자가 다수 유입 중이
니 조심…."

운전석에 앉은 그의 손이 핸들을 꽉 쥐었다.

"젠장… 이 구간이 뚫렸다고?"

그는 거칠게 기어를 밀어 올렸다. 트럭이 요란한 소리를 내며 속도를
높였다. 창밖으로는 불타는 건물과 잔해가 연기처럼 지나갔고 그 틈
사이로 무언가 뛰어드는 모습이 보였다. 처음엔 사람처럼 보였지만 곧
그건 사람이라 할 수 없는 무언가였다.

"붙는다."

그의 말이 끝나자마자 트럭 옆면이 요란하게 울렸다. 철판이 찢어지
고 살점이 부딪히는 소리가 뒤섞였다. 피와 먼지가 튀어 오르며 시야
를 붉게 물들였다. 삼이가 놀란 듯 눈을 깜빡였다.

"괜찮아… 삼이야, 눈 감고 있어."

나는 삼이를 감싸안았다. 삼이가 진정되는 것과 다르게 내 팔의 감각은 미친듯이 뛰고 있었다. 마치 혈관에 불이 번진 것처럼 뜨거웠다. '이제 곧 알게 되겠지. 네가 괴물이라는 걸. 너도 똑같아 저기 밖에 있는 것들이랑.' 목소리가 다시 들려왔다. 이번엔 귀가 아니라, 내면 안에서 울리고 있었다. 나는 삼이를 더 세게 끌어안았다.

조수석의 군인이 창밖을 바라보다가 입술을 덜덜 떨며 절망한 기색을 들어냈다.

"붙어 있습니다. 떨어지지가 않습니다…"

말이 끝나기가 무색하게 트럭 옆면으로 무언가가 기어올랐다. 썩은 손톱이 철판을 긁는 소리에 귀가 찢어지는 듯이 괴로웠다. 부풀어 오른 살, 터져 나온 혈관, 피가 뒤덮인 얼굴이 나를 마주했다. '진짜 나도 저렇게 될까…?'라는 생각이 들자 이상하게도 공포보다도 안도가 밀려왔다. 이 모든 죄책감과 고통이 곧 끝날지도 모른다는 생각이 든다. 이 지옥 같은 죄책감에서 이제 곧 벗어날 수 있을 것이다.

한참이 지났을까 더 이상 감염자들은 보이지 않았다. 남아있는 것이라곤 무자비하게 밟혀 죽은 그것들의 잔해뿐이었다.

"밤에는 감염자들이 더 기승을 부리니, 쉬어가는 게 좋을 것 같군요."

그는 창밖을 한참 바라보다 트럭 문을 닫았다. 피비린내가 여전히 공기 속을 맴돌고 있었다. 그는 뒤쪽 짐칸을 가리켰다.

"이 근처엔 더 이상 감염자는 없을 겁니다. 잠깐이라도 눈 붙이세요. 그리고 잠시…"

그가 조수석 서랍 칸에서 무언가를 꺼냈다. 군용 칼 한 자루였다. 손잡이에 묻은 피가 마르지 않아 검붉게 빛났다. 마치 그것으로 사람이라도 죽일 수 있을 것 같아 속이 울렁거렸다.

"혹시 모르니 이걸 챙기는 게 좋을 것 같군요. 무슨 일이 생기면 망설이지 마시고…"

그는 잠시 말을 고르고 나를 바라봤다. 그 눈빛에는 불신과 불안감이 맴돌고 있었다.

"저는 그 아이를 지킬 겁니다. 무슨 일이 있어도 반드시."

"좋습니다. 하지만-. 저는 당신이 그 애를 해치지 않을 것이라는 확신이 없습니다."

조금 전 무수히 밟아 죽이던 그것들과 무엇이 다르냐는 눈빛이었다. 또한 그 눈빛은 판단이 아니라 경계였다. 한 번도 속아본 적 없다는 듯한 그의 시선이 내 몸을 훑고 지나갔다.

잠깐의 정적이 마치 벽과 대화를 하는 듯이 숨 막혔다. 군인은 다시 고개를 돌려 어둠 속을 살폈다. 짧은 틈에 나는 무의식적으로 숨을 내쉬기 위해 노력했다.

"처음에 볼 때도 손목 부분을 긁은 흔적이 이상했습니다. 그래도 당신이 하는 말을 들어야 제 마음이 괜찮을 것 같군요. 당신 감염되었습니까?"

나는 그 말에 잠시 머뭇거렸다. 무엇을 대답해야 할지 알 수가 없었다. '만약 내가 감염당했다라고 자백하면 삼이는 안전할 수 있는 것일까…?' 이런 잡생각들이 머릿속을 맴돌았다. 입안은 바짝 말라 혀가 입천장에 들러붙고 숨을 들이마실 때마다 뜨거운 피 냄새가 폐 깊숙한 사이사이까지 스며들었다. 입이 떨어지지 않았다. 말 한마디에 내 하나뿐인 게 무너질 수도 있다는 생각이 들었다.

"괜찮습니다. 진실을 말해도 옆에 있는 분에게는 불이익이 돌아가지 않을 것입니다."

아… 내가 불안해할 때마다 삼이를 보고 있는 것을 알아챈 것이었다. 그의 말투는 담담했지만, 나에게는 한없이 냉정하고 두려울 뿐이었다.

"제가 본 반응과는 상당히 다르더군요. 감염자는 두려움을 느끼지 않습니다. 아픔도요."

그의 말에 내 심장이 세게 쿵 내려앉았다. 그의 말은 단순한 의심이 아니라 심문과도 같았다. 흉악한 범죄자들의 입을 열어내기 위해 강압적으로 조사하는 경찰의 심문.

"그렇다면… 당신은 대체 뭐죠?"

나는 삼이가 잠든 쪽으로 시선을 돌렸다. 아이는 고요히 숨을 내쉬며 잠에 수렁으로 가라앉아 있었다. '다행이었다. 삼이가 듣지 않은 게…' 나는 안도하듯 숨을 내쉬며 말했다.

"저는… 아직 인간입니다."

그는 잠시 아무 말이 없었다. 그 침묵은 믿음도 의심도 아닌 판결을 유예하는 듯한 침묵이었다. 이윽고 그는 천천히 칼을 나에게 내밀며 말했다.

"좋습니다. 그렇다면 증명하는 게 좋을 것입니다. 제가 당신을 감염자로 착각해 방아쇠를 당기지 않도록."

나는 그의 손에서 칼을 받아들었다. 칼날은 무척 섬세하게 빛났다. 무엇이든 단번에 벨 수 있을 것처럼 위험할 정도로 정교한 날이었다. 마치 그들의 숨을 천천히 틀어막던 그것과 흡사했다.

"…칼로 그것들을 죽인 적이 있나요."

나는 낮게 중얼거렸다. 그는 잠시 대답하지 않았다. 손끝이 미세하게 떨리고 있었다. 그는 마치 오래된 기억 속에서 무엇인가를 꺼내는 듯 천천히 굳게 닫혀있던 입을 열었다.

"처음엔 아무리 감염자라도 사람 얼굴을 한 걸 베어내는 건 쉽지 않았습니다…."

나는 한참을 머뭇거리다가 그 말에 이끌리듯 입을 열었다.

"저도 그랬습니다. 처음으로 죽인 것이 제 부모님이었으니까요…."

시선 어딘가를 응시하며 나는 담담하게 말을 이어가려 했지만, 입안에서는 좀처럼 말이 꺼내지지 않았다.

"그날… 어머니가 제 이름을 부르셨습니다. 평소와 다르게 몸이 이상하다고 하시면서요. 하지만 저는 그 말을 무시한 채 밖을 나갔고… 돌아왔을 땐, 이미 늦어 있었습니다."

집안에 들어섰을 때, 모든 것이 피투성이였다. 붉은 얼룩이 벽과 가구 사방에 튀어있었고 공기 속에는 금속과 썩은 살의 냄새로 가득했다. 나는 보았다. 아버지가 바닥에 쓰러진 어머니를 붙들고 있는 모습을. 몸이 떨려왔다. 그들의 얼굴엔 초점이 없는 채로 무언가를 향해 입술을 움직이고 있었다. 이제 부모님이라 하기도 이상한 그것이 나를 쳐다봤다. 숨소리가 격해졌다. '나에게 달려들면 어떡하지? 나를 죽이면…? 죽일까? 죽일까?' 같은 생각이 꼬리를 물고 길게 늘어졌다. 공포에 가득 찬 손으로 나는 재빨리 거실을 가로질러 주방으로 달려갔다. '내가 안 죽을 수 있게 그들을 죽이자. 그것들을 죽이자.' 생존 본능이 폭발하듯 머릿속에는 어지러운 말들이 쏟아졌다.

정신을 차렸을 때, 나는 이미 칼을 꽂은 채 서 있었다. 피 묻은 손잡이를 내려다보며 나는 믿을 수 없다는 듯 중얼거렸다 '저질렀다… 내가 그것들을 죽였다.' 그러자 이상하게도 안도감이 밀려왔다. 죄책감이 있어야 할 자리엔 오히려 평온함만이 감돌았다. 그것이 내가 살기 위해 어쩔 수 없이 선택한 방법이었다는 사실이 한순간 현실로 다가왔다.

그때 그것의 입에서 소리가 새어 나왔다.

"괜찮나… 괜찮나..?"

그 목소리는 익숙했지만, 어딘가 뒤틀려 있었다. 평소와 다르지 않은 말투를 흉내 내려는 듯 그러나 뜻을 잃은 목소리였다. 그것의 손이 바닥을 더듬거리며 내 얼굴을 찾으려 했다. 그 모습이 내 안을 갈랐다. 사람의 형체를 한 무언가가 내 이름을 부르고 내가 알던 어머니의 습관을 흉내 내고 있었다. 그런데 그 목소리는 내게서 모든 것을 빼앗아 가려는 괴물의 속삭임처럼 들렸다. 나는 '괜찮냐'라는 말이 이토록 잔혹하게 들릴 수 있다는 것을 처음 알게 되었다.

'아, 아 내가 부모님을 죽였다. 내가… 내가 죽였다.' 충격이 온몸을 덮쳤다. 그 순간, 어머니가 마지막으로 내 이름을 부르려는 듯 입을 열었다.

"괜, 괜차나…."

그러나 그 목소리는 점점 느려지더니 끝내 숨을 멈추듯이 멎었다. 사방이 이상하리만치 조용했다. 그 말은 위로였을까, 면죄부였을까. 나는 그 소리를 들으며 나 자신을 저주했다. 죽어서도 제발 지옥에나 떨어지기를- 그렇게 수천 번을 빌고 또 빌었다.

그날 이후 나는 매일 그 장면이 떠올랐다. 피 냄새와 그때의 목소리, 그리고 마지막 숨소리까지도. 시간이 지나도 그건 사라지지 않았다. 마치 흰색 옷에 밴 때처럼 아무리 지우려 해도 더 선명해지는 그런 때였다. 또 나는 그날 이후 사람들의 눈을 똑바로 보는 게 어려워졌다. 특히 아이들은 더 그랬다. 그래서였을까. 삼이를 처음 본 날, 나는 그 아이에게서 나 자신을 봤다. 공포와 체념이 뒤섞인 그 표정, 아무 말도 하지 못하는 입술까지. 나와 똑같았다. 그래서 나도 모르게 손이 먼저 움직였다. 계획적인 일이 아니었다. 그냥… 충동적이었다.

누군가를 구하면 그때의 내가 조금은 달라질 것 같았다. 부모님을 구하지 못했던 그날과는 다르게. 하지만 돌이켜보면, 나는 삼이를 구하려던 것이 아니었다. 그저 내가 잃어버린 부모님의 대체품쯤으로 생각하고 있는 것이 아닐까. 나는 그걸 삼이에게서 찾으려 했다. 나를 인간으로 붙잡아 줄 무언가, 비참하고 괴로운 수렁 속에서 나를 건져줄 무언가를 찾으려고 했다.

긴 숨을 내쉰 나는 조용히 고개를 들었다.

"이제 다 끝난 일이지… 다 들었으면 이제 그만 잡시다. 당신도 피곤하잖아요."

그 말은 마치 나 자신에게 되뇌는 주문 같았다. 그는 아무 말 없이 잠시 나를 바라보다가 아무 말 없이 고개를 끄덕였다. 그리고 조용히 걸음을 옮겨 어둠 속으로 사라졌다.

그의 뒷모습이 완전히 보이지 않게 된 뒤에야 나는 천천히 벽 옆, 낡은 담요 속에서 작게 숨을 고르며 자고 있는 삼이 쪽으로 시선을 옮겨

갔다. 나는 한동안 그 아이를 바라보다가 천천히 일어섰다. 발끝이 바닥을 스칠 때마다 미세한 소리가 났지만 삼이의 표정은 이상하리만치 평온했다. 너무 평온해서 오히려 낯설었다. 마치 숨소리 하나하나에 조심하듯이 숨을 내쉬고 있는 모습이었다. 그 순간 나는 알 수 없는 불안감이 머릿속을 스쳤다. '혹시… 삼이가 들었을까?' 나는 그 생각을 떨쳐내듯 고개를 숙였다. 그리고 삼이의 곁에 다가가 조심스레 땀에 젖은 머리카락을 쓸어올리며 속삭였다.

"삼이야… 내가 꼭, 너만은 지켜줄게."

그러나 그 속에는 다짐과 두려움이 뒤섞여 있었다. 그날 밤 나는 처음으로 기도했다. 이 다짐이 끝을 맺을 수 있도록. 삼이가 깨어 있는지 자고 있는지는 더 이상 중요하지 않았다. 어차피 우리는 곧 멀어지게 될 운명이니까.

눈을 떴을 때, 세상이 온통 빨간색 필름을 덧붙인 양 붉게 빛나고 있었다. 공기는 싸늘하고 온몸은 납덩이처럼 무거웠다. 팔과 다리는 점점 감각이 무뎌지며 가슴속에서는 무언가가 끓어오르듯 꿈틀거렸다.

그럼에도 나는 미소를 지었다. 이제 끝을 낼 수 있다. 몇 년간의 죄책감을 끝낼 수 있는 생각에 얼굴이 한층 밝아졌다.

"삼아, 일어나."

내 목소리는 갈라져 쇳소리처럼 날카로웠지만 삼이는 눈을 비비며 해맑게 고개를 들었다.

"삼이야, 우리 이제 진짜 바다를 보러 갈 시간이야."

나는 잠의 수마에 빠진 삼이를 부축해 트럭 쪽으로 옮겼다. 아이의 체온과 숨결이 가까이서 전해졌다. 그 평온함이 나를 더 미치게 만들었다. 그러고 보니 삼이에게서 고소한 냄새가 났다. 나는 생각을 하기도 전에 입에서 침이 고였다 '맛있겠다. 먹고 싶어. 이걸 먹으면 나는 괜찮아질 수 있어…' 머릿속에서는 이상한 소리가 부유하듯 흘러 들어왔다. 삼이를 먹으라니… 이건 미친 짓이다. 마치 악마의 속삭임같이 인간성을 상실하고 그것이 되라고 재촉하는 목소리였다.

나는 온몸에 소름이 쫙 돌며 몸이 벌벌 떨었다. 내가 삼이를 죽일 수 있다. 언젠가 부모님처럼 될 것이다. 아무 말도 못하고 삼이에게 달려들어 삼이의 가죽을 뜯겠지. 이게 사람인지 동물인지도 모를 나는 삼이를 죽일 거다. '내가 죽일 거야… 내가 삼이를 죽일 거야.'

온몸에 소름이 쫙 돋으며 몸이 벌벌 떨렸다. 언젠가 부모님처럼 이성을 잃고 삼이에게 달려들어 삼이의 가죽을 뜯겠지. 아무런 저항도 없이 삼이가 죽어가는 모습을 상상하니 몸서리가 쳤다. 사람이라 부를 수도 동물이라 부를 수 없는 무언가가 되어가는 것 같았다. 그런 상상이 나를 얼어붙게 만들었다.

트럭은 느리게 언덕을 올라 천천히 멈춰 섰다. 바깥 공기가 차갑게 밀려들자 군인들의 실루엣이 선명해졌다. 우리는 모두 내려 진영 입구 쪽으로 이동하라는 지시를 받았다. 이제 삼이와 이별할 시간이었다. 게이트를 지나자, 사람들의 얼굴이 뒤엉켜 있었다. 안도하는 표정, 불안해하는 표정. 나는 군인의 팔에 안겨 있는 삼이를 바라보았다. 삼이는 이제 괜찮을 것이다.

나는 삼이를 뒤로 한 채 무거운 발걸음을 옮겼다. 나는 삼이가 깨어난 후를 상상했다. '내가 없다고 울고 있지는 않겠지…? 제발 날 따라오려는 생각은 하지 말아야 할 텐데….' 나는 삼이의 얼굴을 그려가며 참회의 순간을 향해 걸어갔다. 체력은 이미 한계에 다다랐고 한 발을 내디딜 때마다 숨이 턱턱 막혔다. 그때… 멀리서 무언가 터지는 소리가 들려왔다. 처음엔 내가 잘못 들었다고 생각했지만, 바로 뒤이어 짧고 날카로운 비명이 내 귓속을 강타했다. 나는 고개를 돌려 뒤쪽을 돌아보았다.

그곳은 이미 아비규환이었다. 이미 연기와 먼지로 인해 사방이 검게 물들었고, 사람들의 실루엣이 아지랑이처럼 피어올랐다. 비명과 쇳소리가 퍼지는 그곳에 삼이가 있다. 내 심장이 미친 듯 뛰었다. '삼이를 부모님처럼 보낼 수는 없어….' 나는 생각할 겨를도 없이 달려갔다. 돌부리에 걸려 넘어져도 발바닥이 피로 물들어도 멈출 수 없었다. 아니, 절대 너를 잃을 수 없었다. '제발… 제발 죽지 마.' 나는 최악의 상황을 떠올리며 숨이 끊어질 듯 달려갔다. 삼이를 향해 달렸다.

"어, 어…?"

나는 숨을 몰아쉬며 휘청거렸다. '왜… 왜 삼이가 저기 누워 있어?' 몸이 저절로 반응했다. 발은 생각보다 먼저 움직였고 나는 단번에 삼이를 향해 몸을 내던졌다. 땅 위엔 검붉은 발자국이 이어졌고 연기 속에서 삼이의 힘없이 축 늘어져 있는 삼이가 있었다.

"삼이야!"

나는 비틀거리며 아이의 곁에 무릎을 꿇었다. 얼굴의 묻은 피를 닦아내며 삼이를 조심스럽게 안았다. 가까이서 들리는 숨소리- 희미하지만, 그 숨소리로 안심이 됐다. 삼이는 아직 살아있다. 죽지 않았어.

"괜찮아, 삼이야… 괜찮아. 치료, 치료만 하면 괜찮아질 수 있어, 조금만 버티면…."

그때 삼이의 눈이 천천히 떠졌다. 피에 젖은 속눈썹 사이로 희미한 미소가 번졌다. 마치 오랫동안 만나지 못한 연인을 만났을 때와 같은 눈빛이었다.

"아, 아저씨… 저, 전 괜찮아요."

"무슨 소리야, 괜찮긴. 피가 이렇게 많이 나는데- 삼이야, 정신 차려. 조금, 조금만 참으면 살 수 있어…."

나는 삼이의 찢어진 상처들을 꾹 누르며 떨리는 손에 힘을 꽉 줬다. '피, 피가 안 멈춰…'

"아저씨… 나 아저씨가 어, 없어져서 마, 많이 걱정했었어요. 근데 이제 아저씨를 보니까… 괜찮은 것 같아요…."

삼이는 자신의 죽음을 예견한 듯 나에게 마지막 작별 인사를 보내왔다.

"무슨 소리야… 아직 안 돼, 삼이야 조금만 더 버티면….”

내 목소리는 점점 갈라졌고, 눈물샘에서는 홍수가 난 듯 물을 흘려보냈다. 나는 또 소중한 사람을 잃을 것이다. 내 안일한 생각 때문에… 내가 너를 두고 가지 않았더라면 달라졌을까?

"안 돼… 삼이야 너까지 가면 나는 어떻게 살아… 너 없으면 나는….”

삼이의 시선이 내 어깨 너머 어딘가를 향했다. 삼이의 눈은 마치 새로운 것을 보는 양 생기가 돌았다.

"아저씨… 나, 바다가 보여요.”

"뭐라고..?”

나는 고개를 돌렸지만, 그곳엔 폐허가 된 건물들만이 있을 뿐이었다. 삼이는 미소 지었다.

"파, 파래요… 파란 바다가 보이고 옆에는 아저씨도 함께 있는데 너무 따듯해요….”

그 미소가 너무 평온해서, 오히려 더 무서웠다. 너는 대체 무엇을 보고 있는 걸까. 나는 입술을 짓씹으며 삼이를 향해 말했다.

"응, 바다가 보이네. 저기에 같이 있자. 전에 말했던 것처럼 튜브도 타보고 회도 먹어보는 거야….”

삼이의 눈꺼풀이 점점 감겨왔다. 나는 삼이를 꼭 끌어안았다. 그 아이의 몸은 믿을 수 없을 만큼 차가웠다.

"삼이야… 우리 조금만 더 이야기하자. 우리, 바다에 가면 뭐부터 할까?”

나는 애써 웃으며 말을 이었다. 삼이는 아직 죽지 않았다. 삼이는 조금 피곤할 뿐이었다.

"물에 들어가기 전에 먼저 튜브에 공기부터 넣고… 넣고, 그 다음엔 아이스크림도 먹어야지. 우리 삼이가 좋아하는 바닐라 맛으로.”

대답은 없었다. 삼이의 얼굴에 남아있는 미소가 너무 생생해서 차라리 잠든 게 아닌가 착각이라도 하고 싶은 심정이었다. 하지만 나는 더 이상 삼이의 웃는 모습을 볼 수 없었다. 네가 밥을 먹는 모습이나 뾰로통하게 화를 내는 얼굴까지도….

"이제 됐어, 삼이야. 다 괜찮아 조금만 기다려 아저씨도 곧 찾아갈게…."

그 말을 내뱉자마자 손끝이 떨렸다. 가슴속 어딘가에서 쿡쿡 찌르는 듯한 통증이 번졌다. 오랜 시간 고여있던 묵직한 핏덩이가 심장을 타고 올라왔다. 숨이 점점 짧아졌다. '아… 드디어 삼이를 만날 수 있겠구나.' 나는 느릿하게 허리춤에서 나이프를 꺼내 들었다. 피로 물든 칼날이 희미하게 빛났다. 손끝이 얼얼했지만, 그 감각에 오히려 안심됐다. '아, 아 이게 삼이가 말하던 거였나…?' 눈앞이 점점 흐릿해지자, 어디선가 파도 소리가 들려왔다. 처음엔 착각인 줄 알았다. 하지만 곧 짠내가 섞인 바람이 뺨을 스쳐 갔다. 파랗게 물든 하늘 아래 물결이 일렁였다. '따듯해… 네가 느꼈던 게 이런 거였구나.' 나는 한참 바다를 바라보았다. 그때 멀리서 누군가 나를 부르는 소리가 들렸다. 익숙한 목소리였다.

"아저씨, 여, 여기예요!"

그 목소리는 분명 삼이었다. 나는 그 목소리에 이끌리듯 천천히 몸을 일으켰다. 시야 끝에는 파도가 마치 진주처럼 햇살에 부서지고 있었고, 그 위에는 삼이가 서 있었다. 살짝 젖은 머리카락과 밝게 웃는 얼굴. 내가 기억하던 그 모습 그대로였다.

"삼이야… 많이 기다렸어? 또 나 없다고 울진 않았지?"

나는 울음을 억누르며 웃어 보였다. 하지만 한번 나온 눈물은 멈출 기미가 보이지 않았다.

"이거 제, 제가 아니라 아저씨가 운 거 아니에요? 울지 말고 우리 바다나 보러 가요!"

삼이가 내 손을 잡았다. 그 손은 놀랄 만큼 따듯했다. 너무나 따듯해서 좀 전의 일들이 모두 꿈처럼 느껴졌다. 바람이 불었다. 멀리서 파도

소리가 들려왔다.

"그래 삼이야, 우리 바다 보러 가자."

우리 오래도록 행복하게 지내자. 예전에 못 해본 것도 많이 해보고 방방곡곡을 돌아다니면서 웃으며 지내자. 너를 만난 건 내 행운이자 구원이었어. 사랑해 삼이야.

우서윤

이별은 그저 받아들이는 게 아닌,
같이 가는 거라는 걸 알아줬으면 해서
이 글을 썼습니다.

물망초

프롤로그

초등학교 6학년, 여느 때처럼 학교를 마치고 문방구에서 아이스크림을 사 먹으며 집으로 가고 있었다. 겨울바람이 얼굴을 할퀴며 지나가는 추운 날씨였지만 입안에서 퍼지는 달달한 아이스크림 맛에 추위는 아무것도 아니라는 듯 걸어갈 수 있었다. 얼마나 걸었을까, 집 앞에 도착하고 대문을 열기 위한 열쇠를 찾으려 책가방을 뒤적이고 있던 그때 대문 옆 버려진 박스에서 부스럭-거리는 소리가 들렸다. 잘못들은 소리인가 생각하며 다시 책가방을 바라보자마자 다시

'부스럭- 부스럭-'

더 이상 착각이라 생각할 수 없는 소리에 책가방을 내려놓고 박스에 다가가 보았다. 박스는 언제 소리를 냈냐는 듯 다시 조용해졌지만, 그 조용함에 속아 넘어가지 않고 박스를 열어보았다. 그러자 누르스름하고 산같이 뾰족한 두 삼각형이 붙어 있는 한 털 뭉치가 박스 안에 누워 있었다. 강아지였다. 여리고 고운 여자아이의 비명이 골목을 가득 채웠다. 어릴 때 강아지에게 물려본 기억이 있던 나는 강아지는 질색이라 급하게 집 안으로 들어가려 다시 가방을 뒤지기 시작했다. 차가운 바람이 골목길을 빠르게 지나다녔다.

"엣취!"

내가 낸 소리는 아니고 강아지가 낸 소리였다. 열쇠를 찾은 나는 문을 바로 열려고 했지만, 그 재채기 소리를 듣자 다시 강아지를 바라보

았다. 정말 추운 날씨였다. 옷을 겹겹이 껴입었어도 차가운 공기가 뼛속으로 들어오는 듯한 기분이 드는 날씨였다. 하지만 내 앞에 있는 조그만 강아지는 짧은 털로 자신의 몸을 감싸고 있는 게 전부였다. 그렇게 강아지가 얼어 죽을 수 있을 것 같단 생각이 든 나는 하는 수 없이 강아지가 들어있는 박스를 안아 집 안으로 들어가기 시작했다. 걸어가는 내내 이 강아지가 갑자기 나를 물지 않을까 하는 걱정이 스멀스멀 기어 나왔지만, 그런 걱정이 무색하게 강아지는 얌전히 날 바라보며 앉아있었다. 집 안에는 아무도 없었다. 그래서 그렇게 비명을 크게 질렀는데도 아무도 안 나왔구나 라는 생각이 들었다. 하지만 집에 아무도 없었기에 난 부모님이 오시기 전 강아지를 씻기고 어떻게 부모님께 이 상황을 설명해야 할지 고민할 수 있었다. 몇 시간 뒤 엄마께서 집에 들어오시고 나는 심호흡을 한 뒤 엄마에게 강아지를 보여주며 우리 집에서 키우고 싶다고 부탁드렸다. 흔쾌히 알겠다며 허락해 주셨다….

너무 쉽게 허락받은 나는 그 자리에서 멈춰버렸고, 엄마는 그런 날 보며 의문을 표하셨다.

"음…? 좋아할 줄 알았는데 아니니?"

허무하다는 듯 나는 말했다.

"이렇게 쉽게 허락해 줄 줄은 몰랐어.. 당연히 거절하실까 봐 강아지도 씻기고 설득할 준비까지 했는데.."

"엄마는 강아지 좋아해, 너희 아빠도 그렇고. 네가 초등학교 들어가면 강아지 한 마리 입양할 생각이었는데 강아지에게 물린 이후로 강아지는 질색하더라고 내 자식이 그렇게 무서워하는데 어떻게 강아지를 입양하겠니? 그런데 그런 자식이 직접 강아지를 키우자고 말하는데 나야 마다할 거 없지."

엄마는 자신에게 다가온 강아지를 쓰다듬으며 말했다.

"책임감 없이 키우진 않을 거야 너도 생명을 책임지게 된 이상 열심히 돌봐줘야 한다."

"알겠어."

살짝 허무한 감이 없지 않아 있지만 어쨌든 이 강아지를 우리 집에 들이는 데 성공했으니 한결 마음이 놓여졌다. 조금은 긴장이 풀려서 거실 바닥에 앉아 멍때리고 있었는데 애정 가득한 손길을 받던 강아지는 나와 눈이 마주치자 타닥타닥 발소리를 내며 다가왔다. 한순간에 강아지의 관심을 빼앗긴 엄마는 질투 가득한 표정을 지었으나 그 질투는 금세 궁금증으로 바뀌어 나에게 물어보았다.

"그나저나 강아지 이름은 뭐로 지을 거니?"

나는 고민하며 강아지를 바라보았다. 처음 봤을 땐 꼬질꼬질했으나 씻고 난 뒤인 지금은, 과장되어 말하자면 빛이 날 정도로 밝은 하얀색이었다.

"…햇살이로 할래."

뒤늦게 집에 들어오신 아빠께도 상황을 설명하려 했으나 오히려 엄마보다 더 신나 보이셨다. 당연하게도 햇살이는 우리가 키우게 되었고 그렇게 우리 집에 식구 한 명이 갑작스럽게 생기게 됐다.

햇살이를 키우는 일은 쉽지 않았다. 항상 산책을 시켜줘야 했고, 간식을 달라며 계속 조르는 걸 막아야 했고, 식단 관리가 필요해지자 영양학까지 공부했다. 또 학교에 가는 날 가지 말라며 바라보는 간절한 눈빛을 뿌리치며 문밖을 나가야 했다. 그럼에도 내가 좋다며 달려오는 모습과 그 행복한 표정만으로도 충분히 감수할 수 있는 일들이었다. 그렇게 몇 주가 지나고 크리스마스가 찾아왔다. 햇살이와 처음으로 같이 맞이한 크리스마스는 따듯하고 행복했다. 원래도 행복한 날이었지만 그동안 겪었던 크리스마스와는 완전히 비교도 안 될 만큼 좋았다. 그렇게 햇살이와 추억을 만들어가다 보니 두 번째 크리스마스가 찾아왔다. 같이 밖을 나가 눈사람을 만들며 놀았다.

세 번째 크리스마스엔 같이 집에서 따듯하게 하루를 보냈다.

네 번째 크리스마스엔 같이 영화를 봤다.

다섯 번째 크리스마스엔 같이 바다로 여행을 갔다.

여섯 번째 크리스마스엔 같이 소박한 크리스마스 파티를 즐겼다.

일곱 번째 크리스마스엔 같이 거대한 트리가 있는 공원으로 산책하러 갔다.

여덟 번째 크리스마스엔 같이 해외로 여행을 갔다.

아홉 번째 크리스마스엔 햇살이가 아파 같이 놀지 못했다.

그리고 2024년 12월 25일 열 번째 크리스마스엔 햇살이는 무지개 다리를 건넜다.

1장

하루의 시작을 알리는 알림 소리가 방안을 가득 채운다. 닿지않는 거리에 있는 핸드폰을 잡으려 손을 휘적휘적 거렸지만 당연하게도 잡히지 않는 핸드폰에 결국 무거운 몸을 일으켜 알림을 끄게되었다. 화면을 보았다.

'2025년 12월 24일 오전 10시 2분'

12시에 엄마와 약속이 있기에 일어나 나갈 준비를 해야 했다. 씻고, 머리를 말리고, 옷을 입고 마지막 정돈까지 하니 금방 준비를 마칠 수 있었다. 그렇게 밖으로 나가기 위해 현관문 앞에 서 신발을 신기 시작한 순간, 눈 앞에 천으로 덮여있는 사진이 보였다. 천을 걷어내니 햇살이와 나였다. 햇살이를 품에 안아 환한 미소를 머금고 있다.

'내일이면 햇살이 기일이지….'

내일은 첫 햇살이의 기일이자 처음으로 햇살이와 함께 보내지 않을 크리스마스가 될 날이다. 그러고보니 햇살이는 항상 내가 현관문 앞에

설 때마다 다녀오라며 꼬리를 흔들고 앞발을 폴짝폴짝 뛰었다.

"햇살아."

햇살이를 불러보았다. 부르면 바로 달려와서 안길 아이다. 하지만 당연하게도 어떤 발걸음도 들리지 않았다. 갑자기 눈물이 차오르기 시작했지만 바로 약속을 나가야 했기에 눈물을 겨우겨우 참고 현관문을 열어 밖으로 나가기 시작했다.

카페는 집에서 10분 정도 떨어진 곳이지만 슬픔을 떨치기 위해 발빠르게 걷다 보니 5분만에 도착하게 됐다. 약속 시간보다 빨리 도착했음에도 불구하고 엄마는 먼저 도착하여 기다리고 있었다.

"빨리 왔네? 많이 기다린 건 아니지? 뭔가 미안하네."

조금 미안한 마음이 들어 물어보았다.

"아니야. 나도 방금 왔어. 그리고 딸이랑 오랜만에 만나는 건데 설레서 금방 와버린거니까 미안해하지 말어."

"아잇, 그러지 마."

낯간지러운 말에 튕기듯 대답했지만 날 위해 그런 말을 해 준 엄마에게 고마움을 느꼈다. 빠르게 음료를 시키고 엄마와 담소를 나누기 시작했다. 시간이 얼마나 흘렀을까 창가 자리에 앉아 있던 탓에 밖이 아주 잘 보였고 대화를 나누던 중 창밖을 본 나는 햇살이를 닮은 강아지를 보게 되었다. 묘하게 달라진 나의 분위기를 눈치챈 엄마 또한 날 따라 창밖을 바라보았고 날 따라 햇살이를 닮은 강아지를 보게 되었다. 잠깐의 침묵이 엄마와 나의 사이를 지나간다.

"아침에 나올 때 햇살이 생각나더라."

침묵을 쫓아낸 엄마가 햇살이 이야기를 꺼내기 시작했다.

"현관문에서 신발을 신기 시작하면 귀신같이 알아차리고 나와서 배웅해주잖니. 그게 어찌나 귀엽고 고맙던지.. 물론 네가 자취를 시작하며 햇살이를 데려가 버렸지만, 지금까지도 현관문 앞에만 서면 배웅해주던 햇살이가 생각나."

“…맞아.”

감싸쥔 머그잔 안에 있는 얼음들이 부딪히며 달그락달그락거린다.

“1년이 지나도 생각나.. 밥을 먹을 때든, 자려고 누울 때든, 문 열리는 소리가 들릴 때든.”

말하다 보니 햇살이의 여러 모습들이 머릿속을 가득 찬다. 그때 나를 부드럽게 바라보시던 엄마가 조심히 입을 열어 한마디를 하셨다.

“그러니 우리 이제 조금은 나아지기 위해 햇살이는 잊자.”

그 한마디에 가슴이 크게 일렁였다. 피가 한번에 멈추는 느낌이었다.

“뭐…? 나 나아지고 있어. 왜.. 그런 말이 나오는거야? 대체 왜…?”

엄마는 크게 결심한 듯한 표정을 짓고 있었다.

“날이 가면 갈수록 애가 수척해지는데 이게 나아지는 거야? 나는 햇살이 없어진 것도 슬프지만 요즘 너를 보면 정말 훅하고 사라져 버릴 것 같아.. 언제 사라져도 이상하지가 않아. 난 그게 너무 두려워.”

그 말을 듣는 순간, 가슴은 더욱 일렁거리기 시작했다.

“나 안 사라져. 그런 생각 하지마.”

진정하고 싶은데 그럴수록 더욱 일렁인다.

“햇살이를 잊자고? 대체 뭔… 그 아이는 내 전부인데 그 전부를 잊으라는 소리로밖에 안 들려.”

“난… 네가 같이 무너지지 않았으면 해….”

엄마가 말을 잇기 전에 자리에서 일어났다.

“나 이만 가 볼게. 미안해.”

엄마에게 정말 미안했지만 더 이상 듣기 싫어 도망치듯 카페를 빠져나왔다.

집에 도착하며 옷을 대충 갈아입고 침대에 누웠다. 카페에서 있었던 일을 곱씹어보았다. 엄마는 날 걱정하여 그런 말을 해준 것일 텐데, 나는 그런 걱정을 내치고 혼자 카페를 빠져나왔다.

'최악이다.'

날 찌르는 화살같은 생각들이 꼬리를 물고, 꼬리를 물며 계속해서 생겨난다. 그 생각들은 뭉쳐 슬픔을 만들고, 슬픔이 뭉쳐 비참함을 만든다. 이러한 감정으로부터 피하기 위해 난 결국 잠을 택했다.

눈을 떴을 땐 어둠밖에 없었다. 바로 옆에 있는 핸드폰으로 시간을 보았다.

'2025년 12월 24일 오후 11시 56분'

'몇 시간을 잔 거야..?'

입안이 텁텁하고 몸은 무거웠다. 집 안 불을 켜고, 주방으로 가 물을 마시고, 침대로 돌아와 앉았다. 졸리다. 그렇게 잤는데도 몸은 피로하다. 집 안에서 울려퍼지는 소리는 벽걸이 시계의 째깍째깍거리는 소리뿐이었기에 졸림은 더욱 늘어났다. 시계를 보았다. 시계바늘이 59분을 향하고 있다.

'1분 뒤면 햇살이 기일⋯.'

그저 시계를 바라보기만 한다. 어느새 초시계가 11을 향한다.

째깍

햇살이가 보고 싶다.

째깍

10분, 아니. 1분이라도

째깍

다시 볼 수 있다면

째깍

정말 더할 나위 없을 텐데

째깍

띵동-

…누구지?

2장

누군가가 벨을 눌렀다. 누가…? 엄마? 친구? 아니 애초에 이 시간에?? 조심조심 현관문에 다가가 물어보았다.
"누, 누구세요?"
"아…! 안녕하세요!!"
모르는 목소리다. 남자 목소리..?
"혹시 이 문 좀 열어주실 수 있을까요??"
이상한 사람인 것 같다. 얼른 돌려보내야지.
"아… 죄송합니다. 그렇게 함부로 문을 열기가 좀….."
"네?? 자, 잠시만요!! 다름이 아니라…!! 햇살이!! 햇살이 보호자 분이시죠?!"
그 말을 듣자 몸이 멈췄다. 생각이 불어나려던 찰나 문 밖 남자의 목소리가 다시 들렸다.
"햇살이와 관련해서 전해드릴 말씀이 있어서요!! 열어주실 수 있을까요."
"그럼 거기서 말씀해주세요. 목소리는 충분히 잘 들려요."
"그… 말로만 하기 힘들어서요.. 보여드려야 할 게 있단 말이에요."
남자의 목소리는 무너져내리기 직전이다. 그렇다고 문을 함부로 열어줄 순 없다.
'하지만 햇살이 관련 이야기라는데… 그렇게 위험한 사람인 것 같지

도 않아.'

두 개의 갈림길에서 어느길을 가야할지 고민하고 있을 그때, 문 밖에서 훌쩍훌쩍거리는 소리가 났다.

'뭐야… 우는 거야..? 진짜로??'

연기이진 않을까 더욱 머릿속이 혼란스러워졌을 때, 결국 하나의 결정을 선택했다.

'…아 진짜 모르겠다…!'

문을 열었다. 문 앞에서 한 남성이 누가 쭈그려 앉아 있다. 근데 머리색이 흰색이다. 외국인인가?

"저… 밖은 추우니까 안으로 들어오셔서 말해 주세요.."

내 말을 들은 남자는 화들짝 놀라며 나를 쳐다보았다. 하지만 1초도 안 돼서 눈빛이 밝아졌다.

"정말로 들어가도 될까요!? 아니 그전에 제 말을 들어주실 건가요??"

"네…네. 들어드릴테니까 얼른 들어오세요.."

반팔 차림이라 급하게 겉옷을 입었다. 그 후 남자를 집에 들여오고 작은 미니테이블에 앉혀 물을 따라드렸다.

"집에 있는 게 없어서 드릴게 물밖에 없네요. 죄송합니다."

"아녜요!! 집에 들여주신 것만 해도 정말 감사드린 걸요!!"

남자가 세상 행복한 표정을 지으며 말했다. 자세히 남자를 보니 남자는 흰색 머리카락을 가지고 있다. 짙은 파란색의 숏패딩을 입고 있으며 그 안에 패딩색과 같은 셔츠와 감은 바지를 입고있다. 옆에는 갈색 크로스백을 벗어두었다. 내가 남자를 분석하고 있을 때, 남자는 물 한 모금 마시더니 한숨을 크게 내쉬고 말하기 시작했다.

"안녕하세요! 저는 반려자복지부 소속으로, 반려동물을 떠나보낸 뒤 슬픔으로 하루하루를 살아가는 보호자분들에게 도움을 드리기 위해 찾아왔습니다!"

반려자복지부…? 이런 기관이 있었나? 애초에 그걸 어떻게 알고 찾아오는 거지…? 그전에 물어보고 싶은 게 있다.

"잠깐잠깐. 전 햇살이를 떠나보낸지 오늘로 1년이 됐거든요? 왜… 이제야 오신 거죠?"

이해가 되지 않아 물어본 질문이었지만 날 더 이해하지 못하게 만드는 질문이 돌아왔다.

"아!! 그건 반려자복지부 총괄님이 '싱 니콜라스'님이시거든요!! 근데 싱 니콜라스님은 워낙 게으른 분이셔서… 바로 오늘!! 크리스마스에만 활동을 하셔요~ 그렇게 반려자복지부도 자연스럽게 크리스마스에만 활동할 수 있게 되었죠!!"

남자의 말을 듣자 머리를 강타한 기분이 들었다.

'싱 니콜라스…? 산타 아니야…?? 이름만 같은 건가…???'

슬슬 머리에 과부하가 오기 시작했다. 결국 혼자 생각을 하는게 부질없음을 깨닫고 남자에게 질문해 보기로 했다.

"지금 물어보고 싶은 게 많은데요. 싱 니콜라스라는 분은 산타가 맞으신가요?"

남자는 생각났다는 듯 화들짝 놀라며 답했다.

"아 맞다!! 여기에선 산타라는 이름이 더 흔하죠?? 맞아요 산타클로스랍니다~."

"아니… 산타가 실제로 존재하는 인물이었어요??? 그냥 아이가 울지 않도록 만들어진 인물 아니었냐고요!!"

"네!! 산타클로스님은 실제로 존재하는 분이셔요. 제가 그 증거랍니다!!"

괜히 질문했다. 오히려 더 혼란스러워진 기분이 든다. 남자는 이런 나를 눈치 못 채고 말을 더 꺼내기 시작했다.

"중요한 건 이게 아니에요!! 싱 니콜라스님이 말하시길 이별로 인한 아픔은 가늠할 수 없을 정도로 크대요. 보호자님 마음은 현재 구멍이 나 있는 상태에요. 그 구멍을 메워 줘야 하고요. 또 저는 그걸 도와주러 온 거고요!!"

아 또 그 패턴이다. 결국엔 이겨내야 한다느니 뭐 하느니 보기 좋은 말만 할 것이다. 그게 얼마나 어려운지도 모르면서.

"그 마음을 어떻게 메워 줄건가요?"

"음… 정확히 말하자면 마음은 거울같은 거예요. 깨진 거울의 잃어버린 조각들을 찾아 끼워 맞추는 거죠."

"그럼 그 조각들은 어디서 찾는데요."

별 기대 없이 질문을 했다. 답은 뻔했기에.

"보호자님 마음속에요!!"

하지만 그 다음은 뻔하지 않았다. 남자는 그 크로스백을 뒤적거리다 무엇을 꺼내고 내 얼굴 앞에 보여주었다. 손바닥 크기 정도의 둥근 거울이었다. 내 모습을 보라는 건가?

"이걸로 마음속에 들어갈 수 있답니다!!"

고작 거울 하나로 내 마음에 들어갈 수 있다고? 뭔가 이상하다. 비유 같은 게 아닌 것 같아 물어 보았다.

"마음속에 들어간다뇨…? 이걸로요?"

내 말을 들은 남자는 깨달은 듯한 표정을 지으며 말하였다.

"아이고… 말보단 눈으로 보여주는 게 좋을 것 같네요.."

"네? 뭘….."

말 끝나기 무섭게 내 방 안은 환한 빛으로 가득 찼다.

몇 초가 흘렀을까, 슬며시 눈을 떠보니 주변엔 온통 흰색밖에 없었고 눈 앞에 커다란 깨진 거울이 있었다.

"여… 여기가 어디야!?"

끝이 보이지 않으며 방향감각이 상실되는 장소다.

"많이 혼란스럽죠?"

그때 뒤에서 남자가 나와 말하였다.

“진짜 진짜 죄송해요… 이게 직접 보여드리지 않고는 도저히 이해해 주시질 않을 것 같아서….”

확실히 남자의 말이 맞았다. 지금 상황은 정말 비현실적이었다. 혼란스러움에 못이겨 결국 나는 주저앉았다.

“하… 잠깐 시간을 주실 수 있을까요.”

“네…네…!! 당연하죠!!”

그렇게 앉아서 머릿속을 비우고 마음을 가라앉혔다. 시간이 얼마나 흘렀을까, 슬며시 눈을 떠보니 옆에 남자가 가만히 앉아 거울을 바라보고 있었다. 눈이 어딘가 서글퍼 보였다.

“다 됐어요.”

내 말을 들은 남자는 바라보는 대상을 나에게로 돌렸다. 그리고 눈에 담겨 있던 서글픔은 사라져 있었다. 남자는 내 손을 잡아 일으켜 세워주었고 덕분에 쉽게 일어설 수 있었다. 이제 설명을 들을 차례였다.

“자 그럼 이 상황이 뭔지 다 설명해 주실 수 있을까요?”

“그럼요!!”

남자는 자신 있게 대답하고 곧이어 설명을 하기 시작했다.

“아까 말씀 드린대로 전 싱 니콜라스, 즉 산타클로스님께서 만드신 반려자복지부에서 내려왔습니다!! 반려자복지부는 반려동물을 떠나보낸 후 슬픔에 잠긴 보호자들을 위해 이 슬픔을 이겨낼 수 있도록 도와주고 있죠!!”

남자는 숨을 들이마신 후 다시 설명을 이어가기 시작했다.

“하지만 소중한 이를 떠나보낸 사람의 마음은 쉽게 말할 수 없을 정도로 망가져있어요. 그래서 저희 반려자복지부의 특별 제품!! 이 거울을 이용해 보호자님의 마음을 치유하는 데 사용하고 있답니다.”

아까 보여줬던 거울을 내 손에 올려주었다.

“이 거울로 보호자님의 마음을 시각적으로 표현한 장소에 올 수 있어요. 즉 보호자님의 마음은 현재 깨진 거울 같은 것과 같다는 뜻이죠.”

남자의 말을 들은 나는 깨진 거울을 바라보았다. 군데군데 금이 가고 깨져 떨어진 조각들이 바닥에 널부러져 있다.

'깨진 거울….'

"그럼 저 거울은 어떻게 고칠 수 있나요?"

남자는 내 질문을 듣고 조금 생각하더니 이내 답해주었다.

"저 조각들은 보호자님과 햇살이의 추억들 같은 거예요. 하지만 햇살이를 떠나보낸 후 모든 추억들은 슬프게 변해버리고 결국 탁해지며 부서져 버린 거죠."

남자는 날 보며 말해주었다.

"이제부터 그 추억들을 하나씩 돌아보며 더 이상 슬픈 추억이 아니도록 만드는게 오늘 저의 목표이자 보호자님께 온 이유랍니다."

슬픈 추억… 당연하게도 햇살이를 떠올릴 때마다 슬픔에 잠겼었다. 같이 음식을 먹거나 산책을 나가 걷는 행복한 기억조차 괴로워 그 날을 그리워하고 슬퍼했다. 남자가 내 손에 있는 거울을 살포시 손으로 덮으며 말하였다.

"한 번 가장 보고 싶은 추억을 마음속에서 떠올려 봐요."

눈을 살며시 감는다. 햇살이와의 추억들이 주마등처럼 머릿속을 휙휙 지나간다. 그때 눈을 감고 있음에도 앞이 밝아지며 따듯한 온기가 내 주위를 감싼다. 잠시후 겨울의 차가운 바람이 그 온기를 내쫓아낸다. 눈을 슬며시 뜬다.

눈을 떠 보니 나는 어릴 적에 살았던 집 앞 대문에 있었다. 그리고 대문 앞에는 익숙한 박스가 놓여 있었다.

"여긴… 아니, 그전에 저건…?"

남자는 내 생각을 눈치챈듯 말하였다.

"맞아요. 어린 햇살이가 들어있던 박스죠."

남자의 말로 확신이 든 순간 이 생각부터 들었다.

‘햇살이 추울 텐데….’

나는 바로 다가가 박스를 열려 했다. 햇살이에게 지금 입고 있는 겉옷이라도 주고 싶었다. 하지만 박스를 잡으려는 순간 손이 박스를 통과했다.

“뭐…뭐야?”

남자가 뒤에서 말하였다.

“아 맞다. 여긴 기억 속이라서요. 저희는 관람자로써 여기에 있는 거고 때문에 기억에 직접적인 개입은 할 수 없어요. 만지기라거나, 말을 건다거나 등등.”

그런 건 좀 빨리 말해줬으면 좋았을텐데. 박스를 내려다보았다. 마음이 미어진다.

“하지만… 추울 텐데.”

햇살이를 두고볼 수 밖에 없다는 사실에 더욱 슬퍼졌다.

“조금만 기다려봐요. 곧 올 테니까.”

곧? 대체 누가..

그때 누군가 걸어오는 소리가 들렸다. 소리가 나는 쪽으로 급하게 고개를 돌리니 어린시절의 내가 오고있었다.

‘나…???’

이렇게 날 만나도 되는건지 헷갈리며 숨으려 했지만 금세 어린시절의 나는 내 앞에 도착했다.

‘아 망했다.’

순간, 어린시절의 나는 날 통과하고 지나갔다. 나는 이 기억의 관람자라는 남자의 말이 떠올랐다. 조금은 안심이 됐다.

남자는 조용히 어린시절의 나를 쳐다보았고 나도 그를 따라 보기시작했다. 그 후 일은 그때와 똑같이 흘러갔다. 박스를 열고, 햇살이를 보며 비명을 지르고, 결국 집으로 들여보내는.

“더 볼까요?”

어린 내가 집이 들어가고 남자는 말하였다. 집에 들어가자는 뜻이 겠지.

"아뇨. 괜찮을 것 같아요."

1년만에 햇살이를 봤다. 하지만 오히려 눈물이 나려 했다. 여기서 햇살이를 더 본다면 아마 눈물을 참지 못할 것 같았다. 남자는 잠시 침묵했다. 그리고 말했다.

"아직 마음의 준비가 안 됐나 보네요. 그래도 괜찮아요."

그리고 내 손목을 조심히 잡으며 쥐고있던 거울을 내 가슴 높이에 올렸다.

"보호자님, 이제부터 이날 느꼈던 기억을 떠올려보는 거예요."

"감정이요…?"

"사소한 것도 좋아요. 이날 어떤 생각을 했었는지, 무슨 감정이 들었는지, 어린시절 보호자님이 느꼈던 감정을 천천히 떠올려 봐요."

말이야 쉽지 거의 10년 다 되어가는 날 느꼈던 감정을 떠올리는 건 불가능에 가까웠다. 그래도 천천히 생각해 보기 시작했다. 햇살이를 처음 봤을 때의 공포와 놀람, 햇살이가 추위에 떠는 모습을 보며 든 가여움과 동정, 부모님을 설득시키기 위해 준비하면서 든 걱정, 그리고 햇살이가 가족이 된 순간 느꼈던 약간의 설렘.

조금씩 감정이 기억날 때마다 내 손 위에 있는 거울은 빛나기 시작했다. 그렇게 마지막 감정까지 생각해 낸 순간, 거울에서 조금 큰 거울 조각이 하나 튀어나오며 거울 위에 안착했다. 여러 색이 섞인 이쁜 거울 조각이었다. 남자는 거울 조각을 들며 미소를 지었다.

"잘하셨어요!! 이 거울조각이 보이죠? 이제 이걸 모아서 보호자님의 깨진 거울에 끼워 넣을 거예요."

너무나 비현실적인 상황에 조금 어지러웠지만 앞에서 이미 겪을대로 겪은 상황이라 넘어가기로 했다. 그나저나 저 거울 조각을 끼워넣는다고 해결이 되기는 한가?

"근데 아무런 느낌이 안들어요. 저 거울조각이 진짜 제 미음을 치료할 수 있어요?"

"아직은 아무 느낌이 안 드시는 게 맞아요. 더 모아보면 알 수 있을 겁니다."

이 말을 믿어도 될까. 하지만 더 이상 햇살이를 슬픈 존재로 남기고 싶지않아 더 믿어보기로 했다.

'그러고 보니 통성명도 안 했네.'

남자의 이름을 물어보려는 순간, 남자가 내 손에 있는 거울에 손을 대었다.

"자… 그럼 다른 기억도 한번 봐볼까요?"

급하게 나는 손을 뒤로 뺐다. 지금 아니면 더 이상 말할 타이밍이 나오지 않을 것 같았다. 남자가 당황했다.

"어?? 왜… 왜 그러시나요 보호자님…??"

남자가 오해한 것 같아 급하게 해명을 해야 했다.

"아뇨 그게 아니라.. 저희 좀 오래 같이 다녀야 할 것 같은데 통성명이라도 하는 건 어떨까 싶어서."

남자는 내 말을 듣더니 활짝 웃기 시작했다.

"정말요?? 저야 좋죠!! 보호자님이 싫어하시는 줄 알고 말 못 드리고 있었는데."

"왜 제가 싫어한다 생각한 거예요? 아무튼… 제 이름은 한윤슬이에요. 편하게 윤슬이라고 불러주세요."

"아!! 네!! 윤슬 씨!! 저는 그냥 복지사님이라고 말해주세요!!"

"네?? 이름을 말씀해 주셔야죠!"

실컷 좋아하다가 막상 자기 이름을 안 알려주는 남자가 괘씸해졌다. 어쨌든 통성명까지 한 우린 다음 기억으로 넘어가기 시작했다. 스르륵 눈을 감았다.

3장

조금 따듯한 바람에 눈을 떴다. 햇살이와 자주 산책하던 공원이었다. 남자는 신나게 공원을 둘러보기 시작했다.

"와아!! 이번 기억은 같이 산책했을 때의 기억인가 보네요!! 조금 기다려 볼까요??"

남자가 내 뒤에 있는 벤치를 가리키며 물었다.

"그러죠 뭐…."

같이 벤치에 앉아 공원을 구경했다. 사실 몇백 번이고 봤던 풍경이기에 볼 건 없었지만..

"공원 산책하는 거 정말 좋아했었는데 추억이네요~"

나에 반해 남자는 공원 이곳저곳을 구경하기 시작했다.

"그러고 보니 복지사님은 어떤 분이셨나요? 그런 곳에 일도 하시고 평범한 분은 아니신 것 같은데."

"아. 사실 저도 평범했어요… 하지만 죽은 이후로 산타클로스님이 가엾게 여겨주셔서 여기서 일할 수 있도록 해주셨답니다!!"

"아."

괜히 말했다. 한참 죄책감에 빠져 있을 때 남자가 웃으며 말을 덧붙였다.

"그래도 전 정말 행복하게 살았어요. 최고의 동반지가 있었거든요. 덕분에 후회없는 삶을 살았답니다."

"오? 복지사님도 반려동물을 키우셨었나 보네요?"

남자는 말 없이 부드럽게 웃었다. 만약 키웠다면 남자도 반려동물을 떠나보낸 일이 있지 않을까 생각했다. 그렇다면 반려동물이 떠난 걸 어떻게 받아들였는지도 궁금해졌다.

그렇게 남자와 수다를 떨고 공원을 구경한 지 30분 정도 지났다. 보통 이렇게 안 보이나…? 남자를 보니 초조하게 이곳저곳을 왔다갔다

거리기 시작했다. 10분을 더 기다렸다. 여전히 나와 햇살이는 보이지 않는다. 참지 못한 남자는 나에게 말하였다.

"저… 여기서 기다려주실 수 있을까요…? 윤슬씨와 햇살이를 찾아 올게요…!!"

내가 대답하기도 전에 남자는 헐레벌떡 뛰어가버렸다. 혼자 남겨진 나는 아무것도 안할 순 없기에 잠깐이라도 공연 주변을 살펴보기로 했다. 혹시 몰라 구석구석 외진 곳까지 살펴보던 찰나 한가지 기억이 떠올랐다. 나는 급하게 그곳으로 달려가기 시작했다.

도착한 곳은 공연 끝자락에 있는 수많은 수풀로 둘러싸인 장소 중앙이었다. 그리고 마침내 그 곳에서 햇살이를 찾게 되었다.

'아…역시….'

옛날 내가 초등학생 시절 햇살이 공원 산책을 나갔다가 학교 친구들을 만나게 되었다. 솔직히 말하자면 그 친구들은 생각 없이 행동 먼저 나가던 애들이었다. 그 친구들이 햇살이를 보자 소리를 지르며 달려왔고 햇살이를 허락도 없이 만지려했다. 그때 나는 정말 소심했던 탓에 그만하라는 말을 하지 못했고 결국 햇살이는 한 친구의 손을 물게 되었다. 놀란 나는 햇살이 목줄을 놓고 그 친구 손부터 살펴보았다. 다행히 약하게 물었는지 상처가 그리 심하게 나진 않았지만 다시 햇살이를 보았을 땐 그 자리엔 아무것도 없었고 주위를 둘러 보니 저 멀리 빠르게 도망치는 햇살이를 보게 되었다. 햇살이는 상상 이상으로 빨랐고 나는 그런 햇살이를 쫓다가 넘어져 결국 놓치고 말았다. 그 이후로는 말도 아니었다. 울고불며 엄마에게 상황을 설명하였고, 전단지를 돌리며 햇살이 찾는 데 집중했다. 거리에 돌아다니며 고생할 햇살이를 생각하니 밥도 제대로 못 먹고 잠도 제대로 못잤다. 다행히 이틀후 햇살이 제보를 받아 한걸음에 달려가 찾게 되었다.

천천히 웅크려 누워 있는 햇살이 옆에 앉았다.

“햇살아.”

이름을 부르고 햇살이를 쓰다듬었다. 손이 햇살이 몸을 통과했지만 그래도 아랑곳하지 않고 계속 쓰다듬었다.

“누나가 많이 미안해. 많이 놀랐었지.. 그때 하지 말라고 했어야 했는데 말이야.”

그 일 이후로 거절하거나 내 의견을 말하는 건 잘하게 되었다.

“그래도 그때나 지금이나 햇살이 힘들 때 옆에서 지켜주지 못 한 건 여전하네.”

눈물이 뺨을 타고 내려온다.

“잘해줄 걸. 더 잘해줄 걸.. 왜 그러질 못했지. 미안해 누나가….”

목이 막혀 목소리가 잘 나오지 않는다.

“그럼에도 누나 많이 사랑해 줘서 고마워….”

후회와 미안함 죄책감과 자책이 내 마음속에서 휘몰아치고 있었다.

서벅서벅-

그때 뒤에서 누군가 오는 소리가 들렸다.

“아… 설마 했는데… 역시.. 여..기.. 있었군요..”

뒤를 돌아보니 남자가 땀에 젖은 채로 헉헉 대고 있었다. 깜짝 놀라 말했다.

“복지사님 괜찮으세요…? 패딩은 어디 갔나요??”

쉬지도 않고 계속 뛰었는지 숨을 제대로 못쉬고 있었다.

“아… 괜찮아요. 집에 많이 있어서… 그냥 바닥에 버려두고 왔어요.”

“아이고 이 사람이 진짜!”

남자는 바보같이 웃으며 말했다.

“하하… 후…!! 밖에 햇살이 실종 전단지가 붙어 있더라고요…!! 그래서 여기인 걸 확신하고 윤슬 씨께 알려드리려 갔는데 자리에 없으셔서.. 급하게 찾으러 다니다가 결국 여기서 만났네요..”

“아 그거 때문에… 정말 죄송합니다.”

미안함이 가슴을 찔렀다. 남자는 손을 내저으며 말했다.

"아니에요!! 전 진짜 괜찮아요!! 그나저나 햇살이 찾아서 다행이네요."

"하하… 그러게요."

"그렇다는 건 곧 어린 윤슬씨가 여기로 오겠네요. 한번 기다려보죠!!"

얼마 안 가 어린 나와 엄마, 그리고 제보자가 함께 뛰어왔다. 햇살이를 발견한 나는 꼭 끌어안으며 울기 시작했다. 옆에서 훌쩍거리는 소리가 났다. 옆을 보니 남자가 낸 소리였다.

'정말 잘 우는 남자네….'

이런 생각과 다르게 어느새 나도 옆에서 울기 시작했다.

한참을 울었던 어린 나는 제보자분께 감사함을 전하며 햇살이를 데리고 집에 갔다. 나는 그런 나의 뒷모습을 보며 겉옷 주머니에 넣어뒀던 거울을 꺼냈다. 그리고 당시의 감정과 생각을 떠올렸다. 후회와 죄책감 그리고 햇살이를 찾았단 생각에 대한 안심, 주변인들에게 느꼈던 감사함 그리고 내 뺨의 눈물을 핥아 주며 웃어주던 햇살이에게 느끼던 고마움과 이 아이는 무슨 일이 있어도 날 사랑하겠구나 한 생각까지.

거울이 빛나며 두 번째 거울 조각을 만들어냈다. 남자가 거울조각을 집어 자기 가방에 넣었다.

"이걸로 벌써 두번째 거울 조각을 얻었네요~ 생각보다 금방 다 모을 수 있을 것 같아요!!"

남자는 신나게 말한 후 질문했다.

"윤슬 씨. 두 번째 조각까지 모았는데 혹시 느껴진 게 있을까요?"

"느낀 거요…? 어… 음…."

갑작스러운 질문에 잠시 고민을 했지만 이내 말이 술술 나오기 시작했다.

"확실히 이 일이 있고 난 뒤 성격도 바뀌었고 산책하면서 햇살이를 더욱 잘 챙기게 된 것 같아요. 물론 아예 없는 일이었음 좋았겠지만.. 무엇보다 햇살이는 날 정말 사랑하는구나란 생각이 제일 컸던 것 같아요."

남자는 내 말에 웃으며 대답했다.

"좋아요!! 그럼 이제 3번째 거울 조각을 찾으러 가볼까요??"

나는 고개를 끄덕이며 거울을 고쳐잡았다. 밝은 빛이 사방을 감싼다.

4장

이번에는 내 방 안이었다. 교복이 아무렇게나 걸쳐져 있는 걸 보고 고등학교 2학년인 걸 알게 되었다. 방 이곳저곳을 구경하고 있는데 그때, 거실에 쿵하고 떨어지는 소리가 들려 나가보았다. 거실에는 햇살이가 있었다. 자세히 보니 화분을 넘어뜨려 거실 바닥이 흙으로 난장판이 되어있었다. 아 기억났다.

곧이어 고등학생 윤슬이 편의점을 다녀왔는지 아이스크림을 손에 쥐고 집에 들어왔다. 그리고 봤다. 난장판이 된 거실을.

"아니 햇살아. 이게… 대체… 뭐야?!?!"

믿기지 않는지 거실 바닥을 한참 쳐다보던 고등학생 윤슬은 햇살이를 혼내기 위해 다가가기 시작했다. 근데 어째 고등학생 윤슬이 햇살이에게 다가갈 때마다 내 옆에 있는 남자의 표정이 안 좋아졌다. 한 발, 두 발 점점 햇살이에게 가까워진 윤슬은 무릎을 꿇고 햇살이 얼굴을 쳐다보았다.

"한햇살!! 지금 이거…."

말을 끝내기도 전에 고등학생 윤슬은 갑자기 웃음을 터트렸다. 옆에 있던 남자가 말하였다.

"아니 대체 왜 웃는 거예요…??"

나는 웃음을 참으며 말하였다.

"햇살이 표정을 봐봐요. 웃음이 안 나오나."

그럼에도 남자는 이해가 안된다는 듯 멍 때렸지만 고등학생의 윤슬과 나는 똑같이 웃었다. 강아지가 잘못했을 때 나오는 특유의 표정, 나는 그 표정이 너무 웃겨서 햇살이가 그런 표정을 할 때마다 웃음을 참지 못했다. 물론 그 후에 혼내긴 했지만.

"햇살이가 그런 표정을 짓기만 하면 화가 싹 사라졌죠. 너무 귀엽고 사랑스러워요 우리 햇살이."

"…그렇군요."

어느새 고등학생 윤슬은 다 웃었는지 바닥에 있는 흙들을 쓸어 담기 시작했다. 미워할 수도 없고 그렇다고 마냥 혼내지 않는 건 안 된다. 그렇게나 섬세한 케어가 필요한 아이지만 감수할 수 있을 만큼 사랑스러운 아이다.

주머니에 있는 거울이 빛나기 시작한다.

"어? 벌써??"

이내 주머니를 통과해 거울 조각이 뿅하고 나타났다. 앞에서 본 거울 조각들보다 훨씬 크기가 작다.

"어라. 이거 크기가 이래도 괜찮아요??"

보통 거울 조각은 손바닥만 했는데, 이 거울조각은 손가락 한마디 크기였다.

"앞에 봤던 것들은 큰 추억들이고 이건 작은 추억이라 그래요."

"아… 작은 추억…."

조심스럽게 거울조각을 남자에게 건네주었다. 거울 조각을 받은 남자는 유심히 보기 시작했다.

"이렇게 작은 조각이라도 이 조각 없이는 거울을 완성할 수 없어요. 크든, 작든 추억들은 다 소중하니까요."

거울 조각 관찰을 다 끝낸 남자는 가방에 넣었다. 이제 다시 떠나야 하는 순간이었다. 나는 뒤에 있는 햇살이를 바라보았다.

'사고치지 말고 건강하게 자라줘.'

그렇게 거울을 들고 다음 기억을 향해 나아가보았다.

5장

이번에도 집 안이었다. 다른 점이 있다면 크리스마스 느낌으로 집이 꾸며져 있고, 또 다른 점은 여긴 내가 성인이 되며 구한 자취방이다. 그리고 눈앞에 바로 기억 속 윤슬과 햇살이가 침대에 누워 있었다. 시계를 보니 크리스마스 당일 한밤중인 것 같다. 윤슬은 책을 읽고 있다. 햇살이는 그런 내 옆에서 잠들어 있었다.

조용히 책을 읽던 윤슬은 갑자기 책을 내려놓더니 햇살이 등에 살며시 손을 올려두었다.

"오늘도 그냥… 별일 없는 날이었으면 좋겠네…."

기억 속 윤슬은 햇살이의 심장박동을 느끼는지 계속 가만히 있는다.

"언제 이별할지 안다면 정말 좋을 텐데."

기억 속 윤슬이 아닌 내가 말했다. 남자가 나를 바라보았다.

"솔직히 언제 이별할지 알아도 슬픈 건 매한가지일 거예요. 저는 언제 이별하는지보다 이별하기 전에 짧게라도 대화를 나누고 싶네요."

남자의 말을 듣고 살짝 웃었다.

"하하… 복지사님 말이 맞네요."

여전히 기억 속 윤슬은 가만히 있다. 방 안이 조용하다.

"윤슬 씨는 만약에 햇살이에게 딱 한마디 말해줄 수 있다면 뭐 말하실 건가요??"

정적을 깨고 남자가 물어보았다.

"딱 한마디요? 음⋯."

사실 이 질문은 전에도 받아본 적이 있다. 그럼에도 항상 고민이 된다. 한참 고민하는 날 바라보던 남자는 만족스럽다는 듯 웃었다.

"한 번 고민해봐요. 나중에 다시 물어볼게요."

뭐지, 놀리는 건가? 살짝 열받긴 했지만 바로 햇살이가 잠에서 깨 그 감정은 잊어버리게 되었다. 햇살이는 윤슬에게 더 붙으며 다시 잠에 빠졌다. 그리고 보니 저때부터 햇살이는 슬슬 몸이 아프기 시작했다. 나이가 든 탓도 있지만 심장병이 생긴 이후로 햇살이 건강은 더욱 빠르게 악화되었다. 더 이상 마중나올 힘도, 밥을 먹을 힘도, 산책나갈 힘도 없이 그저 잠을 자거나 밖을 보는게 일상이었다. 때문에 항상 놀러나가던 크리스마스에도 이번엔 집에 가만히 누워 하루를 보내는 것이었다.

조용히 눈을 감아 그때의 상황을 기억해 보았다. 지금 상황으로 인한 약간이 평화로움, 하지만 이 평화가 지속되지 않을 것이라는 두려움과 무력감.

천천히 눈을 떠보았다. 그리고 햇살이의 소중함까지 그 당시엔 햇살이와 있는 모든 순간순간이 소중하고, 행복했다.

거울이 빛나기 시작했다. 이젠 익숙하게 거울 조각을 잡아 손바닥에 올려두었다.

"이제 잘하시네요??"

옆에서 앉아 있는 남자가 말하였다.

"그러게요. 이런 것도 익숙해지긴 하네요."

거울 조각이 나왔다는 건 이제 다음 기억으로 넘어가야 한다는 뜻이었다. 그런데 어째 다음 기억이 예상이 가 가기 싫었다. 이 기억 속에 조금이라도 더 있고 싶었다. 남자는 그런 날 보며 말해주었다.

"조금 더 있다 갈까요??"

달콤한 제안에 순간 정신이 퍼뜩 뜨였다.

"그래도 돼요?"

"딱히 안되는 건 아닌데.. 몇 시간이고 있어도 돼요."

"그럼.. 조금이라도 괜찮으니 더 있다 가요.."

남자는 대답 대신 고개를 끄덕이고 다시 햇살이를 바라보았다. 그 순간만큼은 어느 때보다 안정됐다. 제발 시간이 천천히 지나가길 행복한 이 순간이 조금이라도 더 오래 이어지길.

6장

충분히 시간을 보냈던 나는 다음 기억으로 갈 준비를 마쳤다. 거울을 주머니속에서 꺼내고 눈을 감았다. 밝은 빛이 주위를 감싼다.

잠시 후 머리에 차가운 물방울이 내려 앉았다. 눈을 떠보니 비오는 날씨에다가 동물 병원 밖이었다. 심장이 쿵 내려앉았다. 이젠 괜찮겠지 싶었지만 아니었나보다.

"윤슬 씨 심호흡하고 아직 시간 많으니까 천천히 들어가요."

나의 상태를 알아챈 남자가 달래주었다. 나는 심호흡을 한 뒤 남자와 같이 병원 안을 들어가기 시작했다. 걷고 걷고 걷고. 끝이나지 않는 복도를 지난 끝에 누운 상태에서 숨을 겨우 내쉬고 있는 햇살이를 발견했다. 결국 눈물이 터져나왔다.

"이렇게 작은 아이를 혼자 세상을 떠나게 만들었어요. 끝까지 옆에서 지켜줘야 했는데 그깟 일이 뭐가 바쁘다고….”

남자는 조용히 내 등을 쓸어주었다.

"30분 아니 10분이라도 빨리 연락을 받았더라면 마지막 작별 인사라도 할 수 있었을 텐데… 너무 너무 후회스러워요….”

후회와 슬픔으로 내 마음속이 가득 찬다. 긍정적인 감정 하나 없이 오로지 부정적인 감정들만이 남아 마음속에 큰 파도를 만든다. 거울에 희미하게 빛이 난다. 마치 날 위하는 듯 조용하게 거울 조각을 만들어주었다. 여전히 받아들일 수 없는 기억이다.

　큰 폭풍이 마음속을 몰아쳤다가 결국 다 지나갔다. 기억 속의 날 보는 순간 눈물이 더 나올 것 같아 결국 병원 밖으로 나오게 되었다. 목소리가 계속 떨렸으며 뺨이 따가웠다.
　"여전히 받아들여지지 않네요…."
　훌쩍거리며 남자에게 말했다.
　"받아들일 수 없죠. 대체 누가 그걸 받아들일 수 있을까요."
　"그럼 계속 이렇게 슬퍼해야 할까요…."
　"네. 슬퍼하고 그리워해야죠…. 앞에서 보았듯이 추억은 무조건 좋을 순 없어요. 어느 추억은 기쁘고 행복하지만 어느 추억은 감당하기 힘들 정도로 슬프죠."
　주머니를 뒤져서 방금 만든 거울 조각을 꺼내보았다. 그래도 밝은색이 섞여 있는 다른 거울 조각들과는 다르게 이 거울 조각은 오로지 어두운 색밖에 없다. 그럼에도 빛이 난다.
　마음을 다잡고 일어났다.
　"이 조각이 마지막이었죠? 그럼 그곳으로 다시 가볼까요."
　남자에게 말했다.
　"좋아요."
　거울을 두 손으로 잡았다. 두 눈을 감았다. 눈을 떠보니 바로 눈앞에 거울이 있었다. 남자는 가방을 뒤적이고 이내 거울 조각 4개를 추가로 더 꺼내어 나에게 주었다. 첫 번째 조각을 거울에 끼워 넣었다. 햇살이와의 첫 만남에 관한 조각이다. 조각이 제자리를 찾아 이동한다. 두 번째 조각을 거울에 끼워 넣었다. 햇살이에 대한 책임감에 관한 조각이다. 세 번째 조각을 거울에 끼워 넣었다. 햇살이와의 즐거운 추억에 관한 조각이다. 네 번째 조각을 거울에 끼워 넣었다. 햇살이의 소중함에 관한 조각이다. 마지막, 다섯 번째 조각을 거울에 끼워 넣었다. 이별에 관한 조각이다.

　모든 조각이 끼워진 거울은 밝게 빛나며 여러 색으로 빛나는 아름다운 모습을 가지게 되었다. 거울을 빤히 바라보던 난 이제야 이 모험의 의미를 알 것 같다. 마냥 햇살이와의 추억을 생각하면 슬픈 생각만 하던 내가 이 모험으로 하나하나씩 추억을 기억해 내면서 여러 감정을 다시 생각하게 되었다. 더 이상 햇살이와의 추억은 슬픈 과거가 아닌 내 인생을 다채롭게 칠해준 나의 일부다.

　날 빤히 바라보던 남자는 웃음을 터트렸다.
　"하하하!! 윤슬 씨 이제 집으로 돌아가셔도 되겠네요."
　"…네? 복지사님은요…?"
　나만 집에 간다는 말은 하진 않았지만 왜인지 모르게 그런 뜻이 맞는 것 같았다.
　"전 못 가죠~ 설마 윤슬 씨. 이젠 저랑 헤어지기 싫으신 건 아니죠??"
　가볍게 말하는 남자의 태도에 화가 나기 시작했다.
　"당연히 헤어지기 싫죠; 아니…, 그렇다면 제가 뭐라도 사드릴게요. 혹시 복지사님 좋아하시는 음식이 있나요? 제가 쏠게요!"
　나의 노력에도 남자는 단호했다.
　"그런 거 소용 없어요. 애초에 윤슬 씨는 집으로 돌아가면 모든 기억을 잃게 될거예요."
　청천벽력 같은 소리였다.
　"기억이 모두 사라져요…? 그럼 이 모험을 한 이유는 대체 뭔데요…?"
　"아 그건 걱정 말아요. 햇살이에 대한 감정은 계속 남을 테니까요."
　"갑자기 왜 이렇게 벽을 치시는데요!! 저희 나름 친해졌다 생각했는데 이렇게 당신을 잊으라고요…?"

남자는 더 이상 듣기 싫은 듯 내 말을 무시하고 빠른 걸음으로 나에게서 멀어지기 시작했다. 하는 수 없이 쭉 하고 싶었던 말을 급하게 전했다.

"복지사 씨…!! 아니, 햇살아…!! 너… 햇살이지…??"

남자의 발걸음이 멈췄다. 그리고 천천히 뒤돌아보기 시작했다.

"제발… 그냥 보내줘요… 겨우 마음 다 잡고 이별하려 했는데."

남자, 아니 햇살이의 눈망울에는 눈물이 송골송골 맺히기 시작했다.

"떠나기 싫어…. 나 계속 윤슬 누나 옆에 있고 싶단 말이야.."

당황한 나는 빠르게 햇살이에게 달려가 안아주었다. 어깨가 축축해지는 게 느껴진다.

"그래도 그렇지…. 이렇게 헤어지면 후회 안 할 자신 있어?"

햇살이는 고개를 절래절래 흔들었다.

"하지만…, 내가 햇살이인 걸 알려주면 안 된단 말이야.. 근데 복지사로서 누나랑 작별 인사하면 진짜 못 보내 줄 것 같아서…."

"그럼 이제 얘기하자 복지사로서가 아닌 햇살이와 나로써."

그럼에도 햇살이 얼굴에는 슬픔이 가득했다.

"많이 이야기 못 해…."

"응?

"저 거울이 고쳐지면 적어도 20분 안에는 나가야 하거든…. 안 나가면 강제로라도 나가게 해…."

생각보다 빡빡한 규율에 머리가 아팠다. 그때 한 가지 생각이 떠올랐다.

"그럼 햇살아 그거 할까?"

"그거…??"

"기억에 있을 때 햇살이가 자기에게 하고싶은 한마디 생각해 놓으라 했잖아, 그거 생각해놨거든 그거 알려줄게."

햇살이는 떠오른 듯, 놀란 표정을 짓다가 고개를 살짝 끄덕였다.

"우리 햇살이 누나한테 와줘서 너무 고마워. 햇살이는 누나에게 있어서 정말 축복이었어. 사랑해."

햇살이는 계속 듣더니 웃음을 터트렸다.

"뭐야…. 한마디가 아니잖아…."

이내 미소를 지은 햇살이도 말해 주었다.

"나도 누나가 있어서 행복했어. 앞으로도 누나가 날 생각한다면 더 이상 슬프지 않고 행복하길 바랄게."

햇살이 말을 들은 나는 결국 참지 못하고 눈물이 터져 나왔다. 우리는 서로를 끌어안으며 그렇게 몇 분을 보냈다.

햇살이가 문득 고개를 들더니 말했다.

"누나 이제 가야 해.."

오지 않았으면 하는 시간이 왔다.

"그래… 준비하자…."

곧이어 거울 뒤에 문이 생겼다. 아마도 저기가 나가는 문인 것 같다. 햇살이와 멀어지며 문에 가까워졌다. 문손잡이를 잡았다.

"누나!!"

햇살이 부름에 뒤를 돌아보았다. 손을 크게 흔들며 활짝 웃고 있다.

"다음 생에는 내가 사람으로 환생할게!! 우리 꼭 다시 만나서 오래오래 친하게 지내자~."

그 말에 웃음을 참지 못하고 푸핫-하고 웃었다.

"그래~ 우리 꼭 다시 만나자!!"

마지막 작별 인사를 나눈 뒤 문고리를 잡아당기며 집으로 돌아갔다. 꼭 다시 만났으면 좋겠네.

에필로그

천천히 눈이 떠진다. 시간을 보니 딱 오전 5시다. 어제 하루 종일 자서 그런가…. 몸이 정말 찌뿌둥하다. 핸드폰을 보니 엄마에게 문자가 와있었다. 순간 어제 엄마와 싸운 기억이 났다.

‘오늘 사과드려야겠다..’

잠 좀 깰 겸 밖을 걸어다니기로 했다. 간단하게 겉옷을 입고 현관문을 열자 문 앞에 어떤 꽃다발이 있다.

‘꽃다발…? 이게 뭐지…?’

집어 보니 파란색의 작은 꽃들이 옹기종기 모여 귀여운 모습을 보이고 있다. 꽃다발 뒤에는 사진 하나가 붙어 있다.

나와 햇살이 사진이다. 환하게 웃고 있다. 나는 미소를 지었다.

오글오글 뭉클뭉클

펴낸날 2025년 11월 5일

표지디자인 박소연

지은이 작은소설가들

펴낸곳 시와정신

등록 대덕 바 00007

주소 대전 대덕구 대전로1019번길 28-7, 2층

전화 042-320-7845

공급처 (주)북센

경기도 파주시 문발로 77(문발동)(10881)

ISBN 979-11-89282-86-8

값 15,000원

※ 이 책은 대전광역시교육청, 대전광역시청소년활동진흥센터,
   우송고등학교에서 사업비를 지원받았습니다.